BRASSENS

le mécréant de Dieu

Jean-Claude Lamy

BRASSENS

le mécréant de Dieu

Albin Michel

À Maryse Olivan,
pour prolonger sa mémoire rue de l'Abbé-Carton
à deux pas de l'impasse Florimont

1

Un beau sourire d'homme

Dans la vieille ville de Jérusalem, Roger Thérond marchait sans se presser. Devant nous, le petit groupe de journalistes auquel nous appartenions faisait du tourisme à une bonne cadence. L'époque le permettait encore. La visite des Lieux saints n'offrait aucun risque. Du moins, en apparence. C'était une belle journée de mars 1999. Sollicité par ma curiosité, Roger Thérond, le patron de *Paris-Match*, en instance de départ, était disposé à me mettre dans la confidence. Non pas au sujet de sa succession à la tête de l'hebdomadaire, mais à propos de ses relations avec Georges Brassens. Son ami Georges, sétois comme lui, son cher Jo qu'il admirait et aimait sans la moindre réserve. Donc, dans cette partie de Jérusalem où le tombeau du Saint-Sépulcre, les deux grandes mosquées d'Omar et al-Aqsa, le mur des Lamentations voisinaient dans une ferveur commune, il me parla de Brassens, son copain de collège qui était né poète comme Villon, Verlaine, Apollinaire.

Notre conversation en ces lieux où le Christ a vécu et où trois grandes religions se réclamant d'Abraham forment un pôle spirituel prenait une dimension symbolique extraordinaire. Le poète disparu semblait appartenir à ces pierres liées de sable et de chaux qui portent les stigmates de leur sainteté et le souvenir des crimes qui y furent commis au nom de la religion.

J'ai sous les yeux le numéro de *Paris-Match* en partie consacré à Georges Brassens après sa mort. Un adieu de trente pages qui s'ouvrait par l'article de Roger Thérond : « Notre petit coin de paradis ». « Le quartier Haut à Sète, où nous sommes nés, écrivait-il, c'était la Petite Italie avec draps aux fenêtres et cris des marchands de sardines (et aussi celui du vi-tri-ier-ier-ier), avec ta mère sur le pas de la porte pour humer l'air moelleux du soir, le quartier des dockers, des cheminées, des pêcheurs, d'où l'on dégringolait vers les quartiers bourgeois, se payer une chartreuse, le dimanche, au bar du Comœdia avant le sacro-saint cinéma de quatre heures et demie. Plus tard, semblables aux Vitelloni de Fellini dans les nuits de Viterbe, nous marchions dans les rues vides en imaginant le monde. Toi, tu chantais déjà. Tu rythmais tes airs en martelant de la main les portes des immeubles. Tes chansons naissaient. Je me souviens de l'une d'elles, que tu cherchais à parfaire, inlassablement, et que tu oublias longtemps au fond d'un tiroir : *À l'auberge du bon Dieu* (...) [1] »

Roger Thérond concluait par ces lignes : « Cher Jo, continues-tu tes chansons là-haut ? Ou en bas ? Enfin, où cela se passe, si cela se passe. Alors finis donc de fignoler *À l'auberge du bon Dieu.* Tu dois être bien placé maintenant [2]... »

Le jeudi 28 juin 2001, il faisait aussi beau qu'à Jérusalem lors de notre promenade. Le soleil brillait sur Paris. L'église Saint-Sulpice venait de se vider de tous ceux qui avaient voulu se recueillir dans la pensée de Roger Thérond. Certains tenaient à la main la feuille où étaient inscrites les paroles de *Supplique pour être enterré à la plage de Sète.* À la fin de la cérémonie, la voix de Georges Brassens avait résonné sous les voûtes de l'église devenue, au fil de ses reconstructions, un édifice de style jésuite, aux proportions imposantes. Sept minutes et dix-huit secondes durant lesquelles Roger et son cher Jo ont communié dans l'au-delà.

La Camarde qui ne m'a jamais pardonné
D'avoir semé des fleurs dans les trous de son nez
Me poursuit d'un zèle imbécile
Alors cerné de près par les enterrements
J'ai cru bon de remettre à jour mon testament
De me payer un codicille[3].

Le jour de la mort du poète, dans la France entière, des larmes avaient été versées, parfois à la surprise de témoins que ce deuil ne touchait pas.

Lorsqu'il apprit la nouvelle, le 29 octobre 1981, René Bureau téléphona à un ami qui partageait le même enthousiasme pour l'auteur de *La Mauvaise Réputation.* « Tous les deux on pleurait d'avoir perdu plus qu'un copain. Nous avions conscience qu'un personnage irremplaçable venait de disparaître[4]. » René Bureau sait, lui, depuis longtemps que Brassens, ce mécréant de Dieu, est un des hommes les plus remarquables de son temps. Il lui doit des moments rares, des heures exceptionnelles d'écoute, la force de s'être rebellé car c'est, en partie, grâce à ses chansons qu'il a dit non à une existence misérable.

« *Ad majorem Dei gloriam* ». Pour les membres de la Compagnie de Jésus, c'est le but principal de leur apostolat : « Pour la plus grande gloire de Dieu ». En prononçant ses vœux de pauvreté, de chasteté, d'obéissance, spécialement au pape, René Bureau poursuivait son chemin de croix. Certes, il croyait en Dieu, mais recevoir la prêtrise n'avait jamais été sa vocation. Son ordination à Chantilly, en 1962, sous le regard de son père rayonnant de bonheur et de sa mère, visiblement accablée, correspondait à un abus de pouvoir. Le jeune homme de trente-trois ans n'avait accepté que contraint et forcé de devenir jésuite. Sous la pression d'un père qui avait été séminariste, il venait de s'engager dans une voie qui lui semblait sans issue. Dans la famille, c'était l'enfant sacrifié. Le suicide le hantait. « J'étais terriblement déprimé [5] », se souvient-il. Il ne resta qu'un an à Paray-le-Monial où il avait été nommé. Il se défroqua pour ne pas mourir à la fleur de l'âge. « Mon père ne m'a jamais pardonné [6]. » Quarante années après, René Bureau, qui ne regrette rien, a du mal à évoquer ce qui fut une tragédie. Sa foi chrétienne est intacte.

La sublime foi en Dieu mais aussi la foi humaine que Georges Brassens a incarnée sa vie durant. Son ami d'enfance Roger Abat disait : « Georges, toi qui es incroyant et qui le prouves, tu es beaucoup plus chrétien que les vrais chrétiens car rien chez toi ne t'oblige à faire ce que tu fais [7]. »

« Que dirait ma mère si elle savait que j'ai sangloté quand mourut Brassens ? remarque Jean-Marie Planes, professeur et critique littéraire. Je revois la scène. J'avais donné des cours toute la matinée. Chez moi, assis sur le petit canapé de flanelle grise, je regarde les actualités de treize heures, à la télévision. En prégénérique, c'est inhabituel, on montre le chanteur. Il est assis dans une barque colorée, à Sète. Il chante la *Supplique*, tête penchée sur sa guitare, ses cheveux blancs agités par le vent, mistral ou tramontane. En “incrust”, une légende défile sur l'écran et je n'en crois pas mes yeux qui, en effet, s'emplissent de larmes. Dans un beau petit livre intitulé *Cette chanson que la télé assassine*, Baptiste Vignol raconte qu'il a compris, enfant, le rôle que la chanson pouvait occuper dans une vie, en voyant son père pleurer à la mort de Georges Brassens [8]. »

« La terrible nouvelle, raconte Bernard Clavel, m'est parvenue à l'aube d'une journée grisaille. La radio l'a annoncée en diffusant une de tes chansons. Mon cœur s'est serré. Seul dans la cuisine, à côté de la bouilloire qui gémissait en sourdine, j'ai pleuré. Je venais de perdre un ami, et soudain, il manquait quelque chose au monde. Quelque chose d'important[9]. »

Dans son ouvrage *Je me souviens de Georges...*, Pierre Cordier, membre de l'Académie royale de Belgique, qui a fait les premières photos du chanteur à Bruxelles, en février 1952, écrit pour sa part : « Quel ami de Georges ne se souvient-il pas de l'endroit exact où il a appris la mort de Brassens ? Lequel n'a pas pleuré toutes les larmes de son corps[10] ? » Il se souvient aussi que Serge Gainsbourg avait déclaré : « Au prochain tour, ce sera moi[11] », et qu'en 1998 l'écrivain et poète Jean-Paul Sermonte qui est à l'origine de l'association « Les Amis de Georges », titre d'une chanson de Georges Moustaki, lui a dit : « J'ai adoré un Dieu et admiré un prince. L'un s'appelle Jésus et l'autre Brassens[12]. » Le même Jean-Paul Sermonte recevra du Québec ce témoignage de Félix Leclerc : « Brassens était un oublieux. Il lui arrivait d'oublier son cachet dans des maisons de jeunes qui avaient besoin d'argent (à la condition que personne ne le sache). Sur le coin de sa table, il a aussi oublié quelques chansons éternelles. Mais ça, c'était difficile de le cacher. »

« Il y avait de la sainteté chez Brassens. Je crois que le mot n'est pas trop fort : il irradiait la bonté », souligne le journaliste et écrivain Christian de La Mazière qui le rencontra sur le plateau de *Porte des Lilas*, le film de René Clair[13].

Cette transfiguration tenait à son sourire qui en faisait miraculeusement un autre homme. « Il s'agit, poursuit Jean-Marie Planes, d'un sourire irrésistible ; s'y mêlent une ironie qui tient plutôt de la malice enfantine, l'embarras de celui qui a quelque chose à se faire pardonner (Brassens souriait sur scène chaque fois qu'il proférait un gros mot), surtout ce qu'il faut bien appeler de la bienveillance, de la tendresse et, osons le mot, de la bonté. Des auteurs-compositeurs de cette époque, des grands s'entend,

Brassens est le seul dont on puisse dire, sans réserve, sans hésitation, et cela n'est pas rien : il était bon[14]. »

Jacques Brel avait lui aussi été impressionné par l'aura du personnage qui, par moments, s'éclairait d'une lueur bienfaisante : « Le sourire de Brassens est le plus beau sourire d'homme que je connaisse. » À la disparition de Brel, le 9 octobre 1978, Georges Brassens fera cette déclaration : « Je ne crois pas qu'il soit mort. Quand on aime les gens, ils meurent, bien sûr, c'est-à-dire qu'ils s'absentent un petit peu. Jamais personne de ceux que j'ai aimés n'est mort. Brel, il sera facile pour moi et pour ses amis de le faire revivre. Il n'y aura qu'à écouter ses disques[15]. » Joël Favreau, qui a été le guitariste de Georges Brassens, aura la même attitude lorsque ce dernier s'en ira à son tour : « Brassens n'est mort que physiquement. Il nous a laissé le meilleur de lui-même : ses chansons, qui revivent chaque fois qu'on les chante[16]. »

René Fallet, le copain lettré qui a su flairer le génie poétique de Brassens, écrira quelques jours après la mort de Georges : « Le gros me manque et j'ai failli l'appeler l'autre jour au téléphone. Du coup, j'ai chialé. Je vis tout avec un certain retard. C'est con de perdre le seul type avec qui on pouvait rire de la mort[17]... »

« Il n'est pas certain que l'homme soit immortel, mais il n'est pas certain non plus qu'il ne le soit pas », remarquait Vladimir Jankélévitch[18]. C'est une réflexion métaphysique que Georges Brassens, qui a connu la grâce de la création et vivait dans un éternel présent, ne voudra pas trancher, faute d'assurances précises sur l'existence de Dieu. Le pari pascalien : « vouloir » atteindre la certitude au sein de l'Église de Jésus-Christ le laissait perplexe.

Mon voisin du dessus, un certain Blais' Pascal,
M'a gentiment donné ce conseil amical :
« Mettez-vous à genoux, priez et implorez,
Faites semblant de croire, et bientôt vous croirez »[19].

Dieu... ou rien ? Il répondait sans trop hésiter qu'après la mort le futur sombre dans le néant. À n'en pas douter, cette interrogation lui faisait battre le cœur et tenait l'homme en suspens, comme en témoignent ses chansons.

Toi l'étranger quand tu mourras
Quand le croqu'-mort t'emportera
Qu'il te conduise à travers ciel
Au Père éternel[20].

René Iskin qui partagea, en 1943, avec Georges Brassens et treize autres jeunes gens de son âge la chambre 5 d'un bâtiment du camp de Basdorf, au nord de Berlin, où ils avaient été envoyés au titre du STO (Service du travail obligatoire), était resté un proche du chanteur. En 1980, il fut très ému par le comportement de son ami qui l'avait invité à déjeuner, dans sa maison du XVe arrondissement, avec sa femme Micheline, dite Michou. « Il était assis dans son fauteuil, près de la fenêtre. Nous l'avons surpris en train d'écarter le rideau, regardant dans le vide[21]. » Comme si la vie du quartier s'arrêtait à la hauteur de ses yeux, Brassens, l'air méditatif, donnait plus l'impression de sonder sa conscience que l'ambiance de la rue Santos-Dumont. René Iskin l'entend encore dire tout haut : « Et si c'était vrai ? » « Venant de sa part, ça m'a beaucoup troublé[22]. »

Patachou qui a tant compté dans la vie de Georges Brassens, en l'accueillant dans son cabaret de Montmartre et en devenant son interprète au début des années cinquante, ne peut s'empêcher de s'interroger sur l'attitude du chanteur face à ce mystère de la divinité qu'il voulait écarter comme une hypothèse tout à fait improbable. « Personnellement, j'ai la foi, je crois en Dieu. Croyant, Brassens l'était sûrement quelque part mais ça l'agaçait un peu de le penser[23]. » La première à avoir chanté *Brave Mar-*

got et *Les Amoureux des bancs publics,* Patachou conserve comme un secret précieux son idylle de jadis avec Brassens. « C'est notre histoire et elle ne regarde personne. Ni lui ni moi n'avions envie d'en parler[24]. »

2

Une force spirituelle

Salle Georges-Brassens, rue Jean-Jaurès, le cinquième Salon de la philatélie et de la cartophilie est aussi le dernier salon où l'on cause. C'est l'occasion de parler du premier pont de la gare de Sète quand la ville s'appelait encore Cette[1]. À partir d'une plaque photographique représentant sa construction, un tirage limité d'une carte a attiré les collectionneurs. L'exposition, qui a été organisée pour la circonstance par l'Union philatélique sétoise, salue au passage Georges Brassens avec son timbre dessiné par Raymond Moretti dont le premier jour d'émission est le 16 juin 1990. La reproduction de lignes manuscrites semble authentifier la manifestation. En quelque sorte, le cachet du poète fait foi :

« L'idéal du collectionneur peut paraître dérisoire par rapport à tous les autres, mais il semble être celui qui ne trompe ni ne déçoit jamais son monde.

Bonne chance aux papillons et bonne chance à tous les collectionneurs. »

On se remémore *La Chasse aux papillons*, le bon petit diable qui dit à Cendrillon : « Bonjour que Dieu te ménage j' t'emmène à la chasse aux papillons. » En continuant à flâner chez les quelques marchands de cartes postales rassemblés pour cette messe basse entre collectionneurs, Brassens va encore me sauter aux yeux au détour d'un album.

La carte a été oblitérée en 1991, dix ans après sa mort. Elle représente *L'Aiglon*, une vedette qui transporte les touristes au large de la côte sétoise. En haut, à gauche, Georges Brassens bronzé, cheveux et moustaches blancs, la pipe au bout de la main gauche, prend une pose décontractée entre deux jeunes gens qui sont les marins du bateau. Il a un blouson vert olive, avec des poches à fermeture Éclair, et un tee-shirt blanc. C'est une tenue qu'il arbore également sur une série de photos de Jimmy Rague prises pendant le tournage, en mai 1981, à Sète et à Bouzigues, d'une émission télé d'Évelyne Pagès, « Escale en Languedoc »[2]. Chacune est signée par Brassens et comporte une légende tirée de ses chansons. Par exemple : « Ceux qui ne pensent pas comme nous sont des cons », « Gloire à qui n'ayant pas d'idéal sacro-saint se borne à ne pas trop emmerder ses voisins ! », « Mourons pour des idées, d'accord, mais de mort lente », « J'ferai la tombe buissonnière, J'quitterai la vie à reculons ». Hors de leur contexte, ces phrases sonnent abusivement comme des sentences.

C'était le premier dimanche du mois de mai. Le temps des cortèges, avec les fleurs de muguet à la boutonnière. À la terrasse du restaurant Chez François, quai Général-Durand, Alain, le baladin au look gavroche, s'accompagne à la guitare. De sa belle voix grave, il commence par une mélodie de Félix Leclerc, enchaîne par *Dans l'eau de la claire fontaine* :

Ell' s'alla baigner toute nue
En priant Dieu qu'il fît du vent
Qu'il fît du vent.

À son répertoire, un autre Sétois, Henri Colpi, Jean-René Caussimon, Giani Esposito, Bernard Dimey. Brassens clôt sa prestation. *Chanson pour l'Auvergnat* nourrit bien son interprète du jour. C'est encore une bonne action faite par son créateur, presque sous les fenêtres de Serge Cazzani, le neveu et héritier de Brassens qui habite de l'autre côté du canal, quai Aspirant-Herbert. Pour Serge, fils unique de Simone, la demi-sœur de Georges décédée en 1994, les droits d'auteur de son oncle, c'est une manne tombée du ciel.

Sète continue de faire ses comptes avec le poète qui a enrichi son patrimoine. Elle a deux autres monuments historiques : Paul Valéry et Jean Vilar. Mais eux ne se vendent pas chez les marchands de cartes postales, à l'exception de l'une d'elles qui met à égalité Georges Brassens et Paul Valéry. Leurs portraits sont accompagnés respectivement d'une vue de la plage de Sète et du panorama du Cimetière marin. Clin d'œil à la *Supplique pour être enterré à la plage de Sète* ?

Déférence gardée envers Paul Valéry,
Moi, l'humble troubadour, sur lui je renchéris,
Le bon maître me le pardonne,
Et qu'au moins, si ses vers valent mieux que les miens,
Mon cimetière soit plus marin que le sien,
Et n'en déplaise aux autochtones.

Dans une boutique voisine du restaurant Chez François, un beau portrait de Georges Brassens sur le présentoir des cartes postales. C'est une œuvre du photographe Varta, « un grand artiste qui aime le genre humain », disait Pierre Mac Orlan. « La lumière, ajoutait-il, qui éclaire tous les portraits de ceux qu'il a étudiés est celle de sa particulière générosité. » Avec Brassens, c'était encore plus évident tant son regard semble partager cette lumière poétique venue du cœur comme une source de chaleur. Muriel, qui tient la boutique, a assisté en 1973 au récital de Georges Brassens au théâtre municipal de Sète. « J'accompagnais mon mari qui ne se lassait pas de l'entendre. Moi, j'ai trouvé ça un peu long. J'aurais préféré voir Johnny Hallyday qui reste mon idole. » Mais parmi les posters qu'elle propose, il ne fait pas recette. En revanche, celui représentant Brassens en compagnie de Jacques Brel et de Léo Ferré, une photo de Jean-Pierre Leloir, est très demandé. « C'est ma meilleure vente, dit-elle, avec la partie de cartes de *Marius.* » Deux atouts maîtres : Georges Brassens et Marcel Pagnol, qui avaient de l'amitié l'un pour l'autre.

En 1984, création des Journées internationales Georges-Brassens qui seront un succès médiatique mais grèveront le budget communal. En revanche, l'Espace Georges-Brassens inauguré en 1991, à proximité du cimetière Le Py (« Le Ramassis », disent les Sétois) où se trouve la tombe du poète, en attirant près de cinquante mille visiteurs par an, s'avérera rentable pour les différents maires, de droite ou de gauche.

Il y aura pourtant des Sétois qui continueront à faire grise mine et refuseront de mettre les pieds dans ce haut lieu du souvenir et de piété, comme en témoigne son livre d'or. « Ils n'ont pas oublié que Georges Brassens, dans sa jeunesse, a été mêlé à une affaire de vol de bijoux. Pour eux, c'est toujours la crapule condamnée par le tribunal correctionnel de Montpellier », explique Régine Monpays, directrice de l'Espace Georges-Brassens[3]. Ceux-là ne sont pas du genre à prêcher le pardon des offenses.

En février 1939, quelques élèves du collège, futur lycée Paul-Valéry, sont sur la mauvaise pente. Les chapardeurs de figues vont se transformer en petits malfrats. Sous l'emprise d'un aîné, Louis Bestiou, appelé Loulou, ils font leurs classes dans la délinquance. La bande composée notamment de Robert Bayle, Robert Virillon et Georges Brassens, trois cancres de la classe de seconde, a déjà commis de menus larcins avant de se montrer à la hauteur des ambitions de Louis Bestiou, en se lançant dans une série de cambriolages. Victime principale, une nommée

Marie Barthez, la contenance hautaine, à qui seront dérobés des bijoux qu'elle portait ostensiblement.

Plus culotté que ses camarades, Loulou, le provocateur, ira frapper à la porte des sœurs Bouillon dont la bijouterie est fréquentée par la bonne société sétoise. Qui pouvait imaginer que Catherine Bouillon et sa sœur Cornélie, dite Nelly, deux bigotes, avaient une activité de receleuses ? Marie Barthez reconnaîtra dans leur vitrine une bague qu'on lui avait volée. Catherine Bouillon, plus impliquée que Nelly, sera condamnée à deux ans de prison avec sursis. Georges Brassens, qui s'était fait la main en volant des bijoux à sa famille, écopera de la même peine sans qu'elle soit inscrite au casier judiciaire. La presse locale commenta largement ce fait divers impliquant des élèves du collège où leur interpellation fit l'effet d'un coup de tonnerre. Victor Laville, condisciple de Georges depuis la cinquième B, se souvient de l'entrée du surveillant général dans la salle d'études :

« Il a désigné Bayle, Virillon et Brassens. “On vous demande chez le principal.” À partir de cet instant nous ne les avons plus revus. Une heure plus tard, lorsque je suis sorti du collège, dans la rue j'ai aperçu Loulou entre deux policiers. Dans la ville, la nouvelle s'est répandue comme une traînée de poudre. Georges était déjà quelqu'un de très fataliste qui ne savait pas dire non. Il s'est laissé entraîner et a participé en conservant une attitude détachée[4]. »

De cet épisode Georges Brassens fera une chanson, *Les Quatre Bacheliers* :

Nous étions quatre bacheliers
Sans vergogne,
La vrai' crème des écoliers,
Des écoliers.

Pour offrir aux filles des fleurs,
Sans vergogne,
Nous nous fîmes un peu voleurs,
Un peu voleurs.

D'autres couplets évoquent la réaction des pères des délinquants. Seul celui de Brassens n'a pas jeté l'anathème sur un fils qui avait pourtant fait honte à sa mère, l'obligeant à se montrer discrète dans une ville cancanière. Georges sera reconnaissant à ses parents de ne l'avoir pas maudit et il aura pour son père « de ce tonneau-là » une tendresse incommensurable. Cet homme libre-penseur avait su pardonner alors que de soi-disant chrétiens n'accordaient pas la moindre miséricorde à des pécheurs qu'on montrait du doigt.

Et si les chrétiens du pays,
Sans vergogne,
Jugent que cet homme a failli,
Homme a failli,

Ça laisse à penser que, pour eux,
Sans vergogne,
L'Évangile, c'est de l'hébreu,
C'est de l'hébreu.

Georges Brassens lira les Livres saints pour se rapprocher le plus près possible du Jésus « historique ». Sans voir en lui le Messie, Fils de Dieu, il le considérait comme un prophète qui prêche l'amour entre les hommes et veut faire triompher la volonté de paix. Ce héros exemplaire l'a guidé dans son comportement à l'égard d'autrui et, si on lit attentivement sa chanson *L'Antéchrist*, sous le propos malicieux apparaît un esprit de bonne volonté animé par une force spirituelle.

Je ne suis pas du tout l'antéchrist de service,
J'ai même pour Jésus et pour son sacrifice
Un brin d'admiration, soit dit sans ironie.
Car ce n'est sûrement pas une sinécure,
Non, que de se laisser cracher à la figure
Par la canaille et la racaille réunies.

Après avoir été longtemps diabolisé par des gens bien-pensants qui l'avaient écouté l'oreille basse et l'imaginaient, sans doute, en antéchrist, Brassens se distingue désormais par ses qualités profondément chrétiennes. L'Église de Rome, par la voix d'un de ses plus éminents dignitaires, le salue à sa juste valeur. Paul Poupard, président du Conseil pontifical de la culture, fait l'apologie du poète : « Son œuvre est de la veine des fabliaux. Il y a aussi une communauté d'inspiration avec Rabelais qui était profondément chrétien[5]. »

En effet, l'auteur de *Pantagruel* et de *Gargantua,* dont la truculence et la liberté de langage sont synonymes d'esprit paillard, correspond bien à l'identité culturelle de Brassens. L'invention verbale de Rabelais peut rappeler la verve de Brassens qui révèle également une perception du monde à la fois passionnée et jamais dupe. On comprend qu'entre ces deux personnages qui ont vécu à quatre siècles d'intervalle, il existe une spiritualité partagée que le cardinal Poupard, d'origine angevine comme Rabelais, a tout de suite décelée.

« Brassens incarne le génie d'un homme qui s'exprime à travers la chanson et traduit un état d'âme, une manière d'être. Nous sommes trop cartésiens pour le comprendre. En tout cas, il s'agit de quelqu'un d'authentique et sincère qui suscite immédiatement la sympathie. Il y a chez lui une bonté naturelle, un intérêt évident pour son prochain, un amour de la langue. *Chanson pour l'Auvergnat* est pétri de valeurs chrétiennes. Ce n'est pas un pilier d'église, il a toujours conservé sa liberté de penser. Mais il ne faut pas pour autant en conclure qu'il était en dehors de l'Église. Selon l'Évangile de saint Matthieu, le Jugement dernier, celui que Dieu prononcera sur le sort de tous les vivants et les morts ressuscités, est sur la charité. Cela correspond à l'image que je garde de Brassens. Ses chansons ont sûrement contribué à maintenir cette nostalgie[6]. »

Mgr Poupard cite saint Paul, son apôtre préféré, dont l'action auprès des non-juifs lui valut le surnom d'Apôtre des gentils : « Je ne fais pas le bien que je veux et je fais le mal que je ne veux pas. » Dans l'Évangile et tout le Nouveau Testament, notamment les lettres de saint Paul, l'appel fondamental est, non seulement le respect de l'autre, mais l'amour du prochain. C'est ce que Georges Brassens pensait en son for intérieur, comme tous les hommes de bonne volonté.

« Dans ma jeunesse, poursuit Mgr Poupard, j'aimais bien fredonner les chansons de Georges Brassens, *L'Auvergnat*, *La Prière*, *Le Parapluie*. C'était l'air du temps et dans cet air il a insufflé la vie poétique[7]. » Sous les portraits des derniers papes, à partir de Pie XII, qui ornent les murs du salon de réception de la nonciature apostolique, avenue du Président-Wilson, à Paris, le président du Conseil pontifical de la culture se souvient, en chantonnant, du refrain du *Parapluie* :

Un p'tit coin d' parapluie
Contre un coin d' paradis
Ell' avait quelque chos' d'un ange...

Les vertus esthétiques et les vertus chrétiennes des chansons de Brassens sont celles que prônait Max Jacob dont les conseils littéraires et la grandeur d'âme eurent de l'influence sur le jeune poète : « Étudiez donc la grammaire, la rhétorique, la métrique, la phonétique surtout. Et oubliez le tout[8]. » Charles Trenet, le premier, s'initia à la technique de l'auteur du *Cornet à dés*, ébloui par la pureté et la grâce de son style : « Mes dix-huit ans, écrira-t-il, buvaient aux sources de son génie. J'aimais son ironie légère, sa foi, ses réserves mordantes, ses rêves tant de fois copiés depuis. Il était bon, fantasque, irréel[9]. » Max Jacob qui se convertira au catholicisme à la suite d'une « apparition » du Christ, Charles Trenet qui, lui, fit apparaître le bon Dieu « dans son fauteuil de nuages[10] » auront indéniablement donné le *la* poétique à un Brassens au cœur ouvert et confiant. Son langage, sa sensibilité représentent le personnage qu'il était vraiment. Sans vouloir se faire passer pour un petit saint, il avait le charisme d'un homme bon et généreux.

Le comédien Zappy Max, qui a été une des voix radiophoniques les plus écoutées avec son jeu « Quitte ou double » à Radio Luxembourg, fut comme beaucoup d'autres sous le charme de Georges Brassens. « On s'est connus par l'intermédiaire d'Alain Bouvette, notre dentiste, qui était également comédien et habitait Vernouillet[11]. Georges aimait les discussions mais au début il restait silencieux. Puis, petit à petit, de sa belle voix douce et grave il se mettait à parler et tout le monde se taisait pour l'entendre. C'était un enchantement. Je sortais de là comme si je venais de passer une semaine au paradis[12] ! »

3

Une histoire d'amitié

« Alors, Mak Kac, tu fais toujours de la musique ?

– Et toi, Georges, tu chantes toujours ? »

Lorsque Georges Brassens, au volant de sa DS, roulait dans les rues de Sète, il croisait parfois son copain gitan Baptiste Reilles, plus connu sous le sobriquet de Mak Kac parce qu'il était malin comme un singe. Capable de facéties dignes de Francis Blanche, il jouissait d'une excellente réputation comme musicien de jazz. Doué pour tous les instruments, chanteur et batteur, il avait été le partenaire de Stéphane Grappelli et faisait la joie de Moustache qui l'intégra à son orchestre[1].

N'ayant pas vu Georges Brassens, grand amateur de jazz, depuis longtemps, Mak Kac pouvait également s'adresser à son ami en utilisant une expression typiquement sétoise : « Tiens, je te croyais mort ! »

À Sète, on meurt deux fois. Lorsqu'une personne s'absente et qu'elle réapparaît, on la salue d'un goguenard : « Tiens, je te croyais mort ! »[2]. Jusqu'au jour où le fossoyeur se met à creuser un trou dans la terre.

Ni vu ni connu brav' mort adieu
Si du fond d' la terre on voit l' bon Dieu
Dis-lui l' mal que m'a coûté

La dernière pelletée
J' suis un pauvre fossoyeur[3].

Si, de son vivant, Georges Brassens rencontrait de temps en temps Mak Kac, il ne l'a plus perdu de vue après que la Camarde a eu fait son œuvre. Leurs tombes sont à proximité, dans la même allée du cimetière Le Py, boulevard Camille-Blanc, au pied du mont Saint-Clair. Non loin de là repose un autre Georges, qui se tua accidentellement à l'âge de trente-sept ans. Une plaque indique que *L'Aigle noir* était sa « chanson du bonheur ». On lit également : « Le choix de ta liberté, ta moto adorée, t'a envoyé dans les cieux pour ton repos éternel ». Un fan de Barbara, Mak Kac, Georges Brassens, réunis dans cette partie du cimetière, c'est un rendez-vous étrange du destin. En reliant les trois tombes à travers une spiritualité commune, on ressent cette aspiration vers l'infini et, dans ce moment de recueillement, c'est *La Prière*, d'après le poème de Francis Jammes tiré du « Rosaire [4] », qui vient d'abord à l'esprit.

Brassens a chanté les strophes intitulées « Agonie », « Flagellation », « Couronnement d'épines », « Portement de Croix », « Crucifiement », se terminant chacune par « Je vous salue, Marie ». Cette prière adressée à la mère de Jésus en faveur de l'enfance, des simples, des animaux, correspond à l'élan de Brassens vers les plus faibles et les plus démunis. En cela, il répond bien à la définition du poète selon Francis Jammes : un pèlerin de Dieu habité par l'amour des autres et qui aspire au bonheur malgré la souffrance et la cruauté du monde [5].

À propos de *La Prière*, René Fallet écrit : « Brassens, musicien de cantique, avec la collaboration de Francis Jammes pour les paroles, voilà qui peut sembler inattendu. Il a toujours prétendu qu'il ne voyait en Dieu qu'un sujet poétique... Ici, il paraît surtout s'être attaché à l'immense pitié qui se dégage de l'œuvre de Jammes, pitié pour les pauvres, pitié pour les bêtes, pitié d'un lyrisme que l'auteur de la “Prière pour aller au Paradis avec les ânes” veut retenu, tantôt profane, tantôt sacré. » Quoi qu'il en soit *La Prière* résonnera souvent sous les voûtes des églises, des chapelles et des abbayes[6].

Grâce à Georges Brassens, des poètes classiques quelque peu oubliés ressuscitèrent en entrant dans son répertoire. Ainsi, Alfred de Musset, Alphonse de Lamartine, Théodore de Banville, Jean Richepin, Sully Prudhomme qu'il mit en musique, ont passé la rampe comme François Villon, Victor Hugo ou Verlaine qui, eux, étaient des maîtres aux yeux du chanteur. Devant sa tombe, outre *La Prière,* il aurait fallu murmurer des vers de « Pensée des morts », un poème de Lamartine qui doit sa survie à Brassens.

C'est l'ombre pâle d'un père
Qui mourut en nous nommant ;
C'est une sœur, c'est un frère,
Qui nous devance un moment,
Tous ceux enfin dont la vie
Un jour ou l'autre ravie,
Emporte une part de nous,
Murmurent sous la pierre :
« Vous qui voyez la lumière,
De nous, vous souvenez-vous[7] *? »*

Le cimetière Le Py n'a pas la réputation du cimetière qui domine la mer. Dans le passé, celui qui n'avait pas les moyens de se payer une pierre tombale était inhumé dans le premier considéré alors comme le cimetière des pauvres. C'est une réputation qui perdure, même si des familles y ont des caveaux n'ayant rien à envier aux sépultures des riches du Cimetière marin. En tout cas, la tombe de Brassens, fléchée depuis l'entrée, est devenue un lieu de pèlerinage plus fréquenté que le caveau de la famille Grassi où reposent Paul Valéry, sa femme, sa fille et son fils. Rien n'indique son emplacement car les descendants de l'auteur de *La Jeune Parque* et de *Charmes* – ce dernier recueil contient le célèbre « Cimetière marin » – n'ont pas voulu de chemin balisé. Autrefois, le chien du gardien, qui connaissait l'itinéraire, servait de guide aux visiteurs. Les temps ont bien changé. À l'entrée du cimetière, un avis au public précise : « Prière de tenir les chiens en laisse ».

On connaît les dernières lignes écrites par Paul Valéry sur ses *Cahiers*, en leur ultime page : « Toutes les chances d'erreur, pire encore toutes les chances de mauvais goût, de facilité vulgaire, sont avec celui qui hait. » Et plus bas : « Le mot Amour ne s'est trouvé associé au nom de Dieu que depuis le Christ[8]. » Un point de vue que Brassens aurait volontiers fait sien si l'on pouvait faire parler les disparus. Mais Valéry a écrit aussi : « La mort est une idée de vivant[9]. » Cette phrase serait du plus bel effet comme épitaphe gravée sur la tombe du poète d'en bas qui attire au cimetière Le Py plus de monde que celle du poète d'en haut au Cimetière marin. La tombe de Georges Brassens présente une dalle de granit marquée « Famille Brassens-Dagrosa ». Une croix, apparente dans la pierre, donne une image de simplicité à la sépulture souvent fleurie par des admirateurs venus se recueillir, particulièrement le jour de la Saint-Georges, proche de la fête de Pâques commémorant la résurrection du Christ.

« À peine suis-je capable de distinguer une rose d'un pot de chrysanthèmes. Mais je connais cependant leur langage », écrivait-il dans une lettre à sa compagne Joha Heiman[10], dite Püppchen (« petite poupée » en allemand), décédée le 21 décembre 1999 et qui a été inhumée dans le même caveau. Sa demi-sœur Simone, née en 1912, se trouve là alors que le mari de celle-ci, Yves Cazzani, mort en 2003, a été enterré au Cimetière marin. Il s'était également soucié de faire transférer les dépouilles de ses parents dans le caveau de la concession qu'il avait achetée. Si le cercueil du père de Brassens était intact, celui de sa mère était en piteux état. Ses restes seront rassemblés dans un cercueil d'enfant. Georges Brassens, regardant s'affairer les croque-morts, dira à Éric Battista : « Voilà tout ce qu'il subsiste d'elle : ces quelques fragments d'os. Vivante, pourtant, elle était imposante. Je ne désirais pas assister à son exhumation. Mais c'est là mon devoir (...) [11] »

La funèbre cérémonie eut lieu en présence du père Robert Barrès, son ami curé qui récita un *Je vous salue* comme il le fera, ce matin du 31 octobre 1981, devant le cercueil de Georges, répondant ainsi à son ultime souhait : « Surtout pas d'obsèques religieuses comme pour mes parents. Mais si Robert veut dire une prière, j'en serai heureux [12]. »

À Sète, dans son appartement du quai de la Résistance qu'il ne quitte plus guère, le père Barrès, quatre-vingt-sept ans, ordonné prêtre le 29 juin 1942 dans la cathédrale Saint-Pierre de Montpellier, dit sa messe à domicile. Sur ses murs, la sainte Croix est proche d'une photo encadrée de Brassens, qu'on voit de profil en train de fumer la pipe. Cliché de Jean-Pierre Leloir, il porte cette dédicace : « À Robert, avec mes bonnes vieilles amitiés. Georges. » Quand le père Barrès, qui fut pendant près de trente ans aumônier du lycée Paul-Valéry, se rendait à Paris, il était l'hôte de Georges Brassens qui s'arrangeait pour que la « chambre du curé » soit prête même s'il devait s'absenter pendant son séjour, lui confiant la clé du 42, rue Santos-Dumont, un pavillon et son petit jardin situé à la limite du XIVe arrondissement, tout près des lieux où le poète fut pauvre et inconnu après s'être installé impasse Florimont, chez Jeanne Le Bonniec, épouse de Marcel Planche.

Entre Brassens qui fait souvent référence à Dieu (il arrive en tête des noms cités dans ses chansons) et l'abbé Barrès, son humble serviteur, ce sera une histoire d'amitié indéfectible. Elle commença lorsque Georges était encore un bambin de trois ou quatre ans. « Sa mère Elvira, raconte Robert Barrès, était repasseuse chez mes parents qui tenaient une librairie-papeterie. J'avais quatre ans de plus que lui. Je le considérais un peu comme un petit frère. Il faisait partie de la famille. Nous lui avions donné une petite chatte qui vivra une vingtaine d'années. Ma mère Élisabeth lui offrait régulièrement des jouets. Lorsqu'elle a été hospitalisée, Georges est venu la voir avant d'aller chanter au théâtre municipal de Sète [13]. » Le père Robert Barrès se montra toujours très indulgent vis-à-vis de l'auteur du *Gorille*, chanson interdite à la radio (RTF) lors de sa création en 1952. Un journaliste du *Midi libre*, Jacky Vilacèque, d'origine sétoise, qui lui consacra un article à l'occasion du vingtième anniversaire de la mort de Brassens, releva ce commentaire du curé : « Sa mère, très pratiquante, était embêtée par certaines de ses chansons. Mais moi, je ne l'ai jamais trouvé bien scandaleux. *Le Gorille*, c'était le problème de la peine de mort, pas autre chose. »

Car le juge, au moment suprême,
Criait : « maman ! », pleurait beaucoup
Comme l'homme auquel, le jour même,
Il avait fait trancher le cou.
Gare au gorille !...

L'abolition de la peine de mort voulue par François Mitterrand, et que fit voter Robert Badinter, alors garde des Sceaux et ministre de la Justice, sera effective en 1981, l'année de la disparition de Brassens. Le père Barrès remarquait ensuite : « Georges n'était pas un mécréant, vous savez. Il me disait : "Si Dieu existe ou pas, je suis incapable de le dire" [14]. »

Le père André Sève, assomptionniste, auteur d'un livre d'entretiens [15] avec Brassens qui l'appelait frère André, fera cette déclaration après la mort du poète : « Il y a quelque chose que je n'ai jamais osé lui dire parce que je voyais ses colères à l'idée d'être poussé dans un camp ou dans un autre. Mais je vais le lui dire maintenant : Georges, être bon comme tu l'as été, c'est la meilleure façon de croire en

Dieu. Et en tout cas d'être reçu par lui, à bras ouverts[16]. » Raymond Devos, qui aimait bavarder avec Brassens, son camarade aux Trois Baudets et des levers de rideau au cours de tournées communes, a lui aussi passé toute sa vie à s'interroger : « Georges savait que tout était mystère mais il ne cherchait pas à expliquer quoi que ce soit. Je crois, disait-il, à la lumière, à l'esprit. Il avait été frappé par une conversation avec Jean Rostand. Celui-ci lui déclara qu'avec son expérience de biologiste, toutes ses réflexions sur l'espèce humaine qui représente l'aboutissement d'une longue série de transformations, il ne pouvait pas en conclure que Dieu existe[17]. »

Parler du vent ou du silence suffisait à leur bonheur. C'étaient des sujets inépuisables de discussion pour Brassens et Devos, transformés en duettistes pour le seul plaisir d'échanger des mots et de sentir vibrer une fraternité d'âme. Souffrant de coliques néphrétiques chroniques, Georges Brassens sera hospitalisé à plusieurs reprises. En mai 1967, pour la deuxième fois, il est opéré des reins dans une clinique parisienne. « Ah ! ce que tu as mauvaise mine ! » s'écria-t-il en voyant Raymond Devos entrer dans sa chambre avec son attirail de saltimbanque. Georges s'est autorisé à fumer sa première pipe de convalescent. « Regarde, répond Devos, je t'ai apporté le violon qui guérit... qui gai rit ! » Aucun ne sait en jouer mais de l'instrument sort un papillon de papier qui volette vers la main de Brassens. Par la magie de sa présence et d'un numéro ne tenant qu'à un fil, invisible à l'œil nu, Raymond Devos apportait à son ami un moment de tranquillité heureuse et de douceur poétique.

Pour sa part, Georges Brassens lui offrit son merveilleux sourire et la promesse de lui envoyer rapidement *Propos sur le bonheur* d'Alain que Devos n'avait pas lu. Ce philosophe opposé à toutes les intolérances, aux dons éclatants de pédagogue et de moraliste, correspondait en tous points à la personnalité du poète. Ce faux sauvage, beau, massif, fruste et intellectuel à la fois, à la misanthropie bougonne, antimilitariste et patriote, anticlérical mais respectueux de la religion, séducteur et solitaire, représente la sagesse, soulignait Jean-François Josselin en préfaçant *Propos sur le bonheur*[18]. « Une sagesse forte, l'image d'un homme conservateur sans les vices de la Droite, d'un homme révolutionnaire sans les perversions de la Gauche. Son rationalisme rassure. Et sa passion de la liberté enflamme. "Soyez roi en vous-même", conseille-t-il. Et encore : "Soyez maître des désirs et de la colère aussi bien que de la peur." Sa devise se résume en quelques mots : "Penser, c'est dire non." »

Georges Brassens était en parfaite adéquation avec les idées du philosophe y compris lorsque d'atroces douleurs le mettaient sur le flanc. Au paragraphe « Mélancolie », Alain écrit le 6 février 1911 : « Il y a quelque temps, je voyais un ami qui souffrait d'un caillou dans le rein, et qui était d'humeur assez sombre. Chacun sait que ce genre de maladie rend triste ; comme je le lui disais, il en tomba d'accord ; d'où je conclus enfin : "Puisque vous savez que cette maladie rend triste, vous ne devez point vous étonner d'être triste, ni en prendre de l'humeur." Ce beau raisonnement le fit rire de bon cœur, ce qui n'était pas un petit résultat. Il n'en est pas moins vrai que, sous cette forme un peu ridicule, je disais une chose d'importance, et trop rarement considérée par ceux qui ont des malheurs. (...) »

4

« Je vous salue, Marie »

« Je crois en Dieu mais ça dépend des jours. » Ce jour-là, Dominique, qui n'a ni la foi du charbonnier ni l'esprit œcuménique, n'y croyait qu'à moitié. La main tendue à la sortie de la messe de l'église Saint-Joseph[1], il était quelque peu déçu par les paroissiens pas très charitables envers lui. « Les gens sont plus généreux dans les villages », dit-il. Ces Sétois qui passent indifférents devant Dominique, à la recherche d'un emploi et guettant les euros, ont, pour la plupart, communié, serré la main de leurs voisins, versé leur obole, chanté à l'unisson : « Laisserons-nous à notre table un peu d'espace à l'étranger ? Trouvera-t-il quand il viendra un peu de pain et d'amitié ? » C'était le dimanche 9 novembre, jour de la Saint-Théodore et date de commémoration de l'anniversaire de la mort du général de Gaulle, comme l'a rappelé le curé au cours de l'office qui a perdu son latin.

Ils ne savent pas ce qu'ils perdent,
Tous ces fichus calotins,
Sans le latin, sans le latin,
La messe nous emmerde[2].

Dans cette même église, le jeudi 2 juillet 1942, le père Robert Barrès, ordonné prêtre quelques jours plus tôt, dira sa première messe. Son ami Georges Brassens brille par son absence. Ayant dû quitter Sète après l'affaire des bijoux et sa condamnation, il vivote à Paris, hébergé par sa tante Antoinette Dagrosa, dans son appartement du XIVe arrondissement, 173, rue d'Alésia, face à la caserne des pompiers. Georges venait chez elle en vacances presque tous les étés. Il était toujours heureux de retrouver dans le salon le piano droit devant lequel il s'asseyait en rêvassant. Parfois il accompagnait sa tante dans l'épicerie en gros où elle travaillait, rue Castagnary, le long des voies de chemin de fer.

En revanche, sa mère Elvira, sœur d'Antoinette, avait assisté à la cérémonie en compagnie de la famille et des proches du nouveau prêtre qui représente un mystère aux yeux de l'indifférent en matière de religion. C'était le cas de Jean-Louis Brassens, le père de Georges, né à Sète le 11 décembre 1881, dont les parents étaient de Castelnaudary, dans l'Aude. Si ses obsèques, comme celles de son épouse, eurent lieu à Saint-Joseph, messes dites par l'abbé Barrès, il évitera toujours d'entrer dans une église – hormis le jour de son mariage religieux le 4 décembre 1919 –, restant sur le parvis à bavarder avec d'autres hommes incrédules.

En 1962, lors de son passage à « Cinq Colonnes à la une », l'émission télévisée de Pierre Dumayet, Pierre Desgraupes, Pierre Lazareff et Igor Barrère, Georges Brassens parlera de son père avec retenue : « C'était une espèce de mur à peu près infranchissable. Il y avait entre nous une complicité muette, une sorte d'entente tacite. Il ne s'est jamais mêlé de mes affaires de collège. Mon père ne croyait pas en Dieu mais il n'a pas empêché ma mère, très pieuse, de me faire suivre les cours de catéchisme. "S'il devient curé, on verra bien", disait-il. C'était aussi un farceur[3]. »

« Maçon et fils de maçon, le père Brassens voulait faire de son fils un maçon : tout jeune, il était costaud, et point maladroit de ses mains. Il le fit donc débuter par ce qu'en son cœur de brave homme il jugeait le plus facile : le ramonage des cheminées. On comprend assez que Georges ait vu là une noirceur, et se soit rebuté. » Alphonse Bonnafé, l'auteur de ces lignes, a été le professeur de lettres de Georges Brassens au collège et sera largement responsable de la vocation poétique de son élève dont il a écrit la monographie dans les années soixante [4]. D'allure décontractée, l'expression très libre, il fait écouter à la classe de quatrième le 78-tours de « L'invitation au voyage » de Charles Baudelaire, mis en musique par Henri Duparc. Dans la cohorte des poètes préférés de Bonnafé, ancien champion universitaire de boxe, Arthur Rimbaud, Paul Verlaine, Stéphane Mallarmé donnent le vertige au jeune Georges, qui a pour second prénom Charles [5], et à ses camarades. « On était des brutes à quatorze, quinze ans, et l'on s'est mis à aimer ces poètes. (...) Je n'aimais que les chansons et même je commençais à écrire de petites fadaises. Et puis, grâce à ce prof, je me suis ouvert à quelque chose de grand. »

Georges Brassens ne sera pas maçon comme le souhaitait son père qui avait construit sa maison, ni avocat, ni médecin, ni militaire comme l'ambitionna tour à tour sa mère. Mais elle sera toute fière de le voir sur scène, même si elle lui reprochait des écarts de langage. « Les chansons à gros mots la désolait. Les dire à la maison lui paraissait déjà choquant », remarquera le poète [6].

Autrefois quand j'étais marmot
J'avais la phobie des gros mots
Et si j' pensais merde tout bas
Je ne le disais pas
Mais
Aujourd'hui que mon gagne-pain
C'est d' parler comme un turlupin

J' n' pense plus merde pardi
Mais je le dis[7].

Sept générations de Brassens se sont succédé à Castelnaudary. Jean, l'ancêtre le plus ancien de l'arbre généalogique, exerçait l'activité de tuilier, vers 1670, avec son épouse Barthélémie Counil. Leurs descendants auront tous des métiers manuels : tuilier, charpentier, serrurier, maçon, boulanger ou encore mangonnier (marchand de fruits) comme un certain Jean Maurel au XVIIIe siècle[8]. Du côté de la mère de Brassens, née à Sète le 17 novembre 1887, ce sont les Dagrosa partis d'Italie en 1881. Michel Dagrosa et Maria Augusta Dolce, les parents d'Elvira, ont quitté le village de Marsico Nuovo dont une grande partie de la population, chassée par une misère noire, émigrera en France ou aux États-Unis. Sète va devenir la première ville italienne de la Méditerranée française.

« À partir de 1870, raconte Catherine Lopez, directrice des archives municipales, la ville sera une terre d'accueil pour quinze cents personnes environ, venues principalement de la baie de Naples. Les grands-parents maternels de Brassens, eux, étaient originaires de la région montagneuse de la Basilicate qui se situe plutôt dans le sud du pays. En tout cas, ils n'avaient rien de Napolitains, comme on l'a souvent écrit à tort. Michel Dagrosa et sa femme Maria auront six enfants. Seule l'aînée Antoinette naîtra en Italie. C'est parce que Maria était sur le point d'accoucher de son deuxième enfant, un garçon qui mourra en bas âge, que le couple s'est arrêté à Sète où on est certain d'avoir du travail. Michel Dagrosa trouvera à s'occuper sur les quais comme journalier. Si les immigrés italiens, parlant des dialectes différents, ne se comprennent pas toujours, ils ont une joie de vivre commune qui se propage partout. Surtout à cause des Napolitains, amateurs d'art lyrique, Sète est une ville où tout le monde chante[9]. »

Toutes deux déracinées, les familles Brassens et Dagrosa

sont arrivées à peu près en même temps. Jules Brassens, le grand-père de Georges, et sa femme Marguerite, née Tuffery, ont quitté Castelnaudary pour des raisons économiques. Avec son métier de maçon, Jules ne craint pas le lendemain dans ce port languedocien en pleine expansion, établi au fond d'un golfe, au pied d'une colline.

« En ce temps-là, écrit Paul-René Di Nitto, le travail commençait tôt sur les quais de Cette. Dès l'aube, c'était le branle-bas de combat de l'embauche [10]. » La truelle en main, Jules Brassens ne chôme pas et son fils Jean-Louis qui prend la relève non plus. Ce dernier finira par se mettre à son compte, utilisant des compagnons en fonction de ses besoins.

La famille Brassens occupe une maison à un étage, 54, rue de l'Hospice, devenue la rue Henri-Barbusse avant que sa partie haute ne porte le nom de Georges-Brassens. C'est dans cette maison qu'a vu le jour le poète le 22 octobre 1921. Un endroit prédestiné car, en contrebas, se situe le Café de la Paix où se réunissaient les anarchistes. Paul-René Di Nitto fait cette observation : « On y parle justice et progrès social et on s'y préoccupe de revendications égalitaires. On y bouffe aussi volontiers du curé, encore qu'à cette époque la ville est dirigée par un protestant et se trouve donc, selon ses contestataires, "sous le joug de Calvin" [11]. » Aujourd'hui, le Café de la Paix existe toujours avec cette appellation : « Libre-service de la solidarité ». Il est situé près des rues de la Fraternité, de l'Égalité et de la Révolution.

Des événements, comme Cette transformé en Sète ou la rue de l'Hospice jetée aux oubliettes, cela donne des poèmes et des mélodies, car Brassens met souvent sa vie en chansons. Celle intitulée *Jeanne Martin* [12], du nom d'un amour de jeunesse, est d'abord un hommage à sa ville et à son quartier d'antan.

La petite presqu'île
Où jadis, bien tranquille,

Moi je suis né natif,
Soit dit sans couillonnad'
Avait le nom d'un ad-
Jectif démonstratif.
(...)
Mais voyant d' l' infamie
Dans cette homonymie,
Des bougres s'en sont plaints
Tellement que bientôt
On a changé l'ortho-
Graph' du nom du pat'lin.
(...)
La chère vieille rue
Où mon père avait cru
On ne peut plus propice
D'aller construire sa
Petite maison s'ap-
Pelait rue de l'Hospice.
(...)
Les anciens combattants,
Tous comme un seul, sortant
De leurs vieux trous d'obus,
Firent tant qu'à la fin
La rue d' l' Hospic' devint :
La rue Henri-Barbusse
(...)

En écrivant ces paroles, il n'imaginait pas que sa propre postérité effacerait un tronçon de la rue Henri-Barbusse. En quelque sorte, il se retrouvait au niveau de cet écrivain pacifiste qui milita pour une littérature prolétarienne et finira sa vie à Moscou en 1935 après avoir publié une biographie de Staline[13]. À Dijon, au pays du chanoine Kir apprécié de Khrouchtchev[14], le poète est en compagnie chantante : sa rue est voisine de celle de Jacques Brel et du mail Tino-Rossi. Un heureux rapprochement car Brassens avait de l'amitié et de l'admiration pour l'un et l'autre. L'abbé Brel [15] comme le créateur de *Marinella* et de l'inusable *Petit papa Noël* figuraient à son répertoire personnel de fan de la chanson. Même si le premier pouvait s'étonner que Georges ait une passion non feinte pour le second. Lors d'un référendum organisé par *France-Soir*, en 1969, pour connaître le chanteur préféré des Français, Georges Brassens l'emportait avec quinze pour cent des voix, devant Tino Rossi avec quatorze pour cent. Jacques Brel restait à la traîne. En tout cas, les voilà réunis pour la bonne cause : enchanteurs des rues d'une zone pavillonnaire !

À Sète, la rue Georges-Brassens commence à l'angle de la rue de la Révolution. Elle grimpe vers le paradis des Sétois, ce Saint-Clair qui est leur colline inspirée [16]. Elle s'élève à cent quatre-vingt-trois mètres au-dessus du niveau de la mer. À son sommet se trouve une croix monumentale, avec cette inscription datée de septembre 1952 : « Du haut de la Croix Jésus regardait la ville. Debout à ses pieds Marie pleurait. Que la Croix garde ceux qui l'ont élevée. » À proximité, la petite chapelle de Notre-Dame-de-la-Salette appelée ici la baraquette [17] du bon Dieu, qui est un lieu de pèlerinage. Ses murs recouverts d'ex-voto témoignent de la foi de ceux qui viennent se recueillir et formulent un vœu [18]. D'autres ne cherchent, dans ce lieu où tout est paix et silence, qu'un simple réconfort.

Depuis le sommet de la colline, Georges Brassens aimait admirer le panorama de la ville avec ses canaux, le brise-lames, le môle, le vieux port, l'étang de Thau et la mer dans son immensité. En 1970, en compagnie de Püppchen, de son cousin Georges Granier, d'Éric Battista venu avec sa femme Aline et sa fille Clotilde, il se rendit à Notre-Dame-de-la-Salette et posa même à genoux devant une statue de la Vierge située à l'extérieur. Des clichés de Francis Clément, un photographe local, montrent Brassens en train d'implorer le Ciel pour être délivré des coliques néphrétiques. Ces images figurent dans un album édité par la mairie de Sète à l'occasion du vingtième anniversaire de la disparition du poète. De sa main, Georges Brassens avait écrit sous la photo : « Mettez-vous à genoux, priez et implorez... » Certes, tout le monde, et lui le premier, s'amusa de la situation gaguesque. C'était, en effet, plutôt comique de le voir dans le rôle du pèlerin avec un air de béatitude. Mais, au fond de lui-même, n'espérait-il pas que cessent ses terribles souffrances symbolisées par les cailloux de son chemin de croix. Sa chanson *La Prière* devait lui trotter par la tête : « Je vous salue, Marie. »

À sa création[19], une partie du public qui frémissait d'entendre *Le Gorille*, *La Mauvaise Réputation* ou *Le Nombril des femmes d'agent* fut très surpris par *La Prière*. L'anarchiste, l'anticlérical, le paillard, bref, leur « polisson de la chanson », pouvait également nommer, sans se moquer, Marie et le Père éternel... Comment soupçonner qu'un cœur religieux batte sous la chemise mouillée ? L'Ostrogoth en sueur qu'il croyait voir sur scène, avec sa tête de bandit calabrais, était un homme de bien. Alphonse Bonnafé, qui avait connu Jean-Paul Sartre au lycée du Havre où ils avaient enseigné quelque temps, le présenta à l'auteur des *Mots* en sachant que les deux hommes ne pouvaient que s'apprécier : « Gentil, il l'est énormément, avec les bêtes autant que Léautaud, avec les gens autant que Sartre. Ce dernier sut d'ailleurs le distinguer tout de suite, un jour où ils se rencontrèrent. La philosophie ni la poésie n'y étaient pour rien, il s'agissait seulement de faire plaisir à quelque ami : pour Sartre comme pour Brassens, c'est le plus pressant motif. Leur contact fut de quelques minutes, et Sartre dit aussitôt après : "Il a un beau regard ; on voit de la bonté dans ses yeux." C'était juger vite et bien[20]. »

5

Hommage aux ancêtres

Le jour du Quatorze Juillet
Je reste dans mon lit douillet
La musique qui marche au pas,
Cela ne me regarde pas[1].

Ce n'est pas le 14 juillet. Mais l'agitation qui règne ce 11 novembre, avec la préparation du traditionnel défilé en musique, fait immanquablement penser à la chanson de Brassens, d'autant que nous nous trouvons à Sète. Ce remue-ménage correspond à une autre chanson à contre-courant patriotique : *La Guerre de 14-18.* Elle lui valut une flopée d'insultes avec ces deux vers octosyllabiques qui reviennent comme un leitmotiv narquois :

Moi, mon colon, cell' que j' préfère,
C'est la guerr' de quatorz'-dix-huit[2] *!*

Comme dans toutes les communes de France et de Navarre, c'est le jour de gloire des anciens combattants. Pour célébrer l'armistice de 1918, ils se sont rassemblés devant l'hôtel de ville, rue Paul-Valéry, à moins de cent mètres de l'église Saint-Joseph où Georges Brassens a été baptisé. Non loin de là, c'est la Grande-Rue haute et l'église Saint-Louis surmontée d'une Vierge imposante de sept mètres de haut. Sète n'ayant jamais été un évêché, cette fausse cathédrale s'appelle la décanale. Au début du XXe siècle, les fidèles pouvaient réciter le verset du psaume 25 : « Seigneur, j'aime la beauté de votre demeure ! »

À Saint-Louis, sous la protection de cette Notre-Dame-des-Mers portant une couronne d'or, Georges Brassens a fait sa communion solennelle, en 1933. C'est la seule fois de sa vie qu'il portera une tenue conforme à l'événement : l'uniforme d'un petit ange avec son pantalon de flanelle blanche, une veste croisée bleu marine, et le brassard de circonstance. Sur la photo du jour, le jeune Georges pose en compagnie de sa mère, de son père et de sa demi-sœur Simone. Tout le monde a le sourire. C'est l'image d'une famille vivante unie de corps et d'esprit qui a confiance dans son sort. Les moellons qu'on aperçoit montrent que le père est sur son terrain.

Jean-Louis Brassens a six ans de plus qu'Elvira, née à Sète le 17 novembre 1887. Cette dernière avait été mariée une première fois à Adolphe Charles Comte, un agriculteur de Bouzigues, une commune de l'Hérault, sur l'étang de Thau. Il est tué le 20 octobre 1915, dans les Ardennes. Leur fille Simone n'a pas encore fêté ses quatre ans lorsque la jeune femme apprend la mort de son mari au champ d'honneur.

Elle reprendra, petit à petit, goût à la vie grâce à sa foi chrétienne et à son unique modèle Jésus-Christ, celui auquel elle se réfère dans les pires moments de détresse et dont elle ressent la présence réelle dans l'Eucharistie. Ce qui n'empêchera pas Elvira de se remarier, quatre ans après le drame, avec un homme sans religion, probablement plus agnostique qu'athée. Comme pour les anarchistes de Blanqui, sa devise pourrait être « Ni dieu ni maître ». Mais il ne rêve pas à la révolution et se méfie du corporatisme et des partis politiques. Cet esprit indépendant et pacifique a toujours le sentiment qu'il faut travailler davantage. Il illustre assez bien une phrase de Charles-Louis Philippe, un écrivain du peuple que Georges Brassens a lu et relu : « Quand on en a l'envie, on trouve toujours de l'ouvrage. »

Devenue veuve à vingt-huit ans, Elvira a retrouvé le giron familial en s'installant avec sa fille au 52, rue de l'Hospice où habitent ses parents. Son père Michel Dagrosa décédera quelques mois plus tard, à l'âge de cinquante ans. Chez les Brassens qui se partagent le rez-de-chaussée et le premier étage du 54, on est ému par cet acharnement de la Camarde. Comment vaincre la scoumoune sinon en apportant son aide à ses malheureux voisins ? C'est ainsi qu'Elvira trouvera auprès de Jean-Louis, trente-cinq ans, le second fils de Jules et Marguerite Brassens, un soutien affectif et matériel. Pour la petite Simone, orpheline de guerre, c'est un nouveau papa qui vient d'entrer dans sa vie. Jules, brave homme par excellence, est comblé par l'union des deux familles qui appartiennent l'une et l'autre à la race des petites gens polis et généreux. Avec l'aide de son fils et de son équipe de maçons, il surélève la maison d'un étage pour accueillir toute la tribu.

Grand-père paternel de Georges Brassens, il sera aussi son parrain. C'est un personnage frondeur qui aime critiquer par esprit de contradiction, prenant tout à la blague. Il faisait la joie de son petit-fils qui ne se lassera jamais de raconter cette histoire caractéristique du bonhomme. À l'occasion de l'Exposition universelle de 1937, Georges et sa sœur Simone se rendirent à Paris. À leur retour, ils montrèrent à l'aïeul des photos et des cartes postales des monuments de la capitale. Lorsqu'on lui demanda son avis sur la tour Eiffel, il déclara après s'être donné le temps de la réflexion : « Ils auraient dû la mettre ailleurs[3] ! » Jules Brassens disparaîtra le 6 septembre 1940, à quatre-vingt-neuf ans.

Grand-père suivait en chantant
La route qui mène à cent ans

La mort lui fit au coin du bois
L' coup du pèr' François[4].

Marguerite, l'épouse de Jules, fera elle aussi de vieux os. Elle mourut le 1er février 1943, à quatre-vingt-six ans. Maria Dagrosa est morte en 1926 à l'âge de soixante-quatre ans. Quant aux parents de Brassens, ils ont quitté cette terre alors que leur fils était au zénith de sa carrière : Elvira le 31 décembre 1962, Jean-Louis le 28 mars 1965. Âgés respectivement de soixante-quinze et quatre-vingt-quatre ans, ils étaient restés profondément sétois, appartenant à ces hommes et ces femmes qui façonnèrent l'âme d'une ville au fil des générations et grâce à un melting-pot fructueux. Enracinés solidement dans ce terroir languedocien, ils incarnaient aux yeux de Georges, exilé à Paris, un héritage spirituel nécessaire à son équilibre.

Auprès de mon arbre, je vivais heureux,
J'aurais jamais dû m'éloigner de mon arbre,
Auprès de mon arbre, je vivais heureux,
J'aurais jamais dû le quitter des yeux[5].

En hommage à ses ancêtres de Castelnaudary, Georges Brassens a écrit *Le Petit Joueur de flûteau.* C'est une chanson douce et nostalgique qu'on verrait bien interprétée par un ménestrel au pied d'une dame du temps jadis. Mais ce poème n'est pas fabriqué avec des vers de mirliton. Il coule de source comme une fable de La Fontaine. Le poète y fera allusion dans sa lettre de remerciements à l'écrivain Gilles Henry qui avait établi l'arbre généalogique de Brassens : « Tout cela me semble plus passionnant pour vous encore que pour moi car malheureusement tous ces braves gens dont nous sommes issus nous sont terriblement étrangers.

Rassurez-vous, je savais que la cuisse de Jupiter n'était pas mêlée à ce que vous appelez mon arbre généalogique et n'en souffrais nullement. Peut-être avais-je ce joueur de flûteau dans le sang.

Encore merci car (vous l'ai-je dit) grâce à vous je me prends à penser à ces inconnus auxquels je dois la vie, ce que, je l'avoue, je n'avais pas su faire tout seul. Je ne remontais pas par la pensée au-delà de mes grands-parents paternels. Des maternels, des Italiens, on ne sait rien [6]. »

« Georges Brassens, constate Gilles Henry, n'a jamais quitté cet arbre, celui de la généalogie, celui de la vie, et l'a tant évoqué qu'Yves Robert a dit de lui : "C'était un arbre droit, une chose forte et calme, et chaleureuse et tendre." Oui, toute sa vie, Georges Brassens a chanté ce qui catalogue le généalogiste : le temps qui passe, les amours d'antan, la famille, l'ancêtre, voire le blason [7]. »

Le petit joueur de flûteau
Menait la musique au château.
Pour la grâce de ses chansons
Le roi lui offrit un blason.
« Je ne veux pas être noble,
Répondit le croque-notes,
Avec un blason à la clé,
Mon "la" se mettrait à gonfler,
On dirait, par tout le pays :
"Le joueur de flûte a trahi."

Et mon pauvre petit clocher
Me semblerait trop bas perché,
Je ne plierais plus les genoux
Devant le bon Dieu de chez nous,
Il faudrait à ma grande âme
Tous les saints de Notre-Dame,
Avec un évêque à la clé,
Mon "la" se mettrait à gonfler,
On dirait, par tout le pays :
"Le joueur de flûte a trahi." [8] »

« Fabliaux et complaintes, villanelles et ballades, poésie de Rutebeuf et de Paul Fort, Brassens retrouve naturellement ses sources. Son langage poétique est d'ancienne lignée », soulignera Pierre Seghers dans son *Livre d'or de la poésie française*[9]. Il a pensé lui aussi à l'arbre emblématique en écrivant à propos du Sétois qu'il fit entrer dans la collection « Poètes d'aujourd'hui » : « Un arbre bien enraciné dans notre poésie, son écorce est rude mais vivante la sève[10]. » À son ami le philosophe libertaire Roger Toussenot, Brassens écrira : « J'éprouve la nostalgie de l'autre monde. Tu comprends bien que j'étais né pour être un arbre et devenir grand sans artifice. L'état d'homme me ronge le cœur. Heureusement, il reste l'hallucination préméditée. J'étais destiné à devenir un dieu, j'en suis fâché. Qui suis-je ? Un enfant ? Un étranger errant dans ce monde ? Les deux sans aucun doute[11]. » Autrement dit, un transfuge de la réalité qui a fui en emportant le souvenir exaltant de ses rêves.

Georges Brassens avait quatorze ans quand il a vu Valéry. En 1935, le grand homme, en tenue d'académicien, était venu présider la remise des prix au collège qui deviendrait le lycée Paul-Valéry. Un spectacle que cet élève de quatrième qui a obtenu le premier prix de français, mais ne brille guère dans les autres matières, regarde avec l'admiration du poète en herbe pour un dieu de l'Olympe.

L'auteur de *La Jeune Parque*, l'enfant du pays qui disait « chez moi » en parlant du Languedoc, de Montpellier et surtout de Sète, ayant lui aussi du sang italien dans les veines, se souvenait de sa jeunesse et de ses ambitions littéraires d'élève studieux. Le jeune Georges ne désespère pas, non plus, d'écrire une œuvre poétique géniale. Pour le moment il fait ses gammes en alignant de pauvres vers sur ses cahiers. Il en a conscience et l'avoue tristement dans un de ses premiers poèmes intitulés « Amitié » :

Poète, je t'écris en ce jour de malheur
Je t'écris ma plus belle page,
Pour te dire que je partage
Ta douleur

Ma poésie hélas n'a pas grande valeur
Mais tu lui ouvriras ta porte
Car d'un ami : elle t'apporte
Le cœur

Quand on est las, quand on est triste
Il est doux,
Il est doux de savoir qu'il existe
Un vieil ami qui pense à vous.

L'amitié, ce sentiment que Georges Brassens savait si bien partager car c'est une manière d'amour, était au rendez-vous de ses balbutiements de poète. On pense alors à sa chanson *Les Copains d'abord* qui s'est imposée comme un hymne à la fraternité.

Au moindre coup de Trafalgar
C'est l'amitié qui prenait l' quart[12].

Dans une famille comme celle des Brassens, la dignité humaine correspondait à une vue du cœur. Il fallait apprendre à aimer son prochain malgré les disputes, les moments de révolte. Georges avait sous les yeux l'exemple de ses parents à l'écoute des malheurs d'autrui et toujours prêts à se dévouer. On ne frappait jamais en vain à leur porte. Si lui-même eut du mal à se faire comprendre des siens qu'il pouvait indigner par sa conduite d'enfant turbulent, capable des pires bêtises, l'exemple de leur générosité le portera, durant sa vie d'adulte, à se montrer charitable et à pardonner jusqu'à un certain point. Un père souvent muet mais qui n'en pensait pas moins, une mère campée dans son personnage de mamma autoritaire ont laissé d'amers souvenirs au jeune garçon élevé chez les sœurs de l'école Saint-Vincent, dans le quartier de la cité Dournet, proche du Château-d'Eau, avant d'entrer au collège en 1928. Son éducation catholique ne sera pas sans conséquence sur son cheminement. Son œuvre en atteste comme dans *Le Testament* où il écrit :

Je serai triste comme un saule
Quand le Dieu qui partout me suit
Me dira, la main sur l'épaule :
« Va-t'en voir là-haut si j'y suis »[13].

Au cours de ses conversations avec le père André Sève, celui-ci l'interrogera sur cette chanson qui le renvoie à son passé religieux. Réponse de Brassens : « Ma mère m'avait inculqué une présence, ça c'est certain. Même encore maintenant, quand je suis seul, il y a des gestes que je ne ferais pas parce que dans l'enfance on m'avait donné ce sentiment que nous ne sommes jamais seuls. Cela exige une certaine dignité de gestes et de pensées, car cette présence, si elle était vraie, irait jusque-là. On serait nu extérieurement et intérieurement devant un tel regard... Remarque que moi, instinctivement, j'en faisais un regard d'amour.

Vous, les catholiques, avec votre enfer, vos culpabilisations continuelles, l'importance exagérée que vous donnez aux choses sexuelles, vous sentez peser sur vous un regard de juge. Pas toi, peut-être, mais vous avez donné cette peur aux gens. Ça, je ne peux pas vous le pardonner[14]. »

Georges Brassens voulait bien porter sa croix, mais le péché qui tue l'âme depuis qu'Adam, à l'instigation d'Ève, a mangé le fruit interdit, il s'assoit dessus et croque la pomme à belles dents. Chacun de ses chers parents donnait une interprétation personnelle de ce péché originel. Jean-Louis, en l'absence d'un Très-Haut, ne rendait de comptes qu'à sa conscience. Elvira, au contraire, se tournait vers le Christ et allait s'agenouiller dans un confessionnal. Sur scène, leur fils communiait avec ses sentiments. Face au public, envahi d'une sensation affreuse de solitude, il libérait ses instincts et quelques secrets intimes. Sa pudeur l'empêchait de se livrer facilement tandis que, la plume à la main ou après avoir saisi sa guitare, il pouvait s'abandonner. C'est ainsi qu'il confia ses regrets à sa mère et à son père en écrivant et en chantant *Maman... papa...* Cette chanson d'amour filial que Patachou enregistra, Brassens ne l'a jamais chantée sur scène.

Maman, papa, en faisant cette chanson,
Maman, papa, je r'deviens petit garçon,
Et, grâce à cet artifice,
Soudain je comprends,
Le prix de vos sacrifices,
Mes parents.
Maman, papa, toujours je regretterai,
Maman, papa, de vous avoir fait pleurer
Au temps où nos cœurs ne se comprenaient encor' pas,
Maman, papa, maman, papa[15].

C'est au camp de Basdorf et à l'usine BMW de moteurs d'avions pour la Luftwaffe qui employait les STO, que Georges Brassens a composé les paroles et la musique de *Maman... papa...* Sur son cahier il avait noté à propos de cette chanson : « Musique à l'usine semaine du 4 au 9 octobre. Paroles le 11 octobre 1943. Terminée le samedi 16 octobre 1943. » René Iskin, son camarade le plus proche, assista à la naissance de l'œuvre : « Moi je me souviens bien que Georges avait cette chanson en tête depuis plusieurs mois. Nous dormions dans des lits superposés avec des montants en bois. Un matin, vers cinq heures, j'entends que l'on frappe en rythme sur le montant de mon lit. "Écoute, elle est finie !" Georges, partagé entre son enthousiasme et son souci de ne pas réveiller les copains, me scandait doucement à l'oreille *Maman... papa...* Cette chanson est immédiatement entrée dans ma tête et dans mon cœur pour ne plus en ressortir [16] ! »

Georges Brassens envoya la chanson à ses parents. Sa mère Elvira lui répondit qu'ils l'avaient appréciée mais elle ajouta : « Ne crois-tu pas qu'il vaudrait mieux que tu apprennes un vrai métier [17] ? » Devenir maçon comme papa ? Il ne voulait pas en entendre parler. Retourner aux usines Renault à Boulogne-Billancourt ? Pendant trois mois il avait travaillé au tour comme « manœuvre spécialisé », une expérience désespérante. Non, ce qu'il souhaitait, c'est de s'asseoir devant le piano de tante Antoinette et de refaire le monde en musique.

6

Le temps du STO

Une pluie glaciale noyait la ville. C'était un avant-goût de l'hiver car, à Sète, il peut faire un froid de canard. Cela tombait bien pour le col-vert bagué qui s'était réfugié dans le hall de la gare. Détail piquant : l'insolite palmipède avait choisi le coin réservé à la vente des journaux et des magazines. À huit heures du matin, la présence du canard, qui paraissait d'humeur folâtre, ressemblait à un bon gag au pays de Georges Brassens, l'auteur de *La Cane de Jeanne.*

La cane
De Jeanne
Est morte au gui l'an neuf
Elle avait fait la veille
Merveille
Un œuf.

Le canard de la gare de Sète était gaillard et prenait moins de risques que ses congénères de jadis. À la fin du XIXe siècle, on tirait encore le canard sauvage dans ce lieu excentré de la ville où, sur d'anciens marais, a été bâti le théâtre à l'italienne[1] qui accueillit Brassens en fils prodigue. Des récitals à guichets fermés avec les honneurs de la municipalité communiste et la bénédiction des autorités ecclésiastiques conviées par l'abbé Robert Barrès. C'est ainsi que Mgr Jean Orchampt, évêque auxiliaire de Montpellier et futur évêque d'Angers, assista au récital du 13 avril 1973. Avant le spectacle, le prélat d'une cinquantaine d'années, accompagné de l'abbé Jacques Fournier, adjoint du père Barrès à l'aumônerie du lycée Paul-Valéry, aura l'occasion de bavarder avec Georges, auréolé à ses yeux non seulement du prestige de la vedette mais de vertus chrétiennes.

Leur chaleureux tête-à-tête eut un effet de surprise. Certains n'étaient pas loin d'imaginer que Mgr Orchampt venait de signer un pacte avec le diable ! Alors qu'il y avait entre eux une évidente fraternité d'esprit. La photo qui authentifie cette rencontre est singulièrement parlante. La douceur du regard de Georges qui embellit son visage semble faire rayonner celui de l'évêque sur lequel le poète exerce une sorte de fascination.

Comme le dira Pierre Mac Orlan, expert en humanité, chez Georges Brassens l'homme et le poète ne font qu'un. « Il en est de même, ajoutait-il, pour l'honnêteté et la bonté qui deviennent les éléments essentiels d'une poésie profondément humaine : l'art de Brassens si proche des trouvères du XIIIe siècle, ceux de Picardie et de Champagne, en pensant à Rutebeuf et à la misère dans sa pureté[2]. » C'est difficile d'échapper à l'attraction de ce personnage sans prétention imprégné d'une lumière poétique. Le romancier et critique dramatique du *Figaro* Jean-Jacques Gautier l'avait remarqué lui aussi dès les premières apparitions de l'artiste.

« Georges Brassens est plus qu'un chanteur, c'est un poète. Un poète authentique : il n'y a qu'à le voir et l'écouter pour en être sûr. Il n'y a qu'à l'entendre pour s'en convaincre. Cette mélodie, le détour de la phrase toujours inattendu, le sens du rythme, la personnalité si originale qui anime ses cadences – tout cela ne ressemble à rien de ce que nous connaissons. Il existe dans ce bougre de bonhomme du primitif, de l'anarchiste, de la grosse bête un peu sauvage et puis du rêve, de la berceuse, une merveilleuse petite fleur bleue dont la vivacité nous étonne et le parfum nous ravit.

Moi qui ne crois ni aux théories, ni aux écoles, ni à rien de ce qui dessèche le cœur et l'âme, je crois à Georges Brassens. C'est un généreux. » Ce texte figure au dos de la pochette du premier microsillon 25 cm de Brassens[3]. En couverture, il est photographié la guitare à la main, l'air plutôt sombre. Derrière lui a été dessinée la silhouette d'un énorme gorille montrant ses crocs. Un véritable King-Kong. De quoi entériner la réputation d'un Brassens mal embouché. Jacques Prévert, pas très catholique lui non plus, écrira ces lignes : « Il ne demandait rien à personne. Tout le monde l'a écouté. Il avait quelque chose à dire, à rire, à chanter et même quelquefois à pleurer. La plupart lui en ont su gré[4]. » Nous n'irons pas jusqu'à lui donner le bon Dieu sans confession, mais Georges Brassens inspire confiance et sa parole séductrice rassure. Cette prodigieuse puissance d'envoûtement a été immédiatement ressentie par ses camarades du camp de Basdorf. « Dans ma chambrée, nous avons tout de suite été subjugués par ce grand type, bien bâti, raconte René Iskin. Il était si différent de nous ! Je ne savais pas encore à quel point il allait influencer ma vie entière[5]. »

8 mars 1943, la gare de l'Est est noire de monde. Des centaines de jeunes gens avec leurs valises en carton montent dans le train en partance pour l'Allemagne. Le Service du travail obligatoire concernera neuf cent mille Français et plusieurs millions d'Européens. Employé à l'imprimerie de la Banque de France, René Iskin n'aura pas eu le choix. Son chef de service lui avait dit qu'il fallait obéir aux ordres du maréchal Pétain. « Nous étions six de l'imprimerie à partir. J'avais donné rendez-vous à la gare à mon copain Maurice Rémiot. On a fait le voyage ensemble. Georges Brassens était un des STO anonymes de ce convoi après s'être fait piéger en répondant à une convocation de

la mairie du XIVe arrondissement. À Berlin, nous avons été regroupés dans un camp de triage où les patrons allemands venaient chercher de la main-d'œuvre. Ils en prirent trois cents pour Basdorf. J'étais parmi eux comme Brassens, Pierre Onteniente, son futur secrétaire, surnommé "Gibraltar", et André Larue qui deviendra l'un de ses biographes. Mais ils ne se trouvaient pas dans le bâtiment 26 que j'ai occupé avec lui et qui se composait de six chambres. On était dans la première : la chambre n° 5. Une grande table séparait la pièce en deux. Dans le train Georges Brassens avait fait connaissance avec Georges Paquignon qui était coiffeur à Paris et Jean Lebreton, secrétaire comptable. Après l'installation, on s'est mis à chanter "Ah, ce qu'on s'emmerde ici, on serait mieux à Paris !". Puis on a commencé à se parler. Brassens avait une telle présence qu'on n'osait pas l'interroger. Cette aura de mystère qui se dégageait de toute sa personne m'intriguait fort. Que pouvait-il faire dans la vie ? Je ne fus pas plus avancé lorsque nous fîmes plus ample connaissance les uns et les autres. Lorsque son tour arriva, il déclina simplement son identité : "Je m'appelle Georges Brassens. – Tu es de quel coin ? – Je viens de Sète. – Que fais-tu ?" La réponse fusa immédiatement : "Moi ? Rien."[6] »

Avec sa moustache, ses cheveux noirs qui ondulent, s'exprimant d'une voix douce, Georges Brassens a vraiment de l'allure dans son grand pardessus noir. Il est même impressionnant. Au bout de quelques jours, René Iskin, qui connaît par cœur les succès de Charles Trenet, Mireille, Jean Nohain, Pills et Tabet, Tino Rossi, Jean Tranchant, Ray Ventura, s'aperçoit que Brassens chante les mêmes airs que lui entendus à la radio. Ils sont également sur la bonne longueur d'onde en ce qui concerne les chansons grivoises. Entre les deux jeunes gens s'établira une forte complicité. En fin de journée ils vont boire une bière brune à la brasserie Walfrid située tout près du camp. La fille du patron est agréable et parle français. Georges, qui se débrouille assez bien dans la langue de Goethe mais ne veut pas le montrer, a remarqué le piano de l'établissement. Autorisé par le patron à en jouer, il passera quelques soirées à interpréter le répertoire qu'il a en commun avec René Iskin.

Debout à quatre heures du matin, Brassens s'assoit à la table et écrit jusqu'à ce que ses camarades se lèvent. Ceux-ci avaient d'abord protesté car la lumière les réveillait. Georges rétorqua qu'en se couchant plus tôt qu'eux, il était gêné par les bruyantes parties de cartes. Mais il devait absolument jeter sur son cahier les idées qui lui traversaient l'esprit et deviendraient des chansons. « Je vais vous chercher le café tous les matins si vous me laissez la lumière », proposa-t-il. Ses camarades donnèrent leur accord en se demandant ce qu'écrivait le Sétois sur son cahier et pourquoi il martelait le rebord de la table. Même René Iskin, que Brassens n'avait pas encore mis dans la confidence, se posait la question. Jusqu'au jour où Georges lui chanta une chanson qu'il n'avait jamais entendue.

Reine de bal, reine de bal champêtre
Je vais ce soir chanter pour vous...

« C'est normal que tu ne la connaisses pas, elle est de moi ! » lui dit Brassens. « J'étais fou de joie d'apprendre qu'il composait des chansons, raconte René Iskin. Georges m'a proposé de les chanter pour se rendre compte par lui-même de leur valeur. C'est ainsi que je devins, fort modestement, son premier interprète [7]. »

Georges Brassens lui offrira la partition de *Maman... papa...* ainsi dédicacée : « À toi, René, le vrai créateur de cette chanson, et mon amitié. » Georges Brassens dit Bidet, c'est le surnom que lui avaient donné ses camarades après avoir entendu la première version du *Mauvais Sujet repenti* intitulée d'abord *Souvenirs d'une parvenue.* Avant que ce ne soit un proxénète, c'était une prostituée qui s'adressait à une autre prostituée. Un couplet, disparu dans le texte définitif, avait fortement impressionné les STO :

Te souviendrait-il encor' du
Bidet d'hygiène
Avec lequel, j'avais fendu
Ta boîte crânienne[8].

En mars 1944, à Basdorf, c'est devant un public de prisonniers et de STO que René Iskin chanta du Brassens. Ce dernier n'aura pas vu son ami triompher car il avait déjà plié bagage. Il profitera in extremis d'une permission accordée habituellement aux hommes mariés.

L'interprète du camp, Albert Bauchet, se faisant passer pour un Lorrain mais d'origine luxembourgeoise, servait d'intermédiaire entre les STO et la direction du camp. Il avait réussi à convaincre les Allemands que les hommes vivant maritalement pouvaient eux aussi bénéficier d'une permission de quinze jours. Georges Brassens, comme quatre autres de ses camarades de chambrée, parvint à obtenir un certificat de concubinage, sans doute avec la complicité d'une fiancée parisienne complaisante. En tout cas, il n'a pas bénéficié d'une permission sanitaire comme cela a été souvent raconté. À l'époque, il respirait la santé et aurait eu du mal à passer pour une petite nature.

En accompagnant Georges Brassens à la gare de Basdorf, René Iskin « en avait gros sur la patate[9] ». D'une part les parents de sa promise Micheline n'avaient pas voulu entendre parler de concubinage, d'autre part il était le répondant de Georges et se doutait bien que son ami ne reviendrait pas. « Débrouille-toi pour faire durer ta perm », dit-il à Brassens, la gorge serrée. Il lui restait les chansons de Georges qu'il avait apprises par cœur. Comme *Reine de bal* qui devait s'intituler *Chanson des Auvergnats* et dont l'idée est venue au poète en 1942, sur le piano d'Antoinette. Comme *Pauvre Martin*, la dernière qu'il a composée avant de quitter le camp. Comme aussi ces trois chansons inédites, *À l'auberge du bon Dieu, Un camp sous la lune, Loin des yeux, loin du cœur* et la version complète de *Maman... papa...*[10].

René a aussi gravé dans sa mémoire les paroles de *Vive la France,* la seule chanson patriotique écrite par Brassens :

Si les Français
Marchaient main dans la main
Vive la France, Vive la France
Pour abolir ce régime inhumain
De souffrance, de souffrance
On pourrait voir
Du jour au lendemain
La délivrance, la délivrance
Venir vers nous de par tous les chemins
Si les Français
Veulent marcher main dans la main.

Français, votre patrie appelle
Au secours et vous tend les bras
Faisons quelque chose pour elle
Jamais elle ne l'oubliera.

Enfouie dans le silence, la chanson *Vive la France* n'a jamais remonté à la surface. Elle aurait pourtant mérité une citation à l'ordre d'« Apostrophes » ! Le vendredi 14 mars 1975, Bernard Pivot a réuni sur son plateau une brochette d'invités antinomiques. Thème de l'émission télévisée : « Qu'est-ce que l'esprit militaire ? ». D'un côté les généraux Marcel Bigeard, auteur de *Pour une parcelle de gloire,* et Georges Buis pour *Les Fanfares perdues,* encadrant le futur ministre des Armées Charles Hernu, à l'époque spécialiste des questions militaires au parti socialiste, qui a fait paraître *Soldat-citoyen.* De l'autre, deux pacifistes patentés, le romancier Bernard Clavel qui vient de publier

Lettre à un képi blanc, Georges Brassens venu parler de son recueil *Poèmes et chansons* et le capitaine Sergent, ancien chef de l'OAS en métropole, auteur de *Lettres aux officiers*.

« Tu veux me faire fusiller ! » s'était exclamé Brassens lorsque Bernard Clavel lui avait annoncé que Bernard Pivot serait très content d'avoir sa participation. « Pivot ne pensait pas qu'il accepterait. Je lui ai dit : "Si c'est moi qui lui demande, il viendra." Mais il n'était pas question qu'il appelle Bigeard et Buis "mon général"... », se souvient Clavel [11].

Face à face, Brassens et Bigeard fument chacun la pipe qui se révélera un calumet de la paix. Entre le poète anar et le para de légende devenu secrétaire d'État auprès du ministre de la Défense, c'est presque l'entente cordiale. Les compliments du général Bigeard à l'égard du chanteur obligent ce dernier à déclarer, sur un ton pince-sans-rire : « Cessez vos louanges, vous allez me faire perdre mon public. »

Un peu plus tôt, à la question de Bernard Pivot : « Et vous, Brassens, vous aimez votre patrie ? », il avait répondu : « Je n'aime pas ma patrie, mais j'aime bien la France [12]. » C'était le bon moment pour évoquer *Vive la France*. Brassens préféra se taire car son image d'antimilitariste en aurait pris un sacré coup. Les téléspectateurs d'Antenne 2 seraient tombés des nues et peut-être bien que des inconditionnels de Georges, choqués par les paroles de leur « bon maître [13] », auraient eu envie de se faire hara-kiri !

Savaient-ils que Brassens avait acheté en 1958, en Seine-et-Oise, sur la commune de Crespières, petit village des Yvelines, un ancien moulin [14] situé en bordure du camp militaire de Frileuse où stationnaient des troupes en manœuvres permanentes ? Sans doute ignoraient-ils également que leur chanteur préféré lisait avec délectation le *Catalogue de la Manufacture des armes et cycles de Saint-Étienne* et qu'il lui arrivait de commander des fusils de gros calibre destinés à la chasse à l'éléphant d'Afrique... C'était uniquement pour le plaisir de les regarder, comme un enfant écarquille les yeux devant le rayon des jouets. La panoplie de cow-boy ou la dînette de poupée finit souvent au fond d'un placard. Même chose pour les armes de Brassens. Ce poète bâti comme un déménageur, avec des muscles d'acier, n'aurait pas fait de mal à une mouche. En revanche, les rats du petit ruisseau qui traversait sa propriété de Crespières risquaient d'avoir chaud aux fesses !

On peut également penser que ses fans auraient eu du mal à l'imaginer en train de discuter jusqu'à plus soif avec Honoré Gévaudan, le directeur central adjoint de la police judiciaire. Pourtant, ce flic au sommet de la hiérarchie, auteur de *Tiens, vous faites ce métier-là,* était un de ses vieux copains sétois, né le 22 octobre 1920. Son aîné d'un an pile-poil ! Gévaudan aimait le monde du spectacle, l'ambiance des coulisses, la vie d'artiste. Son père Armand Gévaudan avait été comédien sous le nom de Danam et un de ses aïeux, le peintre Gévaudan, décora le Café de France, établissement renommé de Sète, situé dans la Grande-Rue où la couturière Mme Labrousse profita de l'éclat de sa fille, reine de beauté et future bégum Aga Khan.

Georges Brassens raffolait des potins sans pour autant accepter de dévoiler ses histoires intimes à la presse à sensation comme l'hebdomadaire *France Dimanche,* dont André Larue, son copain de Basdorf, fut un des rédacteurs en chef. Parlant du poète, du chanteur, de l'homme, tel qu'il était avec ses contradictions, Larue soulignera : « Ce mécréant allait aux baptêmes et aux mariages religieux des enfants de ses amis. Ce mal-embouché possédait la délicatesse du cœur. Ce pourfendeur de flics, de juges, de bourgeois, n'était qu'indulgence. Ce provocateur n'aimait pas faire de peine, etc. On n'en finirait pas d'égrener ses paradoxes, qui, parfois, s'appuyaient sur de faux jugements.

Ainsi, cet “ours” aimait et recherchait les rencontres, les copains, l’amitié, l’amour. Et, de passer pour un ours, Brassens, qui a souffert dans sa chair toute sa vie, en a souffert dans son âme [15]. »

7

La maison du bon Dieu

L'impasse Florimont, c'était autrefois une enclave de la pauvreté avec ses logements misérables. Dans ce quartier du XIVe arrondissement, on sent battre le cœur des *Mystères de Paris* d'Eugène Sue. Fleur-de-Marie, enfant trouvée et prostituée qui refusera l'amour pour expier son passé, aurait pu s'y blottir. D'autres personnages mélodramatiques y ont trouvé refuge comme Jeanne Le Bonniec baptisée Grobidon par Georges Brassens et son mari Marcel Planche, l'Auvergnat de la chanson. Mais le poète s'était également inspiré de M. Malet, un Auvergnat bon teint celui-là, patron du café situé à l'angle des rues Bardinet et Alésia, qui lui offrait de temps en temps une assiette de soupe. Il avait lu aussi le récit d'Albert Marchon, *Le Bachelier sans vergogne*, paru en 1925. Un bachelier fauché comme les blés, parti à l'aventure, bénéficiera de la générosité d'inconnus rencontrés sur sa route. Brassens, grand dévoreur de bouquins, avait été emballé par l'histoire exemplaire de ce beatnik avant l'heure sauvé de la mouise.

Dans son cas, c'est Marcel et Jeanne Planche qui lui ont offert le gîte et le couvert et lui ont évité de se clochardiser. Il avait fait la connaissance de Jeanne par l'intermédiaire de sa tante. Georges finira par s'installer tantôt chez l'une, tantôt chez l'autre. Après la disparition d'Antoinette Dagrosa, en 1946, il aurait eu beaucoup de mal à se loger si le 9, impasse Florimont n'était pas devenu l'endroit où il habitera jusqu'en 1966, signe de fidélité absolue à Jeanne qui lui avait ouvert la porte de sa petite maison sans aucun confort, abri des chiens et des chats adoptés par la Bretonne, une franche luronne dégagée d'allure. « Jeanne me prie de t'apprendre que le nombre de nos chats s'élève à huit. Mais, une seconde... On miaule à la porte... Jeanne a ouvert. C'est un neuvième chat. Léautaud est battu ! » devait constater Brassens dans une de ses lettres à Toussenot[1].

La fameuse cane, c'est une autre histoire racontée, cette fois, par René Fallet : « Jeanne avait acheté une cane pour la manger. La cane avait les yeux tendres, Jeanne l'aima et ne la mangea pas. Et la cane mourut de vieillesse, à moins que ce ne soit d'un rhume mauvais, pleurée par Jeanne et les chats et les chiens de l'impasse[2]. » Une version différente de l'histoire a été donnée lors de la sortie du deuxième microsillon de Brassens. *La Cane de Jeanne*, sa chanson préférée, se trouve sur la seconde face, *La Ballade des dames du temps jadis* de Villon figurant sur la première. « Un jour, lit-on dans *Paris-Match*, Jeanne acheta une cane pour la manger. Brassens, ému, la sauva de la cuisson et lui fit sa pâtée tous les jours. En échange la cane pondait un œuf. Mais il advint que la cane mourut sur son œuf. En hommage, Brassens a pondu une chanson[3]. »

Jeanne Le Bonniec est née le 2 décembre 1891 à Lanvollon, dans les Côtes-du-Nord. Comme couturière, elle s'est fait une petite clientèle dans le quartier. Marcel Planche, épousé en 1942, est originaire de Brie-Comte-Robert en Seine-et-Marne. Il a sept ans de moins que Jeanne et apporte sa maigre paie de peintre en carrosserie. Pour se rencontrer, ils n'ont pas eu à chercher loin. Marcel était le neveu de la voisine de Jeanne. Durant ces années de disette, le couple a tout juste de quoi subsister et nourrir ses animaux. C'est une véritable ménagerie, chez les Planche. Outre chiens et chats qui s'entendent autour des gamelles, il y a des cochons d'Inde, une pie apprivoisée, un corbeau, des sereins, un perroquet, deux ou trois poules, un coq nain et, bien sûr, la cane qui finira en chanson. Dans « Les amoureux qui écrivent sur l'eau », création surréaliste peuplée de personnages et d'animaux inspirés de la faune de l'impasse Florimont, avec la participation de Dieu « en chair et en os » et la voix « d'outre-tombe » de François Villon, Georges Brassens plante le décor où règne Jeanne Le Bonniec :

La douce Jeanne de Bretagne, ah, mes aïeux ;
La pluie et le beau temps d'une auberge opportune
Qu'on pourrait appeler l'auberge du bon Dieu
S'il n'en existait déjà une[4].

De ce quatrain naîtra la chanson *Jeanne* :

Chez Jeanne la Jeanne
Son auberge est ouverte aux gens sans feu ni lieu
On pourrait l'appeler l'auberge du bon Dieu
S'il n'en existait déjà une
La dernière où l'on peut entrer
Sans frapper, sans montrer patte blanche[5].

Si Jeanne est la bonne dame de l'impasse, le quidam qui voudrait explorer la venelle peut légitimement se sentir mal à l'aise. Surtout la nuit, à la lueur de l'unique réverbère. Brassens a su exprimer l'atmosphère des lieux, style minuit l'heure du crime :

Une rue sans joie où les sbires
Tout seuls ne s'aventurent pas
Un coupe-gorge et même pire
La venelle où traînaient mes pas[6].

La vie de Georges Brassens va se dérouler dans ce XIVe arrondissement qui restera son quartier de prédilection. Habiter ailleurs dans la capitale lui semble inimaginable. Ce sera en bougonnant qu'il ira s'installer rue Santos-Dumont, dans le XVe, où son homme de confiance Pierre Onteniente lui a trouvé un pavillon avec un petit jardin. « Pour Georges, explique celui-ci, le centre du monde c'était le XIVe. Avec Püppchen, par l'intermédiaire d'une agence immobilière, nous avons cherché dans l'arrondissement quelque chose qui lui convienne. Finalement, nous sommes tombés sur ce pavillon. Il lui plaisait bien mais Georges a toujours regretté qu'il soit situé à la limite du XIVe [7]. »

Pierre Onteniente, devenu la mémoire du poète et le gardien du souvenir, sans ostentation occupe la maison de Jeanne que Georges Brassens avait achetée. Des travaux de rénovation ont changé la physionomie de l'impasse mais il y vit selon l'esprit de son ami qui ne l'appelait pas Gibraltar pour rien. Allusion à sa solidité physique aussi bien que morale, comme le souligne Émile Miramont, le copain d'enfance de Georges surnommé, lui, Corne d'aurochs et avec lequel il voulut créer un mouvement : le PP, Parti préhistorique [8].

Tous les deux de la classe 21, Onteniente et Brassens avaient été affectés au même atelier de l'usine BMW où l'on fabrique et répare des moteurs d'avion. Ce travail à la chaîne commençait dès huit heures du matin après une marche de trois kilomètres depuis le camp de Basdorf. Surveillés par les *Werkschutz*, des gardes armés plutôt débonnaires, les STO avaient l'autorisation de s'arrêter une heure pour déjeuner. Le menu ne changeait guère : un brouet à base de pommes de terre. Pour améliorer l'ordinaire il y avait les colis envoyés par les familles et le marché noir. Le boulot reprenait ensuite jusqu'à dix-huit heures. Repos le samedi après-midi et le dimanche. Évidemment, il faut enregistrer son heure d'arrivée sur une pointeuse.

Pierre Onteniente, qui tient la bibliothèque du camp et se couche assez tard, a du mal à arriver à l'heure.

« Je m'en moquais éperdument mais je risquais quand même, un jour ou l'autre, de me faire engueuler. Un matin, j'arrive encore un peu plus tard que d'habitude. Surprise : ma carte était pointée. Une semaine s'écoule, ma carte est pointée chaque jour... Du coup, j'en profite pour traîner, sans trop me poser de questions sur ce mystère. Jusqu'au jour où je vois un type qui vient vers moi et me dit : "Quand même, tu exagères un peu, tu pourrais arriver plus tôt. Le père Flux t'attend... – C'est toi qui pointes ma carte tous les jours ? – Évidemment..." [9] » Ce n'était pas par l'opération du Saint-Esprit que l'horloge pointeuse enregistrait le passage d'Onteniente à huit heures tapantes. Le bon Samaritain s'appelait Georges Brassens. Pour avertir son camarade il était passé en douce par un chemin interdit. Pierre Onteniente se présenta au père Flux en poussant péniblement un chariot avec un moteur d'avion dessus. « Tu étais en retard », remarqua le contremaître. « Ben oui, j'étais allé chercher mon moteur ! »

Georges Brassens, qui agit par pure philanthropie, ne supporte pas de voir des camarades tenaillés par la faim. « Souvent, à l'heure de la soupe, voyant Louis Cassignol, ce doux géant qui le regarde avec ses bons yeux, il ne peut s'abstenir de lui dire : "Tiens, vieux, prends ma soupe, je n'ai pas faim." [10] » Dès qu'il reçoit un colis de victuailles, c'est pour distribuer la plus grosse part. En fin de semaine, il lui arrive d'aller travailler dans une ferme voisine et de partager avec ses camarades les quelques kilos de pommes de terre qu'il a gagnés. Il est le poète de la chambrée mais aussi un homme qui sait souffrir en silence et que la bêtise humaine scandalise.

« Quelle connerie, la guerre », le cri de Jacques Prévert sera le sien. Georges Brassens se présentera toujours en pacifiste clairvoyant et en apôtre de la tolérance. Son modèle dans l'absolu c'est Jésus-Christ, comme il le déclarera publiquement : « Mon poète préféré c'est quand même le Christ, en admettant que le Christ ait existé vraiment et qu'il ait écrit, qu'il ait inspiré les Évangiles. C'est mon poème préféré, si vous voulez. Si on trouve dans mes chansons, dans mes lignes, quelque chose de mystique, cela provient de ce que je suis nourri de ce fameux poète[11]. »

À partir de travaux de spécialistes, Jacques Duquesne a réfléchi sur l'existence du personnage nommé Jésus. Le journaliste et écrivain fait notamment ce constat : « Il s'exprimait dans un style très populaire, parfois poétique, et toujours très concret. Pour expliquer que la charité ne doit pas être ostentatoire, il disait : "Quand tu fais une aumône, ne l'annonce pas à coups de trompe[12]." Oriental, il ne détestait pas l'outrance, parlait de "poutre" dans l'œil, de "foi qui peut déplacer les montagnes", de chameaux qui tenteraient de passer par le trou d'une aiguille, et ainsi de suite. Enfin, il ne dédaignait pas de se moquer gentiment[13]. » On comprend que Brassens se soit passionné pour Jésus à travers la lecture des Évangiles. Il avait affaire à un héros humain et non pas à l'image d'Épinal du Fils de Dieu. La pensée du poète rejoint l'interprétation de la philosophe Simone Weil qui avait soif de justice sociale et dont le mysticisme se veut d'inspiration chrétienne. Elle a évoqué l'amour implicite de Dieu qui peut être comparé à la récitation du nom du Seigneur : « Les hommes sont les images de la parole de Dieu ; les aimer comme soi-même, c'est retrouver en eux et en soi-même le nom que Dieu nous a donné dès l'origine, nom homonyme du sien, et c'est prononcer ce nom. L'amour du prochain lui aussi a toute la vertu du sacrement.

Cela, le Christ l'a dit assez clairement. Il a dit qu'il remercierait ses bienfaiteurs, en leur disant : "J'ai eu faim et vous m'avez donné à manger." Qui peut être le bienfaiteur du Christ sinon le Christ ? Comment un homme donnerait-il à manger au Christ s'il n'est pas au moins pour un instant élevé à cet état où il ne vit pas en lui, où c'est le Christ qui vit en lui ? Pourtant dans l'Évangile il est parlé seulement de la présence du Christ dans celui qui reçoit. Comme la dignité spirituelle de celui qui reçoit n'est pas en cause, il faut que ce soit le bienfaiteur lui-même comme porteur du Christ qui fasse entrer le Christ dans le malheureux affamé avec le pain qu'il lui donne [14]. »

Chez Jeanne, dans cette maison du bon Dieu selon son cœur de jeune homme, Georges Brassens adoptera un style de vie qui ne trafique pas la vérité et restera dans l'humilité en compagnie de ceux que la Providence avait mis sur son chemin. Décidé à ne pas retourner en Allemagne, il ne prendra pas le train de onze heures gare de l'Est, le 21 mars 1944. Comme c'est indiqué sur sa fiche de permissionnaire qu'il devait remettre au personnel de contrôle au moment du départ, il risque des sanctions. Quelques jours plus tard, une lettre de l'autorité militaire allemande arrivera à l'adresse inscrite sur le certificat bidon de concubinage que Brassens avait remis à l'administration de Basdorf. Elle reviendra avec la mention : « Inconnu au 22, rue de Douai ». Le STO poète qui avait écrit pour ses camarades de la chambre 5 *C'est nous les PAFS* (Paix aux Français), qu'on peut considérer comme une action de résistance à l'échelle du camp [15], venait d'entrer dans la clandestinité.

Le 22, rue de Douai, dans le IXe arrondissement, c'était un pied de nez au « Vingt-deux v'là les flics ! ». Des policiers français ou de la Gestapo sur lesquels Brassens pouvait tomber à tout instant, victime d'un contrôle d'identité ou d'une délation. Dans l'impossibilité d'habiter chez sa tante Antoinette, rue d'Alésia, il ira chez Jeanne qui lui avait déjà ouvert les bras au nez et à la barbe de Marcel Planche, magnifique cocu. Georges, qui a trente ans de moins que sa logeuse très hospitalière de l'impasse Florimont, n'y trouve rien à redire. Il a toujours aimé des femmes plus âgées que lui. Ça tombe bien pour Jeanne Le Bonniec qui a une nette préférence pour les jeunots. Après la mort de Marcel en 1965, elle se remariera l'année suivante, à soixante-quinze ans, déjà très malade, avec Georges Sanjak, un beau brun de trente-sept ans. Encore un Georges, et il a un faux air de Brassens avec sa moustache.

« L'impasse Florimont c'était un taudis... on était bien dedans, on n'avait ni eau, ni gaz, ni électricité... j'ai un sens de l'inconfort tout à fait exceptionnel », racontera Brassens à Philippe Nemo[16]. Nostalgie des temps difficiles où le poète se sentait heureux auprès de Jeanne, sa muse possessive, qui lui offre le minimum vital et de la tendresse à revendre. Mais il a l'impression de piétiner, de ne pas avancer dans ces projets. Le 25 mars 1944, il écrit une longue lettre à son camarade André Larue resté en Allemagne : « Avec toutes mes vieilles habitudes, ma paresse est revenue. Je la nomme paresse, mais je sais qu'elle est plus digne du mot fatigue, cette veulerie qui m'accable. Je suis dégoûté, je n'ai envie de rien et les événements n'ont rien de stimulant. J'ai quand même la force de ne pas t'abandonner à ton sort. Je sens que si je pouvais m'en donner la peine, je deviendrais un grand écrivain, car j'ai des tas de choses dans le crâne, mais je ne puis et ne pourrai jamais les écrire, la chanson, voici mon destin (...) »

8

L'ombre de Villon

« Fallet est non seulement un grand écrivain mais un bel écrivain. » Cette appréciation de Georges Brassens sur René Fallet a été prononcée au micro de France Inter. Le 30 novembre 1971, il était l'invité de Jacques Chancel à l'émission « Radioscopie ». Le poète ajouta à propos de l'auteur de *Paris au mois d'août* qui s'attendait à un amical coup de griffe après la magistrale patte de velours : « Mais quel emmerdeur ! » Les deux hommes étaient comme cul et chemise. Cette relation fraternelle avait donné lieu à un pacte avec la fidélité. Sur son papier à lettres à en-tête, Georges Brassens écrivit : « Il est entendu entre René Fallet et moi-même qu'à la mort de l'un ou l'autre, le survivant refusera catégoriquement – et quelles que puissent être les sommes proposées – de parler en public du "cher disparu". Fait à Paris le 24 novembre 1978. » Sous leurs deux signatures suivaient celles des témoins de ce serment solennel : Sophie Duvernoy, Pierre Onteniente et le chanteur Pierre Louki.

La camaraderie mène à l'amitié. C'est en toute logique que René Fallet, qui a chanté les louanges de l'auteur, compositeur et interprète sous forme d'articles, de textes de circonstance pour programmes de music-hall ou pochettes de disques, devint « l'ami de Georges Brassens ». Coup d'envoi de cette amitié réciproque, un article de

Fallet dans *Le Canard enchaîné* du 29 avril 1953 : « Il ressemble tout à la fois au défunt Staline, à Orson Welles, à un bûcheron calabrais, à un Wisigoth et à une paire de moustaches.

Cet arbre présentement planté sur la scène des Trois Baudets est timide, farouche, suant, mal embouché et gratte une guitare comme on secoue des grilles de prison.

Georges Brassens – *Le Canard*, s'il ne le saluait pas, ne serait plus *Le Canard* – est un bon gros camion de routier lancé à toute berzingue sur les chemins de la liberté. On souhaite à ce véhicule d'éviter jusqu'au bout les dangers de ces pavés d'or sur lesquels se sont déglingués tant de talents, tant de franchises.

La voix de ce gars est une chose rare et qui perce les coassements de toutes ces grenouilles du disque et d'ailleurs (...). » Le reste est de la même eau. René Fallet a pêché le poète de la chanson qu'il appelait de ses vœux. Il lui envoie l'article avec deux plaquettes de ses poèmes. Georges Brassens lui répond illico : « Cher Monsieur, soyez assez gentil pour venir me voir aux "Baudets" un soir (j'y suis vers dix heures) et nous conviendrons d'un jour où si vous avez le temps nous finirons la soirée ensemble. Ou bien venez à "La Villa d'Este" où des raisons alimentaires me contraignent (hélas) de chanter. Merci pour vos poésies et pour cet article si pertinent. Amicalement à vous. Brassens[1]. »

« Il n'y a rien d'extraordinaire à être des amis. Mais il est très difficile de dire pourquoi et comment. Pourquoi René Fallet est-il mon ami ? Comment suis-je son ami ? Il ne m'est vraiment pas facile de l'expliquer, parce que je n'ai pas du tout l'esprit à l'anecdote. » Georges Brassens fut de ceux qui témoignèrent dans le livre *Splendeur et misères de René Fallet*[2]. Il lui fait écouter ses nouvelles chansons, converse longuement sur les sujets les plus divers : « Nous devisons de tout : de nos lectures, de la politique, de Dieu, des femmes, de la pluie et du beau temps. Nous énonçons parfois de belles conneries. Mais nous nous marrons beaucoup. Nous buvons un petit peu. Nous rigolons encore. De dix heures du matin à cinq heures de l'après-midi, nous ne nous ennuyons pas ! (...) René, ajoute-t-il, peut être emmerdant, chiant, agaçant pendant des heures, mais tout à coup, il aura cinq minutes de drôlerie étonnante. Pour ces cinq minutes, je l'aime et j'oublie le reste. Parce qu'il sait rire de tout. Même de la mort. Même un jour d'enterrement...[3] »

À propos de cette amitié indestructible, Paul Guimard, l'auteur des *Choses de la vie*, a donné son point de vue : « Je me demande si la très grande amitié-intimité que René Fallet vit avec Georges Brassens n'a pas, inconsciemment, dissuadé René Fallet d'aller plus avant dans le royaume des poètes. Ils donnent l'impression de s'être partagé les tâches : à Fallet le roman, à Brassens la poésie. On pourrait s'amuser à essayer de le démontrer[4]. » On peut aussi envisager l'hypothèse suivante : Brassens n'a-t-il pas réfréné son envie d'être également un romancier à cause de René Fallet ? Celui-ci, né le 4 décembre 1927 à Villeneuve-Saint-Georges (Seine-et-Oise), s'était affirmé dès son premier roman *Banlieue sud-est*, paru en 1947, qui sera l'événement de la rentrée littéraire de cette année-là[5]. Deux ans plus tôt il avait reçu une lettre de Louis Aragon sensible à un de ses poèmes mais tout de même très réservé dans ses propos : « À certains mots, il me semble que vous pouvez mieux. Vous êtes probablement de ceux dont on a le droit d'exiger de la rigueur envers eux-mêmes. Cela n'est déjà pas si mal, réfléchissez-y (...) » Aragon a toutefois trouvé beau un des vers : « À quand les corbillards du jour »[6].

De son côté, Georges Brassens s'escrime à faire de la prose, voulant justifier l'appellation « homme de lettres » qu'il choisira pour figurer sur sa carte d'identité.

Commencé au camp de Basdorf, le roman *Lalie Kakamou* a un titre dont l'image évocatrice exhale des relents de plaisanteries triviales. C'est l'histoire d'une gigantesque merde « à travers laquelle l'auteur tente d'exprimer la somme de tout ce qu'il réprouve dans ce bas monde, les suggestions qu'il propose d'envisager, bref, ce qu'il a sur le cœur[7] ». Une satire scatologique ? En tout cas, un manuscrit merdique... Brassens en a conscience mais il s'acharne. « Décidé à travailler comme une brute sur *Lalie*, les chansons et le reste, écrit-il à André Larue, j'avais sorti une trentaine de bouquins et quelques cahiers, et je m'étais installé devant la fenêtre de Jeanne, fenêtre qui regarde une cour avec quelques maisons (...) » Repris par le découragement, il poursuit : « En relisant *Lalie* j'ai trouvé ça complètement idiot. Ma vie sera plus fertile en projets qu'en réalisations. Je suis un rêveur fantastique, c'est tout, et je crois même que mes facultés mentales vont en diminuant... »

Installé chez Jeanne depuis le 24 mars 1944, Georges Brassens passe ses journées à gratter du papier, à lire et à méditer sur son triste sort d'écrivain enfermé dans ses fantasmes. Il vit à l'étroit, disposant d'un lit-cage dans le fond de la pièce faisant office de salle à manger et de cuisine. Ses affaires et ses livres sont dans une armoire sur la porte de laquelle il tambourine pour rythmer l'air d'une chanson. Un escalier en colimaçon conduit à la chambre de l'hôtesse qui n'attend plus Marcel pour être au septième ciel. Le brave homme dort dans l'appentis situé dans la courette où l'on fait ses ablutions. « Il avait épousé Jeanne après la guerre – celle de 14, raconte Émile Miramont, familier de l'impasse Florimont. Gazé, diminué par de graves blessures et frappé, murmurait-on, d'impuissance, il n'était plus pour elle qu'un gentil compagnon paisible et tolérant. Il ne partageait plus que ce qui lui restait : sa paie et son tabac (...). Il abusait parfois de la dive chopine et rentrait à l'impasse une mèche en bataille et le regard brillant. Georges me touchait du coude. “Marcel s’est encore poivré !...”[8] »

Brassens a trouvé une seconde famille du genre tuyau de poêle. Marcel donne la moitié de son tabac à Georges et ferme les yeux sur les frasques de Jeanne qui se met en quatre pour aider « son poète ». Une situation que ce dernier évoquera dans une lettre à Roger Toussenot : « Sais-tu, malheureux, que je vis aux dépens de Jeanne ? Que Jeanne se brûle les yeux à coudre sans lunettes, parce qu’un poète qu’elle aime fait passer l’art avant tout ? Sais-tu que si j’envoyais l’art au diable je pourrais adoucir la vie de cette brave et unique femme ? Sais-tu que l’art serait de gagner de l’argent pour lui acheter des souliers, que rien de tout ce qu’ont pu faire les grands créateurs de forme n’égalerait cela ? Que tout le reste est littérature[9]... » Avec les quelques sous économisés, Jeanne, la Jeannette dont Georges avait la photo dans son portefeuille à Basdorf, lui achète des volumes dénichés dans les boîtes des bouquinistes sur les quais. Elle a également participé au financement de la publication à compte d’auteur d’*À la venvole*, un recueil de treize poèmes paru en 1942 chez Albert Messein, l’éditeur de Verlaine et de Rimbaud.

La même année, il a terminé un autre recueil intitulé *Des coups d’épée dans l’eau*, dédié à sa mère, à son père et à sa sœur. Préfacé par Émile Miramont, il sera publié en fac-similé après la mort de Brassens. Ce document inédit provenait des archives d’André Larue et fut joint à son album *Brassens, une vie*[10]. Ces vers puérils annoncent parfois le poète de demain. Ainsi le poème « Le Ramoneur » rappelle-t-il *Marinette*. Toto, le petit ramoneur, tombe amoureux de Suzette qui lui donne rendez-vous devant la grille de sa maison.

Le lendemain, tel un vrai gentleman
Il fit l’emplette
De violettes

Et courut à son rendez-vous
Espérant y trouver Suzette...

La fillette ne viendra pas plus que Marinette, « la belle la traîtresse » :

Avec mon bouquet d' fleurs j'avais l'air
D'un con ma mère
Avec mon bouquet d' fleurs j'avais l'air
D'un con[11].

Dans « Enfantillage », le plus long poème du recueil, le jeune Georges Brassens salue déjà Jean de La Fontaine dont les fables l'enchanteront jusqu'à son dernier souffle.

Car vous devez savoir ce qu'a dit l'homme affable
Si vous l'ignorez, consultez
Son merveilleux livre de fables
(Je serais un vilain menteur
Si je me prétendais l'auteur
De ce jeu de mots admirable)
Si vous ne l'avez pas, procurez-vous-le donc
On
Apprend avec lui à pleurer
Et
À rire
C'est un bon livre que l'on lit
(Ou plutôt que l'on devrait lire)
Avant de s'endormir chaque soir dans son lit.

La conclusion de *Des coups d'épée dans l'eau* est un avant-goût de sa révolte anarchiste qu'il exprimera dans ses chroniques virulentes parues dans *Le Libertaire* :

Le siècle où nous vivons est un siècle pourri.
Tout n'est que lâcheté, bassesse,

Les plus grands assassins vont aux plus grandes messes
Et sont des plus grands les plus grands favoris.
Hommage de l'auteur à ceux qui l'ont compris
Et merde aux autres.

Georges Brassens a besoin des encouragements de Jeanne pour ne pas lâcher prise. Elle est son meilleur remède après un coup de cafard. « Ne t'en fais pas, mon grand, tant que nous serons là, Marcel et moi, tu n'as qu'à travailler tes poèmes. Un jour ou l'autre, quelqu'un reconnaîtra bien ton génie ! Je l'ai bien reconnu, moi ! » L'ombre prodigieusement vivante de François Villon ne cesse de le hanter. Comme lui, il est le type même de l'homme double qui porte en soi la rédemption de tous ses péchés et sera victime du pittoresque. Son cœur est le cœur du petit peuple. Ce n'est pas un « dur », contrairement à son apparence de mauvais garçon ou de romanichel. Son œuvre si profondément humaine, qui nous rapproche de l'autorité divine, mérite l'éternité littéraire. Jeanne et Marcel en sont persuadés mais Georges peut encore glisser sur cette pente rapide aboutissant à la solitude et au désespoir. Il sait que le poète de piètre allure n'inspire rien de bon.

Pas besoin d'être Jérémie
Pour d'viner l' sort qui m'est promis,
S'ils trouv'nt une corde à leur goût,
Ils me la passeront au cou[12].

Jérémie, prophète biblique, originaire d'Anatoth, près de Jérusalem, aura un destin tragique. Brassens, lecteur de l'Ancien Testament, le cite à juste titre comme le remarque Bertrand Redonnet : « L'allusion qui lui est faite ici n'est pas fortuite. Une partie du Livre de Jérémie décrit en effet la période trouble au cours de laquelle se prépare et s'accomplit la ruine du royaume de Juda, en 587 avant Jésus-Christ[13]. » Le prophète, en prêchant l'acceptation du désastre, s'attira la vindicte publique. « Emmené contre son gré en Égypte par des opposants farouches à la conquête de Babylone après la chute de Jérusalem, il fut probablement assassiné par ces mêmes individus », ajoute Redonnet[14]. Comme l'exprime le poète, les bien-pensants n'aiment pas qu'on s'écarte de leur route. En prenant des chemins de traverse, Brassens devient le mauvais sujet même si, avec son air bourru, c'était le meilleur homme du monde. « Dans une salle où il chantait, a raconté René Fallet, j'entendis un soir une bonne femme déconcertée, balbutier à ses voisins : "Mais c'est une brute, cet homme-là, c'est une brute..." Parce que Brassens ne saluait pas, ne la saluait pas. Non, madame, Brassens ne salue pas...[15] »

Il faut l'accepter tel qu'il se présente, avec sa liberté de pensée et de langage, son esprit de rébellion, son sens de l'humour et cette pudeur d'honnête citoyen qui a horreur de parler de soi, sauf dans ses chansons. Il suffit de tendre l'oreille. Comprendre que Georges Brassens n'a pas de message à délivrer et n'a jamais essayé d'imposer une idée à personne. « Je dis ce que je pense, ce que je crois penser[16]. » Tant mieux si ses chansons réchauffent les âmes en peine et mettent du baume au cœur. Il veille sur ses amis et leur apporte le réconfort qu'ils attendent de ce vrai saint-bernard. René Fallet, entre autres, pourra en témoigner : « J'étais seul, triste, douloureux même. Je quittai mon Brassens plus tôt que de coutume pour me coucher. Il vint chez moi une demi-heure plus tard, sa guitare à la main, s'assit sur mon lit, me dit : "Écoute !" et chanta. Longtemps. »

9

Tendresse et provocation

En façonnant ses chansons comme un orfèvre du verbe et de la mélodie, Georges Brassens ignore sans doute qu'il est l'héritier des Grands Rhétoriqueurs. Cette école poétique de la fin du XVe siècle et du début du XVIe comprenait une trentaine de représentants contemporains de François Villon pour les premiers et de Clément Marot pour les derniers. À Milan, lors d'un colloque consacré à la langue de Brassens, Jacques Cellard est intervenu sur ce thème singulier et a constaté que ces poètes de cour, à qui l'on doit les premiers *Traités de versification* de notre langue, avaient leur place dans la lignée des inspirateurs de l'artiste. Pour lui comme pour eux, « l'art de la poésie est fait de trois éléments indissociables : la grammaire, la poétique et la musique, chacun de ces trois éléments apportant son concours aux deux autres [1] ». Avec sa chanson *Le Moyenâgeux*, Georges Brassens rend un hommage indirect à ces lointains Rhétoriqueurs et regrette de n'avoir pas été le compagnon de Villon :

Je mourrai pas à Montfaucon,
Mais dans un lit, comme un vrai con,
Je mourrai, pas même pendard,
Avec cinq siècles de retard.
Ma dernière parole soit

Quelques vers de Maître François,
Et que j'emporte entre les dents
Un flocon des neiges d'antan...

Ma dernière parole soit
Quelques vers de Maître François...

Pardonnez-moi, Prince, si je
Suis foutrement moyenâgeux[2].

Les techniques de versification de Brassens montrent qu'il avait lu le *Petit Traité de versification française* de Maurice Grammont paru en 1908, qu'on trouvait dans les boîtes des bouquinistes des quais ou chez Gibert, boulevard Saint-Michel. Peut-être aussi a-t-il utilisé le petit *Traité* de Théodore de Banville, paru en 1872[3]. L'une des autres sources très probables de Georges Brassens, c'est Aristide Bruant qui a été son précurseur dans les cabarets de la butte Montmartre. Sa célèbre chanson *À Saint-Lazare* aurait pu être signée par l'auteur de *La Complainte des filles de joie.*

C'est d' la prison que j' t'écris,
Mon pauv' Polyte !
Hier, je n' sais pas c' qui m'a pris
À la visite :
C'est des maladies qui s' voient pas,
Quand ça s' déclare...
N'empêche qu'aujourd'hui j' suis dans l' tas,
À Saint-Lazare.

À chacun son répertoire mais ils étaient parfois interchangeables. Exploitant la même veine humaniste, les deux poètes chanteurs rejoignaient en un chant unique l'universel concert. Les va-et-vient sont constants entre leurs œuvres. C'est ainsi que Georges Brassens apporte sa contribution à la mémoire commune. Ses chansons s'amalgament à un patrimoine littéraire auquel il emprunte des images. Un vers de Jules Laforgue tiré de son recueil *Les Complaintes* : « Il rit d'oiseaux, le pin dont mon cercueil viendra ! » évoque les vers de Brassens lorsqu'il compose *Le Testament* :

Est-il encore debout le chêne
Ou le sapin de mon cercueil ?

« Un écrivain, souligne René Fallet, se sert de son héritage littéraire comme de sa propre vie : ce sont des matériaux qu'il n'emploie pas à l'état brut, mais qu'il transforme et modèle selon sa propre imagination[4]. » C'est ce que lui fait astucieusement avec ses romans. Parviendrait-il à ce subtil dosage s'il écrivait des chansons ? « Elles ne seraient pas et populaires et de qualité comme celles de Brassens. Elles seraient trop littéraires (...) Il a un tour de main, une “patte” que je n'ai pas[5]. »

Philippe Chatel, fils du réalisateur de télévision François Chatel, que Brassens avait choisi pour participer à la première partie de son spectacle à Bobino en 1972, lui demanda ce qu'il pensait des interprètes de ses chansons. « Mes chansons, une fois qu'elles sont faites, ne m'appartiennent plus. Mais si tu veux mon jugement franc, je t'avouerai que, pour moi, celui qui chante le mieux les chansons de Brassens, c'est lui ! Je dis cela sans prétention aucune. Les interprétations des autres m'apportent quand même quelque chose : une nouvelle façon de recevoir les chansons, un accompagnement différent, encore que le rythme proprement dit soit difficile à changer. Il est incorporé au morceau. Il peut paraître transformé en apparence, mais en fait, on ne peut pas réellement le bouger. Le rythme, ce sont les mots qui le donnent. Certains ont été choqués par les adaptations qu'on a pu faire de mes chansons. Moi non. Je pense avoir l'oreille fine. Si quelque chose me gêne, je l'enlève, pour ne garder à l'écoute que ce qui me plaît. Tu connais le proverbe : “Si mon ami est borgne, je le regarde de profil.” Je me souviens que mon père faisait des contrechants sur des airs de Ray Ventura qui passaient à la radio. Il ajoutait quelque chose que lui seul entendait, mais qui en fait était incorporé à la musique. C’est pareil pour mes chansons. Ceux qui les aiment peuvent entendre les contrechants, l’accompagnement... qui n’y est pas[6]. »

En rythmant sa mélodie sur un coin de table ou sur n’importe quel support, Georges Brassens a créé sa marque musicale. Maxime Le Forestier, l’un des meilleurs interprètes de ses chansons, parle du système du « trois pour deux » : « Il chantait dans un rythme binaire et s’accompagnait dans un rythme ternaire, ou l’inverse[7]. » Ce qui se caractérisait par une qualité de son propre à la musique de jazz.

Le style de Brassens est aussitôt reconnaissable. On en subit le charme. Il touche toutes nos fibres. La poésie de Georges Brassens, comme celle de Jacques Prévert, est descendue dans la rue et a profondément marqué la jeunesse. Mac Orlan l’avait constaté : « Prévert et Brassens, on peut leur faire confiance ; ils n’ont rien sollicité. C’est le monde des jeunes gens qui est allé à leur rencontre pour leur apporter le succès[8]. »

Avant guerre, les gamines qui entourent un chanteur sous les arches du métro, près du boulevard Barbès, quand la journée s’achève, sont les mêmes qui, au temps de Villon, écoutaient la belle voix populaire leur chanter l’amour sous une forme tendre ou grivoise. Quand on parle de poésie d’inspiration populaire, c’est à François Villon qu’il faut penser. Son œuvre peut servir de pierre de touche. Au fond de l’impasse Florimont, Georges Brassens est habité par cette mélancolie qui le lie secrètement, par-delà les siècles, à ce maître du langage, compagnon de la Coquille, ami des filles publiques et familier des salons du plus haut fonctionnaire de la police. Bordée par des masures à deux étages, l'impasse avec son sol de vieux pavés disjoints où s'est formée une rigole d'eaux usées pourrait être une annexe de la cour des Miracles. Son nom était une allusion à la disparition « miraculeuse » des infirmités de certains mendiants. Ici, c'est la vie de Georges qui tient du miracle. Il aurait filé un mauvais coton sans Jeanne qui est gentille, pleine de soins, de tendresse pour son poète va-nu-pieds. Ce sera dur pour sortir de l'ornière. Toutefois, une chose est sûre, Brassens ne se vendra jamais à personne.

Comme tous les débutants, il ira frapper aux portes mais sans insister. Le romancier qui sommeille en lui, et se réveille par intermittence, lorgne la NRF, berceau d'une littérature ouverte à la génération qui s'élève. Gaston Gallimard ne l'a jamais inscrit à son catalogue mais, en 1947, *Lalie Kakamou*, sans cesse remanié depuis cinq ans, paraîtra sous le titre plus convenable de *La lune écoute aux portes*, dédié à Lise Deharme, avec sur sa couverture de couleur verte le sigle NRF et le nom de Gallimard pour faire de l'effet. Ça sent le canular à plein nez d'autant que le livre, comme il est de coutume de l'indiquer, entre dans la collection « Bibliothèque du lève-nez » ! Les quarante-six pages de ce pamphlet surréaliste et féroce sur les milieux littéraires parisiens, tiré à cinquante exemplaires, grâce encore à l'aide de Jeanne qui a payé l'imprimeur, ne susciteront aucune réaction du côté de la célèbre maison. Georges-Charles Brassens – l'auteur a ajouté son second prénom – en avait pourtant fait parvenir un exemplaire à Gaston Gallimard qui aurait pu lire page 31 : « M. Henry Bordeaux, roi des cons, M. Gallimard, voleur monstrueux[9] ». Il joignait à son envoi la lettre suivante :

« Cher éditeur, à toutes fins utiles et pour que vous soyez informé au cas où cet ouvrage serait porté à votre connaissance, je vous adresse *La lune écoute aux portes* que vous êtes censé avoir édité. Je n'ai pas cru nécessaire de vous faire part du manuscrit avant la mise sous presse, étant certain par avance de votre accord, sans qu'il soit même question de contrat entre nous. C'est uniquement pour gagner un temps précieux (sur le vôtre et surtout sur le mien) que j'ai honoré de votre griffe universellement réputée ce modeste recueil, sans que l'opération s'effectuât par vos soins. Des personnes malintentionnées pourraient s'imaginer aisément à la lecture de ces lignes où votre nom revient fréquemment sous le paradoxal et infernal qualificatif de "voleur" que je nourris à votre égard une antipathie marquée. Il n'en est rien. C'est sans doute en raison de votre goût connu pour les auteurs d'avant-garde que votre maison s'est trouvée, plutôt qu'une autre, mêlée à cette aventure. Recevez, cher éditeur, l'expression de ma plus vive reconnaissance. Georges-Charles Brassens. »

Parmi la poignée de journalistes qui reçurent ce mince ouvrage iconoclaste, un seul en signala la parution : le copain André Larue dans *France-Dimanche* du 19 octobre 1947. Article d'une colonne au titre accrocheur : « Un écrivain traite l'éditeur Gallimard de "voleur monstrueux". » Larue, qui ne l'a pas signé, se contente de reproduire la lettre de Brassens à Gallimard, ayant précisé auparavant qu'« il n'est pas de coutume qu'un auteur insulte son éditeur ». Il souligne que l'écrivain en question est un anarchiste, ex-directeur du *Libertaire.* Nous apprenons aussi que *La lune écoute aux portes* devait s'appeler primitivement *Si les lièvres avaient des fusils, on n'en tuerait pas tant* (exit *Lalie Kakamou*). Pas de commentaires critiques à l'exception de cette déclaration expéditive qui clôt l'article : « C'est une série de sensations et d'imaginations poétiques. »

Citons, à titre d'exemple, le premier paragraphe : « Hormis Évelyne Floret, laquelle avait lu quelque part que certains peuples de l'Espagne antique se nettoyaient les dents avec de l'urine, et André Gide qui cédait à un confiseur d'avant-garde les quelque cent grammes de sucre journellement fournis par ses excrétions diabétiques, il nous était à tous infiniment pénible d'être nantis d'une vessie. »

Ou encore cette description de reliques décorant un

appartement montmartrois : « Crâne de Racine, dernière diarrhée de Hugo, linge périodique de George Sand, morceau de chair pourrie de la cuisse de Rimbaud (...) curedents d'Alfred Jarry, plaque muqueuse de Baudelaire, pirouette de Charles Cros, crachat de Valéry, testicules d'Eluard, vomissement de Musset, vinaigrette de Pascal, urine de Heredia, sperme de Verlaine. »

Georges Brassens ne se ronge pas les sangs parce que les critiques littéraires restent silencieux. En revanche, il attend avec impatience la réaction de Roger Toussenot et, lorsque sa lettre arrive, il lui répond aussitôt :

« Cher ami, j'ai lu ta lettre avec grand plaisir. Je commençais à redouter le pire : maladie, pompes funèbres, délicatesse t'empêchant de m'avouer le peu d'intérêt pris à la lecture de *La lune écoute aux portes* ? Je suis maintenant rassuré. Je suis d'accord avec tes critiques, les élogieuses et les autres. Ne crains pas cependant de me voir insister dans ce que tu nommes “trivialisme systématique”. C'était hier ! Aujourd'hui je ne pratique plus ce genre. En outre, je dois te remercier de te servir de Chaplin dans ta comparaison et aussi d'avoir vu quelle influence a exercée sur moi le rythme saccadé et poétique du cinéma muet. Quant au surréalisme, si je me suis abreuvé à sa source, j'avoue ne plus m'y intéresser beaucoup. Mon élément serait plutôt le symbolisme ainsi que les anciens poètes (La Fontaine, Boileau, Racine). Je te sais gré d'avoir voulu publier dans *Le Libertaire* quelques lignes à mon sujet ; mais le refus des “dirigeants” ne m'étonne pas : pour ces idiots, je suis la peste ! Ils se laissent aller à me considérer comme un imbécile. Heureusement que Courteline a dit que “passer pour un idiot aux yeux d'un imbécile est une volupté de fin gourmet”... [10] »

Les remarques de Toussenot, dont il disait : « Ce con, il m'oblige à être intelligent », lui importent plus qu'un mini-scandale occasionné par une plainte des éditions Gallimard. Mais l'avenir réservera une surprise de taille au poète anar. En 1973, par l'intermédiaire d'un recueil de poésie de René Fallet, *Chromatiques*, qui lui est dédié, Georges Brassens voit sa prose publiée par Le Mercure de France, illustre maison qui dépend de Gallimard. Il est, en effet, l'un des deux préfaciers, l'autre étant Jacques Prévert.

« René Fallet ne fait pas grand-chose pour qu'on le soupçonne d'être poète, écrit-il, et si son œuvre romanesque connaît la faveur d'un nombreux public, nous ne sommes que quelques-uns dans le secret de sa poésie, quelques-uns à déplorer qu'il n'y sacrifie pas avec un peu plus d'assiduité... »

Simone Gallimard, qui dirige Le Mercure de France, devint la belle-fille de Gaston Gallimard en épousant son fils Claude. Elle apprécie les chansons de Brassens et sera ravie d'apprendre qu'il est un lecteur assidu du *Journal littéraire* de Paul Léautaud, également un maître pour Fallet. Afin de compléter sa série de volumes, il se déplaça lui-même, rue de Condé, dans les locaux de la vénérable maison d'édition. Georges Brassens connaît par cœur *Ballade de la geôle de Reading* d'Oscar Wilde, dans sa traduction parue au Mercure de France. Il peut également réciter de longs passages de *Bubu de Montparnasse* de Charles-Louis Philippe, de *Mon oncle Benjamin* de Claude Tillier, de *Messieurs les ronds-de-cuir* de Georges Courteline, et il a en mémoire des pages et des pages de sa bibliothèque.

Il sera accueilli par Jacqueline Brault installée à la réception. « Brassens est arrivé vers midi trente, se souvient-elle. Je lui ai remis les tomes du *Journal* de Léautaud qui lui manquaient et deux livres d'André Chamson. Il a refusé qu'on les lui offre, pas même l'exemplaire numéroté dont Simone Gallimard voulait lui faire cadeau. Nous avons un peu parlé de l'histoire de la maison. Il m'a dit qu'il possédait une partie de la collection de la revue du Mercure de France. J'ai conservé l'image d'un homme courtois et timide. En revanche, René Fallet s'est comporté à mon égard comme un goujat. J'ai failli le gifler[11]. »

Dragueur obsessionnel, il transforme ses intrigues amoureuses en autant de sujets de roman. Quelques-unes de ses « fiancées » sont devenues des héroïnes de best-sellers. Georges Brassens sera choqué de cette exhibition de sentiments. Leur comportement vis-à-vis des femmes est diamétralement opposé. C'est un sujet dont ils débattent souvent. Fallet, en perpétuelles crises passionnelles, se compare à Léautaud qui avait une fringale de jeunes admiratrices et le désespoir indomptable. Comparativement, Brassens est d'une grande sagesse malgré quelques aventures douloureuses qui lui inspireront *Putain de toi* et *Une jolie fleur dans une peau de vache.* « J'ai connu toutes espèces de femmes. J'ai connu des bonnes fées et j'ai connu aussi des fées Carabosse. Mais comme je suis plutôt d'une nature optimiste, je ne retiens des choses que le meilleur, quoi !

Je ne veux pas être féministe mais, enfin, il me semble que, souvent, les hommes se comportent assez mal envers les femmes. La femme est un être fragile. La femme est un être qui, sur le plan sexuel, n'est pas tout à fait conçue comme nous. Il ne faut pas se jeter sur elle brutalement. Enfin, on peut le faire, ça, on peut le faire, mais il faut choisir le moment où elle attend ça[12]. »

10

La dame de cœur

« Pour se promener dans Paris avec Georges Brassens en 45-46, il ne fallait pas manquer de courage. À une époque où les hommes portaient plutôt les cheveux courts, sa chevelure noire, bouclée et fournie, attirait les regards. Et dans ces regards il y avait plutôt de la malveillance, voire de l'animosité. » Sans compter les pattes et les bacchantes assorties. C'est un signalement de suspect idéal d'après André Larue [1] qui aimait flâner en compagnie de l'écrivain méconnu que les gardiens de la paix examinaient à la dérobée. Il arrivait aussi qu'ils demandent à contrôler ses papiers d'identité. La qualité d'« homme de lettres » sauvait les apparences. Brassens devait représenter une catégorie de poètes scribouillards condamnés à tirer le diable par la queue. Les gardiens s'en allaient, toutefois persuadés que le bonhomme s'était payé doucement leur gueule.

Avec sa tête de mauvais sujet stéréotypé, il avait attendu la Libération sans trop s'éloigner de l'impasse Florimont. Georges Brassens ne quittait son antre qu'à la tombée de la nuit. « Il faisait un petit tour dans le quartier pour s'aérer un peu », raconte René Iskin [2]. Le premier interprète des chansons du poète recevait régulièrement des nouvelles de l'ami Bidet. En rupture de STO, ce dernier se sentait coupable d'avoir laissé au camp de Basdorf ses camarades qui seront libérés par les troupes soviétiques le

21 avril 1945. Il a évoqué son cas de conscience dans plusieurs lettres qu'il leur adressera.

« Encore une fois je regrette de n'avoir pas fait ce que j'avais à faire... D'ailleurs à part mes parents je n'ai eu le temps de voir personne... On ne peut comprendre cela que si l'on est venu en permission. Évidemment je pouvais revenir... Mais à quoi bon... j'ai bien réfléchi, j'ai eu ma tempête sous un crâne... Je me suis dit combien de types qui reviennent... On m'a dit deux... Deux ! Si j'étais revenu ça aurait fait trois... Pour un type de plus l'usine n'aurait pas laissé partir un autre convoi de permissionnaires, en surplus les permissions étaient supprimées... J'aurais pu revenir pour vous retrouver... J'y ai pensé... Mais je ne pouvais pas de mon plein gré abandonner Jeanne ici, Jeanne qui a été et qui est si gentille, si bonne pour moi... Tout cela est bien emmerdant[3]. »

Georges Brassens ne cesse de penser à ces garçons avec lesquels il a partagé des moments de fraternité. Il attend leur retour avec une impatience grandissante. Paris est libéré le 25 août 1944. Le matin, il s'expose au passage de chars et de half-tracks de la 2e DB qui sont entrés par la porte de Gentilly et la porte d'Orléans. Ce jour-là, il fait la connaissance de Jacques Kryn, d'origine belge, également passionné de littérature. Leur rencontre eut lieu dans des circonstances dramatiques. Sous leurs yeux, l'ami qui accompagnait Jacques Kryn est mortellement blessé par une balle perdue[4]. Brassens entraînera le jeune homme impasse Florimont où bien d'autres amis iront s'attabler autour d'une bouteille chez Jeanne et Marcel. Mais pour franchir une seconde fois la grille rouillée, il faut avoir plu à la Bretonne attentive à la personnalité des nouveaux arrivants. Ceux qu'elle trouvait déplaisants étaient envoyés aux pelotes. Les femmes sont rarement bien accueillies. La jalousie de Jeanne est terrible. Attention à son œil noir ! Si l'une de ces dames s'intéresse trop à Georges, elle risque de s'attirer les foudres de la tigresse.

Le premier des anciens de Basdorf à se présenter, c'est André Larue pour lequel Jeanne aura tout de suite de la sympathie. Son allure de garçon très comme il faut la rassure. Ce n'est pas le genre à faire les quatre cents coups et à aller courir le guilledou avec Georges toujours prêt à conter fleurette. Ce peut être de médiocres aventures où la chair seule est intéressée. Mais aussi des passions subites comme sa rencontre avec la petite Jo, à la fin juin 1945, sur le quai du métro Denfert-Rochereau. « La petite Jo a été un peu importante... », a admis Brassens qui agissait avec discrétion. André Larue révéla l'existence de cette jeune fille délurée et velléitaire [5]. Maria, que Georges avait surnommée le Succube, a tenu une petite place. Elle n'était pas ardente pour des prunes. Dans l'esprit du poète, toutes ces histoires vont se confondre pour se transformer en chansons. À cette époque, il écrira plusieurs chefs-d'œuvre comme *Putain de toi, Une jolie fleur, Brave Margot* ou *Le Parapluie* :

Il pleuvait fort sur la grand-route,
Ell' cheminait sans parapluie.
J'en avais un, volé, sans doute,
Le matin même à un ami ;
Courant alors à sa rescousse,
Je lui propose un peu d'abri.
En séchant l'eau de sa frimousse,
D'un air très doux, ell' m'a dit « oui » [6].

Pendant les journées qui ont suivi la Libération, il assistera à des scènes qui le révolteront, comme la chasse à ces femmes victimes de leur penchant pour l'occupant. Sa chanson *La Tondue,* sortie en 1965, viendra à leur secours. Il voulait aussi se faire pardonner d'être resté les bras croisés face à cette violence en train de gâcher la liesse populaire. Brassens fut effrayé par ce manque de compassion et la haine des sans-cœur.

Mais je n'ai pas bougé du fond de ma torpeur,
Du fond de ma torpeur,
Les coupeurs de cheveux en quatre m'ont fait peur,
En quatre m'ont fait peur[7].

André Larue et Georges Brassens avaient rêvé, alors qu'ils se trouvaient encore au camp de Basdorf, à la création d'un journal, *Le Cri des gueux*, qui dénoncerait l'injustice du monde et revendiquerait plus de liberté. Le titre de cet hebdomadaire anticonformiste est inspiré des poésies de Jean Richepin dans *La Chanson des gueux* et du *Cri du peuple* d'Élisée Reclus. Roger Thérond, correspondant à Paris de « La Voix de la Patrie » et critique cinématographique à *L'Écran français*, est sollicité pour participer à son lancement. Émile Miramont est également mis dans le coup. Des maquettes sont préparées dans l'euphorie. Il reste à trouver un commanditaire. Celui qui s'intéressera au projet va vite abandonner l'idée de financer à fonds perdus *Le Cri des gueux*, sorte de *Charlie Hebdo* avorté. Le futur journal de la bande à Cavanna correspondra à ce style de presse satirique que la bande à Brassens avait imaginée pour secouer le cocotier. Le dessinateur Jean-Marc Reiser s'inspirera de sa chanson *Le Bistrot* « tenu par un gros dégueulasse » pour créer son fameux personnage. Il prit aussi pour modèle Camille, le mari de la concierge de l'immeuble de la rue des Trois-Portes où *Charlie Hebdo* était installé[8]. Reiser rendra un magnifique hommage à Brassens dans une BD pleine page parue dans *Le Nouvel Observateur* au lendemain de la mort du poète[9].

Le gros dégueulasse est assis dans un compartiment de train. Il a en face de lui une jeune fille en pleurs qui lit un journal où est écrit : « Brassens, t'étais le meilleur ». Le gros dégueulasse réagit : « Moi, j'aimais pas Brassens. Il était vulgaire et malpoli. Et encore... on ne passait pas toutes ses chansons à la radio ! Il défendait les voyous, les voleurs, les pornographes. Il étouffait des gendarmes entre des seins de matrones... Faisait sodomiser un juge par un gorille... Se tapait une veuve le jour de l'enterrement du mari. J'en passe et des meilleures ! Ça fait beaucoup pour un chanteur dont on va étudier les textes à l'école ! » Le gros dégueulasse se tait brusquement à la vue de la jeune fille qui dégrafe son corsage « pour donner la gougoutte à son chat » sorti d'un panier d'osier. « Comme c'est mignon !... » s'exclame-t-il, avant de poursuivre d'un air attendri : « On dirait une chanson de Brassens ! Quand même... il chantait autre chose que les bêtises inaudibles d'aujourd'hui... » Une larme glisse sur sa joue.

Coluche, en faisant voler en éclats les tabous du langage, est lui aussi un « enfant » de Brassens. Grossier mais pas vulgaire. À la fin des années soixante-dix, grâce à René Fallet, il ira déjeuner chez le poète, rue Santos-Dumont. « Quand j'étais môme, dira-t-il, je me planquais souvent dans l'impasse Florimont en espérant qu'il entre ou qu'il sorte. Je n'ai jamais pu l'apercevoir [10] ! » Avec « Les Restos du cœur », Michel Colucci, alias Coluche, mettait en pratique, à une échelle nationale, l'esprit de *Chanson pour l'Auvergnat* qu'il lui arriva de chanter quand il faisait la manche.

Ce n'était rien qu'un peu de pain
Mais il m'avait chauffé le corps
Et dans mon âme il brûle encore
À la manièr' d'un grand festin [11].

Impasse Florimont, Georges fume le tabac de Marcel, l'Auvergnat, et mange le pain de Jeanne. Il lui arrive même de se régaler de son plat préféré : du jambon ou de la saucisse avec des frites. Personne ne crève de faim dans cet îlot de bohème qui frise l'insalubrité. Chacun se débrouille avec les moyens du bord. « Brassens était démuni parce qu'il le voulait bien, remarquera André Larue. Il n'avait pas besoin d'argent pour vivre, comme il n'avait pas besoin de salle de bains, de meubles, de bibelots. Les fêtes, les réceptions, les gueuletons ne l'intéressaient pas. Les voyages, les vêtements, le superflu, non plus. “J'ai tout dans ma tête”, disait-il [12]. » C'est le Diogène de l'endroit. Le lit-cage est son tonneau. Sans doute si un grand de ce monde lui avait demandé ce qu'il désirait aurait-il répondu comme le philosophe grec : « Que tu t'ôtes de mon soleil. » À défaut de piano, l'achat d'une guitare, avec une fois de plus l'aide de Jeanne, va lui ouvrir de nouveaux horizons. Il vient d'acquérir un instrument de travail ! Ce sera le prix de sa liberté après s'être mis en règle avec les autorités militaires. Début juillet 1945, les gendarmes lui ont intimé l'ordre de rejoindre le 173e régiment d'infanterie de Carcassonne. Les jeunes gens de vingt à vingt-deux ans requis par le STO étaient exemptés de service militaire. La carte de rapatrié leur servait de document vis-à-vis de l'armée. Georges, qui avait « oublié » de retourner en Allemagne, n'en possédait pas. Il devra fournir les preuves de sa bonne foi pour être dispensé d'un séjour sous les drapeaux.

André Larue avait donné rendez-vous aux copains de Basdorf devant la fontaine Saint-Michel. « J'ai revu Georges et presque tous les gars de la piaule. On est allés fêter ça dans un bistrot du coin », se souvient René Iskin [13]. Il leur annonça son prochain mariage avec Michou. Brassens avait déjà offert au couple un beau cadeau en leur dédiant sa chanson *Loin des yeux, loin du cœur,* écrite au camp en 1943.

Quand je suis loin de tes yeux
Suis-je aussi loin de ton cœur ?
Notre amour peut-il mon Dieu
S'amoindrir par mon absence ?

Le 7 juillet 1945, en sortant de l'église de Créteil, René Iskin et Michou sont stupéfaits. Les anciens de la chambre 5 les attendent de l'autre côté de la rue. « Bon Dieu, que j'étais heureux de les voir », dit René Iskin[14]. Il ne s'y attendait pas car aucun d'eux ne s'était manifesté après l'envoi des faire-part de mariage. Georges Brassens avait voulu qu'on leur fasse cette surprise. Les jeunes époux s'installeront dans un studio 14, rue de Langeac, près du métro Convention, dans le XVe arrondissement. Par le plus grand des hasards, ils se retrouvaient dans le quartier de Brassens. Quelques mois plus tard, près de la porte de Versailles, René Iskin tombe sur Georges assis sur un banc en galante compagnie. Il lui présente une petite femme charmante et malicieuse qui s'exprime avec un accent russe. C'est une Estonienne fière et heureuse de l'être. Joha Heiman venait de se glisser dans la vie du poète sans qu'il se doute que cet amour naissant allait le submerger. « Je les ai invités à venir casser une croûte, se rappelle René Iskin. En repartant, Georges m'a dit : “Surtout, ne parle pas de Joha à Jeanne...”[15] » Dans son cœur, Joha c'était déjà Püppchen, sa nymphe de la mer Baltique qu'il appellera aussi « ma favorite ».

« La première fois que j'ai rencontré Georges, la guerre venait d'éclater, je passais devant le métro Plaisance et, tout à coup, j'ai remarqué un jeune homme qui me regardait et qui, au fur et à mesure qu'il descendait l'escalier, me regardait toujours... puis disparaît[16]. » Inséparables dans l'absolu, Georges Brassens et Joha Heiman ont toujours vécu chacun chez soi depuis leur véritable rencontre en 1947. Ils s'étaient à nouveau croisés et avaient échangé des regards qui signifiaient leurs intentions de se revoir. Georges n'osait pas l'aborder et elle attendait qu'il prenne l'initiative. « Puis, un soir... en venant de chez mon mari... on se trouve nez à nez dans le métro et, là, il m'a parlé... Nous étions déjà de vieilles connaissances. Il savait où je descendais puisque nous n'habitions pas loin l'un de l'autre. On est descendus ensemble, on a continué à bavarder, on est allés ainsi jusqu'au boulevard Brune. Il y avait une vieille gare, on ne pouvait se quitter, on parlait ; on a parlé... parlé... puis il m'a demandé s'il pouvait me revoir. On s'est vus ainsi pendant cinq ans, jusqu'à ce qu'il chante[17]. »

Brassens annonce à Émile Miramont sa bonne fortune. Corne d'aurochs est son confident depuis que, encore en culottes courtes, il lui a parlé de sa cousine Mauricette qu'il pelotait dans les réunions de famille. Par la suite, des petites amies de Georges passeront dans les bras d'Émile. Mais avec Püppchen, qui avait été d'abord surnommée Blonde Chenille, ce sera une autre paire de manches. Elle n'est pas du genre à partager son temps entre plusieurs prétendants après s'être séparée de son mari, un employé des Postes, dont elle a un fils, Yvan. Un homme lui suffit et c'est Georges qu'elle veut. « Je tombais d'ordinaire amoureux des conquêtes de Jo, mais là il n'en fut rien, précise Émile Miramont. L'idée ne m'en vint pas. Je vis Joha d'emblée comme l'arche d'alliance ou le vase sacré. J'avais compris d'instinct qu'elle serait sa veuve[18]. » Il essaiera pourtant de dissuader son ami de continuer à lui faire la cour. « C'est une femme mariée, fous-lui la paix ! » Brassens, entêté dans ses sentiments, répondit à Corne d'aurochs : « Je veux qu'elle m'aime, un jour elle m'aimera[19]. » Il s'en apercevra au cours d'une promenade « entre la rue Didot et la rue de Vanves » où, pendant la guerre, il avait évité de justesse de se faire embarquer par deux sbires « avec leurs noirs manteaux[20] ». Joha éclata en sanglots lorsqu'il lui dit tout à trac : « Qui sait ? La jeune personne que je vais aimer n'est peut-être pas encore née. » Ils s'étaient envoûtés mutuellement et la magie opérera jusqu'à ce que la Camarde les sépare.

Püppchen avait la foi et attendait le grand départ comme un ultime rendez-vous d'amour. Quand on l'interrogea sur Georges et ses croyances en suspens, elle déclara : « Oui, il aurait voulu croire, mais ne le pouvait pas ! Pourtant ses chansons sont pleines d'amour, il parle souvent de Dieu et de la mort. Mais il ne pouvait croire quand il y avait des guerres, des atrocités, surtout pour les enfants, il ne pouvait admettre. Évidemment, moi je crois à la réincarnation et à la vie après la mort, je sais que ce sont les ex-tortionnaires qui sont maintenant torturés, en revenant ils payent de la même manière[21]. »

11

Propos d'anar

En juillet 1956, *Le Libertaire* cessait de paraître. Ses caisses étaient vides après plusieurs saisies, de multiples inculpations et des amendes d'un montant catastrophique. Sans oublier les conséquences d'une scission dans la Fédération anarchiste en 1953. À cette époque, Georges Brassens participait gracieusement à tous les galas libertaires malgré son clash avec ceux du journal qui l'avaient évincé. Fondé en 1894 par Sébastien Faure et Louise Michel, *Le Libertaire* devint en 1946 un hebdomadaire qui se vendait à cinquante mille exemplaires sur un tirage de cent mille[1]. Avant l'échec du *Cri des gueux*, le journal rêvé, Brassens exprima ses opinions dans les colonnes de ce brûlot où il signa sous différents pseudonymes, en particulier Geo Cedille et Gilles Colin. Car la règle est l'anonymat et ses collaborateurs se doivent d'être fidèles à un principe d'Élisée Reclus devenu la devise qui apparaît en épigraphe : « L'anarchie est la plus haute expression de l'ordre ». Ce que Georges Brassens mettra en application à sa manière en déclarant : « Je suis anarchiste au point de toujours traverser dans les clous pour ne pas avoir à discuter avec la maréchaussée[2]. »

Par quel chemin est-il parvenu jusqu'à l'équipe du *Libertaire* ? Impasse Florimont, l'anarchisme inspiré de Proudhon et de Bakounine se pratique comme un art de vivre communautaire et un esprit de résistance au capitalisme ambiant. La condition nécessaire à l'épanouissement de l'individu passe par cette notion de collectivité, sous la férule de Jeanne qui sépare le bon grain de l'ivraie... Occupant un atelier à Montparnasse, le peintre de fleurs Marcel Renot, qui était à la recherche d'anciens camarades de la guerre de 14-18, retrouva l'adresse de Marcel Planche. Il lui rendit visite et fit la connaissance de Brassens avec lequel il sympathisa. Cet homme cultivé avait des idées qu'il trouvait maintenant prônées par ce jeune poète réfractaire. De toute évidence, ils étaient de la même famille de pensée. Inscrit à la Fédération anarchiste du XVe arrondissement, Renot demanda à Georges de l'accompagner à une réunion.

Brassens va d'abord être pris pour un « petit marrant » qui écrit des chansons suspectes parce qu'elles parlent trop de Dieu[3]. Mais son érudition impressionnera Marcel Lepoil, ouvrier chauffagiste devenu à la Libération codirecteur du *Libertaire*, et Henri Bouyé, marchand de fleurs et secrétaire général de la Fédération anarchiste. Ce drôle de zig a suffisamment de temps libre pour être mis à contribution. La collaboration bénévole de Georges Brassens sera d'abord celle de correcteur à l'imprimerie du Croissant où le journal est tiré. Il doit veiller à ce que les phrases soient bien construites et la syntaxe correcte. Mais il commencera à agacer quand il révisera les épreuves comme un prof corrige des copies. Pour lui, le mot a une importance capitale. Une impropriété de langage le met en rogne. Il suit l'exemple de Boileau : « Et ne saurait souffrir qu'une phrase insipide/Vienne, à la fin d'un vers, remplir une place vide. /Ainsi, recommençant un ouvrage vingt fois, /Si j'écris quatre mots, j'en effacerai trois. »

Petit à petit, le correcteur d'épreuves rédige lui-même des textes, d'abord de courts « papiers », puis des articles plus longs. Comme le remarque Marc Wilmet, « le sobriquet de Cedille cadre bien avec les fonctions de prote “regratteur de virgules”[4] ». Le premier article de Geo Cedille paraît le 20 septembre 1946 en page 2 du *Libertaire.* Sous le titre « Vilains propos sur la maréchaussée » :

« On peut l'avancer hardiment : les gendarmes ne jouissent pas d'une réputation superflue. Il court sur eux des tas de mauvais bruits. Rigoureusement fidèle à sa rosserie bien connue, la rumeur publique ne cesse de leur imputer les défauts les moins sympathiques, de leur prêter mille compromissions, de leur décocher des brocards douloureux.

Par exemple, elle leur reproche de se compromettre en la compagnie de gens de sac et de corde, de détrousseurs de poulaillers, d'étrangleurs de vieilles personnes, etc., elle leur reproche de passer leur vie en prison, de détenir des pistolets, d'avoir souvent des chaînes aux poignets, etc., etc.

La rumeur publique y va fort et la probité la plus élémentaire nous oblige à désapprouver vivement de semblables outrances, car les gendarmes sont utiles ! Qui donc, sans eux, flanquerait des contraventions aux chasseurs sans permis, aux automobilistes en défaut ? Qui donc s'occuperait, en temps de guerre, des individus auxquels leurs principes interdisent sévèrement l'usage des armes à feu ? Qui donc passerait à tabac les vieux poivrots et les vieux vagabonds ? Et que ferait-on des casernes de gendarmerie ? On ne pourrait tout de même pas les abandonner à des manants dépourvus de maison !

Oui, les gendarmes sont utiles ; qu'en conséquence, la rumeur publique cesse de colporter de pareilles fadaises : le temps n'est plus à la plaisanterie. Cependant, il est un point sur lequel nous tombons d'accord avec la susdite rumeur. Lorsqu'elle prétend que, pour faire son chemin dans la profession de pandore, point n'est besoin d'avoir à sa disposition un intellect perfectionné (...) »

Georges Brassens entre alors dans le vif du sujet et nous conte la triste histoire d'un gendarme d'Arras grièvement blessé par l'explosion d'un détonateur qu'il prit pour une « résistance » de TSF. Le malheureux avait découvert le poste de radio suspect au cours d'une fouille de boîte à ordures. À partir de ce fait divers, Brassens, qui glosait sur tout et n'importe quoi, s'était amusé à brocarder le symbole de la force publique. Ce sera son sujet de prédilection : s'attaquer à l'autorité que représentent les gendarmes. Ainsi, dans un article du 11 octobre 1946, « La mort s'en va-t-en guerre contre les gendarmes », toujours en page 2 du *Libertaire*, il revient sur la TSF qui détona et évoque une autre triste histoire qui excite tout autant sa verve.

Un repris de justice conduit à la prison de Montpellier échappe à la vigilance des deux gendarmes qui l'encadrent. « Les pandores naturellement s'élancèrent à sa poursuite mais, alourdis par un séjour trop prolongé dans les casernes et une quantité considérable de bêtise, ils ne tardèrent pas à perdre du terrain. Alors, n'écoutant que son devoir, l'un des deux gendarmes sortit son revolver et fit feu à quatre reprises dans la direction du fuyard. Il faisait nuit, très nuit, tellement nuit que les balles se trompèrent de route. Au lieu de s'arrêter dans la carcasse du "bandit" elles échouèrent dans celle du brigadier (...) »

Dans ses rêves d'utopiste de la paix, Georges Brassens caresse une chimère : « Un jour viendra, qu'on se le persuade, où le soleil se lèvera sur un monde dépourvu de gendarmes. » En 1962, des gendarmes charitables donneront leur sang pour Elvira, la mère de Georges qui avait subi une opération à l'hôpital de Sète quelques mois avant sa disparition. Brassens fut profondément touché par ce geste. Plutôt que de se confondre en remerciements, il offrit à la brigade une partie de la recette de son récital au Théâtre municipal. Et plus jamais les pandores n'eurent à souffrir de ses piques. À l'occasion d'interviews il les traitera bien différemment que dans ses articles du *Libertaire*. « Les gens se sont imaginé que j'avais une haine profonde du gendarme. Ce n'est pas le gendarme lui-même, c'est ce qu'il représente. C'est la loi qui me gêne ; en réalité c'est la loi. Si un jour on vivait sans loi, je serais très heureux (...). On peut être un gendarme et être un brave type, comme on peut être un honnête homme et être une franche crapule.

Il ne faut pas compartimenter comme cela. Je l'ai fait d'ailleurs moi-même. J'étais extrêmement jeune. Je l'ai fait et je le ferai encore parce que c'est quand même plus facile. J'ai quand même plus de sympathie, si vous voulez, pour les hippies qui se baladent sur les bords de la Seine, encore que je n'approuve pas tout, que pour les gendarmes. Il y a des démarches qui m'intéressent plus que d'autres, voilà. Cela dit, le gendarme, en général, ne me convient pas. La loi ne me convient pas mais je sais pour en avoir rencontré... J'ai rencontré des gendarmes qui étaient de braves types. J'ai rencontré sous l'Occupation un type de la Gestapo qui m'a fait une fleur[5]... »

Il rencontra aussi des flics qui étaient de braves types, comme l'agent de police qu'évoque Philippe Chatel : « Georges chantait dans une ville de province[6]. Il était très malade (sa énième crise de calculs rénaux). À la fin du spectacle, il sortit de la salle, mais souffrait tellement qu'il s'écroula sur le trottoir. Le temps que "Gibraltar" aille chercher la DS, il resta seul dans la rue, à une heure du matin, en plein hiver. Un agent de police l'aperçut. Il se précipita, et couvrit Georges avec sa pèlerine[7]. » Brassens s'est souvenu de son geste lorsqu'il écrivit *L'Épave* :

Le r'présentant d' la loi vint, d'un pas débonnaire.
Sitôt qu'il m'aperçut il s'écria : « Tonnerre !
On est en plein hiver et si vous vous geliez ! »
Et, de peur que j' n'attrape une fluxion d' poitrine,
Le bougre, il me couvrit avec sa pèlerine.
Ça n' fait rien, il y a des flics bien singuliers...

Et depuis ce jour-là, moi, le fier, le bravache,
Moi dont le cri de guerr' fut toujours « Mort aux vaches »,
Plus une seule fois je n'ai pu le brailler.
J'essaye bien encor', mais ma langue honteuse
Retombe lourdement dans ma bouche pâteuse[8].

En revanche, il ne fera jamais son mea culpa vis-à-vis des communistes pur sucre qui servaient de cibles aux plumes libertaires. Entre adorateurs de Staline et anarchistes, c'était un prêté pour un rendu. Georges Brassens montera au créneau à plusieurs reprises. « Avec les artisans des lendemains qui chantent », un article du 27 septembre 1946, publié à la une du *Libertaire* et la suite en page 3, il répond au « stalinien de service » qui insulte chaque semaine *Le Libertaire* en renvoyant les pages du journal avec des annotations du style : « L'humanité vous dit merde ! ». Sur le ton de la dérision, Geo Cedille fait ce commentaire : « Les staliniens sont des êtres extrêmement spirituels. Et altruistes, par-dessus le marché, ce qui ne gâte rien. (...) Ce qui confère de la valeur, ajoute-t-il, à ces envois hebdomadaires, c'est qu'ils sont anonymes. En effet, trouvant que joindre son nom à un geste généreux, c'est lui retirer d'un seul coup plus de la moitié de sa valeur, notre donateur s'abstient de signer. Quelle magnanimité... »

Simone Tery de *L'Humanité* et Madeleine Jacob de *Franc-Tireur* sont des têtes de Turc idéales. Elles en prennent pour leur grade dans un article signé des initiales GC paru le 11 octobre 1946, page 2. Il est titré : « Quand les bas-bleus voient rouge ».

Simone Tery s'était insurgée contre le tribunal de Nuremberg qui avait acquitté des dignitaires nazis malgré l'opposition du représentant soviétique. Tellement furieuse qu'elle oublia de respecter la syntaxe, ce qui choqua un tantinet Brassens. « Le premier devoir d'un patriote, ironise-t-il, n'est-il pas de respecter le dialecte de son pays natal ? Elle termine son article en invitant les veuves et les orphelins à se dresser dans le légitime dessein de maudire ces juges abjects qui ont lavé trois criminels de guerre. Abominable indulgence... Pouah ! Simone crache par terre et va s'enfermer en elle-même au sein de la pureté, de la grandeur où elle pourra méditer le génial papier qu'elle donnera en pâture demain aux lecteurs de *L'Humanité.* » Madeleine Jacob, qui protesta avec véhémence pour les mêmes raisons, est à son tour prise à partie : « Dans les colonnes de son journal elle aligne son indignation contre ces fâcheux magistrats qui mettent des bâtons dans les roues de sa pâmoison. Qu'elle veuille reprendre espoir. Un jour viendra peut-être où l'on pendra des hommes politiques par centaines. Elle pourra se rattraper. »

Dans *Le Libertaire* du 18 octobre 1946, en première page, ce titre iconoclaste : « Aragon a-t-il cambriolé l'église de Bon-Secours ? », également signé GC. Comme les autres articles attribués à Georges Brassens, il figure dans l'ouvrage de Marc Wilmet, professeur de linguistique à l'université de Bruxelles et membre de l'Académie royale de langue et de littérature françaises[9]. Nous le reproduisons in extenso :

« C'est arrivé à Rouen ou, plus précisément, à Blaneville-Bon-Secours, petite commune des environs de Rouen. Trouvant que les calices en or et en argent massif ainsi que les colliers de pierres précieuses n'étaient pas nécessaires à la pratique du culte de la religion de Jésus-Christ – lequel comme chacun sait préconisait la pauvreté – des inconnus se sont amusés à fracturer les portes de la basilique de Bon-Secours et à rafler les susdits précieux objets. Jusque-là, rien d'extraordinaire, rien d'alarmant. Des individus s'aperçoivent que dans une église dorment, inutiles, des valeurs susceptibles de leur accorder le pouvoir d'achat qui leur fait défaut. Ils s'en emparent. C'est normal, c'est légitime. Il faudrait être détraqué pour trouver à redire à cela. Mais où l'affaire se corse, c'est lorsque des policiers amateurs (il y en a plus qu'on ne pense) s'avisent d'établir une corrélation entre ce "vol" et celui commis en 1927 par le poète Louis Aragon au préjudice de l'église de Melun et de signaler ce dernier à l'attention des enquêteurs.

Grossière, fâcheuse méprise à la vérité.

Aragon est absolument incapable d'accomplir aujourd'hui un acte aussi noble, aussi grand. Entièrement soumis à la force capitaliste, il ne voudrait pour rien au monde la frustrer du moindre centime. Et d'ailleurs, lui, quand il volait, ce n'était pas dans un dessein de lucre, il volait pour voler, tout simplement. C'était du beau lyrisme, nous en convenons.

Mais de là à oser lui faire endosser l'honneur de la paternité du cambriolage glorieux de la basilique de Bon-Secours, il y a du chemin. C'est à notre avis pousser un peu loin l'inconscience. Aragon n'a pas besoin de voler pour se procurer des subsides. Il lui suffit de se baisser aux pieds de ses maîtres.

C'est plus facile et moins dangereux. »

On comprend qu'Aragon ait toujours attribué des arrière-pensées malveillantes à Brassens qui chanta le poème « Il n'y a pas d'amour heureux », tiré du recueil *La Diane française*. À ce sujet, Jean Ristat, au cours de ses entretiens avec Francis Crémieux, raconte cette anecdote qui donne du relief aux relations du poète communiste avec son interprète libertaire : « Un après-midi, à Toulon, nous nous promenions sur le port, des jeunes gens le reconnaissent. L'un d'entre eux a une guitare à la main et l'arrête pour chanter *Il n'y a pas d'amour heureux*. Louis avait les larmes aux yeux. Mais il s'indignait de la manipulation de Brassens...

FC : Manipulation ?

JR : Aragon m'a expliqué que Brassens ne lui avait demandé aucune autorisation mais, surtout, qu'il avait coupé les vers "Et pas plus que de toi l'amour de la patrie" et "Mais c'est notre amour à tous deux".

FC : Et pourquoi ?

JR : Évidemment pour l'"amour de la patrie". Brassens était anarchiste. J'ai fait remarquer avec véhémence à quelques interprètes de la chanson – version Brassens – qu'il s'agissait là d'une trahison (...) [10] »

Georges Brassens n'écrira pas de musique particulière pour *Il n'y a pas d'amour heureux.* Il utilisa celle de *La Prière,* ce qui créa une confusion lors du versement des droits d'auteur. À son grand déplaisir, Aragon s'aperçut qu'il était lésé par rapport aux ayants droit de Francis Jammes. Côté tiroir-caisse, « celui qui croyait au Ciel » avait eu plus de chance que « celui qui n'y croyait pas » [11]. Jacques Charpentreau qui écrivit le premier livre sur Brassens paru en 1960 aux éditions du Cerf, maison fondée par les dominicains, interrogea le poète sur ce problème :

« Pourquoi *La Prière* et *Il n'y a pas d'amour heureux* sont-ils sur la même mélodie ?

– Parce que c'est le même mètre, la même versification.

– Pourquoi n'avoir pas repris la dernière strophe d'"Il n'y a pas d'amour heureux" ?

– À cause de cette histoire de patrie ; indépendamment de l'idée, c'est moins bien exprimé, c'est pompier, excessif [12]. »

12

La place de Toussenot

Au siège du *Libertaire*, quai de Valmy, dans une étroite boutique au bord du canal Saint-Martin, Georges Brassens fait la connaissance de Roger Toussenot, un garçon de vingt ans d'une intelligence remarquable, admirateur de Nietzsche et de son *Gai Savoir*. Ce sera une rencontre capitale. « Pour Georges, explique Pierre Onteniente, Toussenot a été l'interlocuteur idéal. Il lui disait : "Tu es l'ami du meilleur de moi-même." Les lettres qu'ils ont échangées reflètent cette superbe amitié. Brassens l'avait surnommé Huon de la Saône[1] car il était lyonnais[2]. » Comme entre Montaigne et La Boétie, ce fut un véritable « mariage des âmes » qui les unit. « Cette correspondance a pris son essor à partir d'un sentiment d'amitié que le hasard a favorisé et qui s'est solidifié autour d'une ardente communauté d'esprit », remarque André Tillieu en commentant la publication des lettres de Brassens à Toussenot entre 1946 et 1950[3].

Elles permettent de mieux cerner la personnalité du poète durant une période qui est à la charnière de deux époques. Le papillon va bientôt sortir de sa chrysalide. La métamorphose se fera sous le regard émerveillé de Roger Toussenot dont les lettres n'ont malheureusement pas été retrouvées. On ne peut que deviner leur contenu à partir des envois du chanteur en train de grandir à vue d'œil. Il souhaitait, en tout cas, que le public prenne connaissance des missives de Georges afin d'éclairer « plus réellement l'invisibilité d'un grand poète de la révolte et de la mort et d'un ami de toujours ».

Georges Brassens s'adressera à Roger Toussenot, né à Lyon le 17 juillet 1926[4], comme à un aîné alors qu'il a cinq ans de plus que lui. En passant de « cher ami » à « mon cher ami », puis à « mon cher vieux », il finit par créer une espèce de lien moral et affectif dont on perçoit très vite le caractère intime. Dès la première lettre datée du 2 octobre 1946, Brassens vide son cœur à propos de son travail placé sous la surveillance des « dirigeants » anarchistes : « Il ne faut pas m'en vouloir. Ce n'est pas ma faute si la semaine dernière tes articles sur Mauriac et Raimu ont été évincés. J'avais l'intention bien arrêtée de les passer. Malheureusement il y avait l'affiche. On m'a signifié que la littérature et le cinéma pouvaient attendre. J'ai dû m'incliner, car, quoique responsable du *Libertaire*, je ne puis satisfaire tous mes goûts personnels. Néanmoins, je compte pouvoir accorder à tes écrits une place dorénavant plus grande. Tu es l'un des rares qui savent encore écrire en français (...). Cette lettre que je t'adresse, je la réservais pour la fin, avec le dessein de me remettre un peu de la tristesse suscitée en mon âme par la prose débilitante et inepte d'une vingtaine de crétins auxquels mes responsabilités m'imposent de répondre. »

Brassens, qui avait proposé à Toussenot de participer à la rédaction du *Cri des gueux*, tient à le rassurer sur sa future collaboration : « Toute liberté d'expression te sera donnée, ainsi qu'à chacun d'entre nous d'ailleurs. »

Dans une lettre du 24 octobre 1946, il poursuit sa critique amère des gens de la Fédération anarchiste : « La semaine prochaine, nous essayerons de publier ton étude sur le style, et cela me coûtera une formidable engueulade de la part du comité national (car il existe un comité national !) qui est assez réfractaire aux choses du cinéma, ainsi qu'à celles de l'Esprit d'ailleurs... À tel point que pour éviter de tout envoyer promener par suite de son insistance à me considérer comme le dernier des imbéciles, j'ai dû cesser d'écrire mes articles hebdomadaires. Cela me permet de me consacrer à mes poésies et à ma pipe. Il paraît que les lecteurs du *Libertaire* ne prennent aucune espèce d'intérêt à la lecture de mes "conneries" ! C'est possible, après tout. Excuse-moi de te raconter tout cela qui évidemment ne te concerne pas, mais il y a des moments où, exténué par la stupidité bourbeuse de nuées de cuistres opiniâtres, on est obligé de faire appel à des hommes dont les facultés intellectuelles ne sont pas en froid avec la subtilité.

J'espère que le financier qui se dispose – le malheureux ! – à placer des capitaux dans notre prochain journal ne tardera pas à nous envoyer son chèque, car j'ai une violente envie d'écrire dans une feuille libre, entouré d'écrivains et non de rustres et d'ignorants abécédaires. Espérons donc, mon vieux, et à bientôt de te lire. »

Au début du mois de janvier 1947, Georges Brassens quitte *Le Libertaire* et annonce aussitôt sa décision à Roger Toussenot. « T'expliquer les raisons qui ont motivé ma démission serait trop long et trop compliqué par lettre, écrit-il le 12 janvier. Je t'avoue qu'au fond, poursuit-il, j'en suis soulagé : ma vie n'était plus tenable et les attaques des imbéciles m'épuisaient. Il va sans dire que nous ne cesserons pas de correspondre, et que le jour où notre journal sortira tu seras l'un des plus solides, des plus influents et des meilleurs de notre équipe. »

Brassens sera remplacé par André Prudhommeaux qui, en tant qu'insoumis, s'était réfugié en Suisse au moment de la mobilisation. Même s'il aime d'instinct les fortes têtes, le rebelle de l'impasse Florimont ne supportait pas qu'on vienne piétiner son travail. L'ignorance crasse de certains militants l'horripilait. Par ailleurs, se plier à une discipline lui hérisse le poil. Les mots d'ordre, d'où qu'ils viennent, le mettent en rage. Bien entendu, il n'a jamais voté de sa vie, contrairement à Léo Ferré (*Les Anarchistes, Graine d'anar*) qui revenait spécialement à Monaco pour faire son devoir de citoyen monégasque lors des élections [5]. Lorsqu'on lui intime quoi que ce soit, il se cabre et peut laisser éclater sa colère. Jacques Chancel, dont il appréciait la qualité des émissions à la radio et à la télévision, s'attira un jour les foudres de Brassens parce qu'il lui avait demandé une exclusivité. Pour le chanteur, c'était une façon d'empiéter sur sa liberté. Regrettant ensuite son coup de gueule, il invitera Chancel rue Santos-Dumont.

N'étant pas d'humeur rancunière, l'artiste ne coupera jamais totalement les ponts avec la Fédération anarchiste. À la mort du poète, cette dernière mettra son drapeau noir en berne en titrant sur cinq colonnes à la une du *Monde libertaire* : « Salut à l'ami Georges ! » [6]. Sous sa photo, un article intitulé « Georges Brassens, le minnesinger des temps modernes ». Son rédacteur se souvient de l'arrivée au *Libertaire*, quai de Valmy, de deux jeunes gens dégingandés. « L'un d'entre eux dont la poésie allait marquer sa génération s'appelait Armand Robin, l'autre Georges Brassens ! » L'écrivain Louis Nucéra recueillera les souvenirs de Brassens au sujet de Robin qui est mort dans des circonstances restées inexpliquées le 29 mars 1961, à l'infirmerie spéciale du Dépôt, après avoir erré à travers Paris.

« Armand Robin était un anarchiste conséquent qui, un moment, se trompa de route puisqu'il fut communiste. C'était pendant la guerre... Je l'ai connu en 1945 au groupe du quinzième, affilié à la Fédération anarchiste du quai de Valmy. Il était, disons, président de ce groupe. On se réunissait une fois par semaine. On traitait des problèmes sociaux, mais souvent aussi de livres, de peinture. Comme il avait des accointances avec le milieu littéraire, il invitait des auteurs. Il aimait les surréalistes. Je me rappelle qu'André Breton vint nous faire une causerie [7]. »

Brassens complète son portrait du poète maudit [8] :

« Comme la plupart des anars, Robin était un homme relativement secret. Il parlait mais ne racontait rien. Je l'évoque dans "Les amoureux qui écrivent sur l'eau" et dans *La Tour des miracles* où je l'appelle Robin-la-liste-noire car, dans une lettre désormais célèbre, il se porta "candidat d'avance pour toutes les listes noires". Il luttait contre les ostracismes et, en l'occurrence, contre ceux du Comité national des écrivains. Il haïssait Aragon. Il affirmait qu'Aragon l'appelait Abraham Robinovitch [9]. » En novembre 1966, pour la mort d'André Breton, *Le Monde libertaire* fera cette annonce en première page :

« André Breton est mort
Aragon est vivant...
C'est un double malheur pour la pensée honnête [10]. »

Armand Robin avait été pressenti par Georges Brassens pour participer à l'aventure aléatoire du *Cri des gueux*, ainsi que Marcel Lepoil, un des rares responsables de la Fédération anarchiste à avoir perçu la profondeur et l'originalité de l'ami de Roger Toussenot. « Pour nous résumer, mon cher Toussenot, écrit Brassens le 29 mars 1948, je dirai que tout ce que tu fais, tout ce que tu écris vaudrait que l'on créât un journal ou une revue digne de nous. J'y ai songé. Hélas !... Il faut considérer que *Le Libertaire* coûte 8 frs à ses administrateurs (4 frs d'impression et 4 frs pour la distribution). Tu me diras que *Le Libertaire* est un glossaire d'idioties... Évidemment ! Mais il n'en demeure pas moins vrai que sa clientèle est relativement fidèle, qu'il a "pignon sur rue", etc. Que ferions-nous sans publicité au départ ? Certes, Corne d'aurochs, Toussenot, Lepoil, Robin, Brassens sont capables de faire un journal plus passionnant et plus libre que tous les autres, mais le million à sacrifier, où le trouver ? Dans quelle arrière-boutique, dans quelle maison close se cache le financier ou le fou susceptible de se rendre utile ? Mystère !

Bonnafé, reflet de Sartre, et qui fut mon professeur de français à Sète, prétend que c'est dans l'enseignement que l'on trouve les gens les mieux constitués. Tu te rends compte ! Ainsi parle l'homme qui "foutait" à la porte de sa classe le directeur du collège ! Et pourtant Bonnafé pleurait en écoutant Rimbaud ! Eh bien, mon vieux Toussenot, Bonnafé n'est pas touché par la grâce. Il séduit son monde et te laisse sur ta soif : si tu te noies, tant pis pour toi, c'est parce que tu n'es pas de l'enseignement. Bonnafé, il faut lui demander quelque chose pour qu'il le donne, et je crois que tous les hommes agissent de même. Ah, puissions-nous rester des enfants aussi longtemps que nous vivrons et que nous aimerons ! Quant à Robin, il ne sait pas que rien n'est plus digne, plus beau que de demander des faveurs pour d'autres que soi. Il ne faut pas le lui dire. Je ne peux pas lui suggérer, même si je dois avoir l'air d'être victime de la même ignorance.

Je crois à l'invisible travail du temps comme l'on croit à Dieu. Je suis sûr que des heures de gloire sonneront pour nous. En attendant, je t'assure de mon amitié la meilleure et je te dis : à bientôt. »

Les deux amis évoquent leurs lectures respectives. Toussenot a invité Brassens à découvrir le recueil de Jacques Prévert *Paroles*. « Prévert m'aide, à cause de l'humour, du burlesque. Il y a des "trucs" assurément, et des artifices souvent gratuits qui nuisent à la structure poétique, mais c'est le côté cinéma qui m'enchante surtout là-dedans et m'incite à continuer ce que j'avais commencé, mais selon une formule plus rigoureusement littéraire, avec *La lune écoute aux portes*, fait remarquer Georges qui va également suivre ses conseils en lisant André Gide, en particulier *Les Nourritures terrestres*. Rien ne peut nuire au mouvement intérieur », souligne-t-il. Lettre après lettre, leur amitié se fortifie. Un extraordinaire rayonnement semble émaner de cette relation épistolaire. « Comme par la plume on est plus expansif que par la parole (et encore cela dépend), je puis t'avouer que notre amitié naquit toute seule, sans vaine préparation psychologique, il y a sans doute très longtemps, remarque Brassens. Je veux dire, précise-t-il, que notre affection existait quelque part avant nous. "Tout nous précède...", nous as-tu dit très justement l'autre jour. »

Parfois une anecdote vient agrémenter leurs propos. Par exemple, cette historiette que raconte Georges Brassens dans sa lettre du 9 juillet 1948 : « Un jour, à la gare Saint-Lazare où j'étais avec Lepoil, un clochard vient brutalement à nous et nous demande cent sous. Je les lui donne. Alors Lepoil me désapprouve, trouvant autoritaire cette façon de mendier. Moi je lui réponds que cela m'est égal et que les principes et les lois n'ont pas d'importance. Tu vois ça d'ici : Lepoil m'engueulant – amicalement – parce que je donne cent sous à un type que seul le système social a rendu détestable ! »

Pauvre ou riche, Georges Brassens n'a jamais adoré le Veau d'or. Il sera toujours le chien perdu sans collier qui est arrivé chez Jeanne. Elle lui apprit qu'il fallait prendre les choses comme elles viennent. Qu'on pouvait vivre heureux auprès de son arbre, même celui rabougri de la courette de l'impasse Florimont. Qu'il fallait tendre la main à quelqu'un qui manque du nécessaire. Brassens aura les moyens de sa générosité. En donnant cent sous quand il était lui-même dans la dèche ou des sommes importantes lorsque ses cachets le lui permettaient. Léo Campion, personnage haut en couleur, à la fois grand maître de la confrérie des chevaliers du Taste-Fesses, régent du Collège de pataphysique, franc-maçon et anarchiste, a raconté de quelle manière Georges Brassens aida Louis Lecoin, militant anarcho-syndicaliste emblématique :

« Lecoin éditait un périodique qui s'appelait *Liberté*. Pour faire paraître ce canard, il avait vendu tout ce qu'il avait, une petite maison dans le Midi qui était toute sa fortune, et avait emprunté les millions qui lui manquaient encore à Georges Brassens.

Il lui dit :

– Je vais te signer un reçu.

Brassens lui a répondu :

– C'est inutile, j'ai confiance en toi.

– Oui, a dit Lecoin, mais je peux mourir.

Et Brassens a rétorqué :

– Si tu mourais, Louis, crois-tu que c'est l'argent que je regretterais[11] ? »

D'autres personnes qui ont bénéficié des largesses du poète relatent les mêmes réactions de la part de Brassens.

Si les idées de Louis Lecoin n'étaient pas pour lui déplaire, Georges n'appréciait pas outre mesure le personnage. Dans une lettre à Toussenot il parle de Lecoin comme d'un « ridicule agitateur », n'ayant pas aimé que celui-ci ait qualifié son ami de « jeune présomptueux ». Roger Toussenot collaborait, en effet, à sa revue mensuelle *La Défense de l'Homme* fondée en 1948 et qui a précédé de dix ans la création de *Liberté.* « Tes engueulades avec Lecoin m'amusent par l'imagination », écrit-il à Huon de la Saône le 24 mai 1950. « Quand enverras-tu ce pédant à sa petite tribune et t'occuperas-tu enfin d'autre chose ? Ce pauvre homme croit que sa revue est indispensable à la révolution et que toi, en te corrigeant, tu peux devenir un "bon élément utilitaire". Il me semble que tu aurais intérêt à rayer tout cela d'un trait de plume avant l'usure fatale. »

Louis Lecoin, qui haïssait la guerre, passa, en plusieurs fois, douze longues années en prison pour délits d'opinion. Son arme absolue, c'est la grève de la faim. Il prendra des risques énormes afin de lutter en faveur des objecteurs de conscience. Dans ce combat, Georges Brassens lui apportera son soutien en figurant parmi les trois cents personnalités qui ont signé, le 20 février 1963, une pétition destinée au président de la République Charles de Gaulle et à son Premier ministre Georges Pompidou. « Pour en finir avec ce douloureux problème, faites déposer un projet de statut acceptable par les objecteurs, un projet qui ne les laisse à aucun prix sous le contrôle militaire, demandent les pétitionnaires. Louis Lecoin ne doit pas avoir à recommencer un jeûne périlleux qui risquerait d'être mortel pour lui cette fois, même si vous l'abrégiez vite par une décision heureuse (...) »

Après avoir été votée par le Parlement, la loi accordant un statut aux objecteurs de conscience fut promulguée le 22 décembre 1963. Le 24 du même mois, la veille de Noël, tous les objecteurs emprisonnés étaient libérés. Georges Brassens, qui n'a jamais voulu cautionner une politique, ne s'engagera que dans des batailles d'idées. En 1960, il avait signé la pétition en faveur de l'Américain Caryl Chessman promis à la chambre à gaz et qui sera finalement exécuté. Il apporta également son soutien, en 1973, au médecin-philanthrope belge Willy Peers, emprisonné pour avoir pratiqué des interruptions de grossesse [12]. Mais il refusera toujours de participer à un défilé protestataire et de se transformer en porte-bannière.

Oui, la cause était noble, était bonne, était belle !
Nous étions amoureux, nous l'avons épousée.
Nous souhaitions être heureux tous ensemble avec elle,
Nous étions trop nombreux, nous l'avons défrisée...

Le pluriel ne vaut rien à l'homme et sitôt qu'on
Est plus de quatre on est une bande de cons.
Bande à part, sacrebleu ! c'est ma règle et j'y tiens.
Parmi les noms d'élus on n' verra pas le mien [13].

13

La marguerite et le coquelicot

Le journaliste et romancier Jules Janin, qui fut élu à l'Académie française en 1870, a laissé une phrase que bien des hommes de plume ont méditée : « Le journalisme mène à tout – à condition d'en sortir. » Georges Brassens, qui aurait volontiers pissé de la copie pour un journal moins sectaire que *Le Libertaire,* ne serait sans doute jamais monté sur scène si *Le Cri des gueux* ou *L'Anarchiste* avait vu le jour. Ce dernier titre devait être fondé par Henri Bouyé avec la participation des copains que Jeanne Planche avait à la bonne. Car c'est au fond de l'impasse Florimont que ces jeunes gens se montaient le bourrichon pour créer un hebdomadaire selon leurs vœux.

Au lendemain de la Libération, une nouvelle presse va pousser aussi vite qu'un champignon. Mais les titres qui font florès seront rares. Le 24 juillet 1948, Georges écrit à Roger Toussenot que la décision est prise : « Nous paraissons en septembre. » Avec Bouyé comme gérant, Corne d'aurochs en directeur (très honoraire) et Brassens au poste de rédacteur en chef ; comité de rédaction et secrétariat : Lepoil, Toussenot, Robin. « Avoue que ça a de l'allure ! Ne se croirait-on pas aux *Nouvelles littéraires ?* »

Georges Brassens se voit déjà dans sa fonction de rewriter de *L'Anarchiste* : « Je serai surtout chargé de rendre les articles lisibles. Bouyé tient à ce que la forme soit irréprochable (...) Je pense que tu pourrais envoyer pour chaque numéro un article littéraire. Cela donnerait du ton et élèverait le débat. Heureusement que Corne d'auroch écrira ! Il sera excellent dans l'ironie et dans la gravité drôlatique. Lepoil flambe de joie : “Enfin une tribune !” Moi je bâille(...) »

Le 28 juillet 1948, Brassens annonce à Toussenot qu'il a discuté pied à pied avec l'administrateur, un certain Babouot, pour que *L'Anarchiste* soutienne « la cause poétique et la vraie liberté ». « Et il a fallu que je m'égosille à réhabiliter Socrate auquel, sous l'instigation de Bouyé, Lepoil reprochait d'avoir bu la ciguë. Tu te rends compte : Lepoil reprochant quoi que ce soit à Socrate ! J'ai hurlé. J'ai dit : Socrate est le premier des individualistes, le libertaire avant la lettre, avant le Christ, avant, bien avant nous. Il est l'un des premiers hommes libres. Sans lui nous ne serions pas tout à fait ce que nous sommes. Si Toussenot vous entendait, il pâlirait. J'ai cité ta remarque : “Socrate a inventé l'ironie”. »

Brassens et Toussenot jonglent avec les pensées, se renvoient citations et belles phrases comme des duettistes du verbe. Ils s'entendent à merveille. Pas l'ombre d'un doute, pas la moindre amorce de mésentente. C'est un régal de lire Georges Brassens car on entend sa voix d'artiste lettré et au-delà de ses propos il y a, en filigrane, les brillantes remarques de Roger Toussenot. C'est un splendide échange entre deux jeunes hommes entièrement habités par la passion des mots et le désir de se surpasser pour ne pas décevoir son interlocuteur. Chacun apporte son point de vue et en discute librement.

« Tu m'as posé de nombreuses et pertinentes questions auxquelles je n'ai pas répondu, du moins par lettre », écrit Brassens à son « cher vieux » le 18 août 1948. « Excuse-moi. Ne disais-tu pas, lors de ton dernier séjour parmi nous, que “le réel ne peut être que ce que nous créons” ? Entre parenthèses, elle est très belle et vraiment significative cette réponse de Balzac à un pauvre type qui lui contait interminablement ses malheurs et ses deuils. “Bon, dit tout à coup l’auteur de *La Comédie humaine*, revenons à la réalité. Rastignac, donc...” Cette anecdote m’enchante (...). » Puis il revient sur l’éventuel lancement de *L’Anarchiste*, « un titre idiot pour un journal. D’ailleurs les anarchistes manquent de psychologie. Ils sont inférieurs à leur idéal ».

Le 31 août 1948, il fait remarquer à son ami que s’exprimer trop abstraitement peut être un handicap. « Moi je sens que si tu persévères dans tes recherches métaphysiques, tu te perdras dans une forêt. Nom de Dieu, j’insiste. Sans doute ta récente définition de l’art est très belle, mais pourquoi ne pas la remplacer par des ailes de moulin ? Il faut que ça bouge, comme sur l’écran. Le reste se fait tout seul. Ce n’est pas à toi d’expliquer les mécanismes ; c’est aux autres de les deviner et de les démonter eux mêmes. Tu perds ta force et ton temps à faire le travail des imbéciles. Oui, je sais : Bergson est quand même un poète. Et toute la poésie de Valéry est faite d’opérations critiques. Et tu ne le sais que trop, toi. Mais il me semble que tu t’exténues en t’imposant déjà, par goût de la cérébralité, des exigences qui ne tarderont pas à devenir surhumaines. Que veux-tu que cela me fasse, à moi, que “tout fond apparent représente ce que la forme n’a pas pu exprimer” ? Suis-je plus avancé maintenant que tu me l’as fait savoir, non. Je sais une pensée de plus (...). Je suis né pour aimer, pour passer dans la vie comme un étranger et pour être indifférent à ce que l’on me raconte. Rien de toi ne me laisse insensible, mais comme ton cher Gide, comme toi et comme moi-même, je ne t’estime que dans ce que tu pourrais faire (...). »

Il arrive à Roger Toussenot, le cœur angoissé, de broyer du noir et de penser à sa mort prochaine. Brassens réagit aussitôt. Le 17 septembre 1948, il écrit à son ami : « Si un pareil malheur arrivait, je ne pourrais rien faire, rien écrire de longtemps. Tu es une pierre fondamentale de mon œuvre, de ma vie intellectuelle. Cette pierre était nécessaire ; elle est devenue indispensable. Me l'enlever serait catastrophique (...). » Georges Brassens, qui a remis à Püppchen un paquet de lettres de Toussenot pour qu'elle goûte aussi la « substantifique moelle », fait remarquer à ce dernier le 21 septembre 1948 : « La douce créature a veillé jusqu'à quatre heures du matin pour respirer ton souffle. Quelque chose de grand et d'honnête vient d'entrer pour toujours dans sa vie intérieure. Je te remercie, Roger, d'avoir donné cette belle fête à la charmante petite cousine au nom biblique (...) J'aime Joha comme une plainte. Mes oreilles n'entendent pas toujours l'exactitude sonore de la note (pour employer l'une de tes fameuses expressions abstraites). Les couleurs diffèrent de l'émission à la réception.

Ta venue est notre idée fixe. Nous partagerons nos lits et nos morceaux de pain (quand nous aurons du pain). Nous tenons à ce que tu saches que rien n'existe désormais sans toi ici, et que nous sommes une famille autrement plus réelle que celles qui ne proviennent que des accidents de naissance et des hasards des mariages. Nous t'embrassons. »

Roger Toussenot, de retour à Lyon, après un séjour à Paris, reçoit une lettre de Georges datée du mercredi 3 novembre 1948. « Le petit chat qui hantait ta valise habite à nouveau avec nous. Ton absence est fort remarquée. Ce nouvel éloignement de ton corps nous emplit de tristesse (...). » Brassens raconte alors cette découverte au cours d'une flânerie : « En l'église Saint-François-Xavier (sur le chemin qui mène aux Invalides) j'ai trouvé, apposée au mur, la lettre d'un abbé à la veille d'être fusillé par les Allemands. Il y était dit, entre autres choses : "Puisse ma mort être ma messe la mieux célébrée." Cette parole est grandiose. Et quelle élévation ! Cela fait penser à Gance[1] lorsqu'il dit : "À force d'ouvrir les bras pour embrasser les hommes, on finit par ressembler à une croix." Je ne connais rien de plus beau que cette image. Il fallait que ce soit toi qui me la révèles (...). »

Dans un courrier du lundi 8 novembre 1948, Georges Brassens cite Raymond Asso, parolier d'Édith Piaf et de Marie Dubas qu'il connut au *Libertaire* et avait encensé dans les colonnes du journal. Il lui a fait parvenir une lettre « par laquelle je le prie de me faciliter auprès des compositeurs susceptibles de me faire l'honneur de signer ma musique[2]. Riez très fort, mes chers amis : un jour, je vendrai des chansons. Ne crains rien : je mettrai dedans de l'insolite (...) ».

Sa démarche auprès de Raymond Asso se révélera décevante. Le chansonnier donna rendez-vous à Brassens et à Émile Miramont au théâtre Pigalle. Corne d'aurochs, dans son livre, s'en souvient comme si c'était hier : « Asso nous accueillit avec la bienveillance d'un pontife mitré. Il pérora beaucoup, nous écouta fort peu. Un sujet l'attirait : son œuvre, son mérite, son public, la critique (...). Sur de vagues promesses et d'excellents conseils, il nous quitta ravi de s'être raconté. Dès la porte franchie, Georges hocha la tête.

– Encore un qui est tout seul sous la voûte des cieux ! (...)[3]. »

Raymond Asso, avec ses chansons mélancoliques qui ont le reflet exact d'une époque comme celles de Francis Carco et de Pierre Mac Orlan, apportera à Mouloudji *Comme un p'tit coquelicot* qu'Yves Montand n'avait pas voulu créer. La chanson devint un tube et fit la renommée de son interprète. Le coquelicot aussi rouge qu'un drapeau révolutionnaire ne figurait pas dans l'herbier imaginaire de Georges Brassens. Il n'en aurait pas fait une chanson comme avec *La Marguerite* et *Le Myosotis.* Et dans *Discours de fleurs*[4], le coquelicot reste sur le carreau alors que le muguet, l'églantine et les primevères ont toute sa sympathie. À l'évidence, la fleur fétiche de Mouloudji lui rappelait sa déconvenue de jadis avec Raymond Asso. Dans un volume de son autobiographie, le chanteur évoque le peu d'atomes crochus qu'il avait avec Brassens. Chacun restait sur son quant-à-soi. « J'appris, longtemps après, qu'il n'aimait pas cette chansonnette du coquelicot qui m'avait permis de connaître le succès. Il exprima d'ailleurs l'agacement que lui causait cette bluette dans une de ses œuvres. Peut-être l'entendait-on trop souvent sur les ondes à son goût ? Nous nous rencontrâmes des années durant sans échanger autre chose que des bonjours et des bonsoirs. Pourquoi ce manque de chaleur, cette réticence à communiquer ? Je ne sais. Pour moi, ignorant tout de sa vie, je le regardais sans doute avec une vision déformée. Il paraissait si fort, si tranquille, si sûr de lui. J'étais estomaqué par son assurance, son calme, la simplicité avec laquelle il acceptait d'être considéré. Autour de lui virevoltait une horde d'écrivains, journalistes, gens de métier qui le proclamaient l'égal de Villon et de Bruant. Ils parlaient de génie à son propos et l'entouraient d'une garde quasiment prétorienne de fanatiques[5]. »

Au fur et à mesure que le succès en fait un personnage connu, Georges Brassens est entouré par une bande de thuriféraires dont il devient le chef indispensable. Il y a parmi ces admirateurs les amis de la première heure, mais aussi des accros du chanteur qui élargiront le cercle des inconditionnels. Brassens sait sur le bout du doigt les morales de La Fontaine et notamment celle-ci : « Apprenez que tout flatteur vit aux dépens de celui qui l'écoute ». Cela ne l'empêchera pas de continuer à vivre sans rien changer à son comportement. Au milieu de cette cour de fidèles, il saura rester simple et modeste tout en s'amusant à opposer les uns aux autres. Ce sera une de ses distractions préférées : semer la zizanie. Il lui suffisait de faire croire à un tel que X ou Y avait dit du mal de lui pour que se déclenche aussitôt une petite guerre des clans qui le mettait en joie. Ce n'était qu'un jeu mais il occasionnera quelques fâcheries.

Roger Toussenot a échappé à cette obligation de supporter les taquineries stupides de son ami Georges. Ce dernier le tenait en si haute estime qu'il n'aurait jamais osé lui faire une sale blague. Entre eux, pas de vacheries. « Quel est l'idiot, lui écrit-il le 12 novembre 1948, qui t'a dit que j'étais inquiet pour mes livres en ta possession ? Ah ça ! mais tu ne vas pas bien, tu es déficient. D'abord, ces livres, j'ai l'impression que tu en es l'auteur (disons que tu as failli les écrire). Ensuite, je me fiche éperdument qu'ils soient chez toi ou chez moi. La seule chose qui importe, dirais-tu, ô philosophe, mon frère (très baudelairienne, cette formule), c'est que nous en soyons dignes (...). »

Brassens passe des journées entières à la bibliothèque municipale du XIVe arrondissement où il se gave de lectures. Ce sont les poètes qui ont sa préférence car il a mis en chantier une anthologie de la poésie française. Vingt ans plus tard, il discutera de ses choix avec Georges Pompidou, auteur d'une anthologie semblable, venu lui rendre visite à Crespières, en compagnie de Guy Béart. À Toussenot, il dit : « L'anthologie avance lentement. N'oublie pas que chaque poète constitue pour moi cinq ou six ouvrages à relire. » Paul Fort, Francis Jammes et Anna de Noailles font partie de ses lectures en profondeur. Son long récit poétique « Les amoureux qui écrivent sur l'eau » est achevé. Il attend avec impatience l'avis de Roger Toussenot en train de recopier le manuscrit. « Les enfants qui chapardent des crânes terreux », autre poème inspiré de ses frasques de jeunesse, a également été soumis à l'appréciation de son correspondant qui vient de lui faire découvrir « Il n'y a pas d'amour heureux » d'Aragon. « Excellente chose. Je relis aussi Rimbaud », remarque Brassens qui se nourrit de poésie, d'amour et d'eau fraîche.

Impasse Florimont, les temps sont durs. Jeanne et Marcel crient famine. Georges a l'estomac dans les talons et est sans le sou depuis qu'il a claqué la porte de la maison de reliure où il venait juste d'entrer. « Quelques minutes m'ont suffi à comprendre qu'il ne me serait pas possible de persévérer longuement sans éprouver le désir impulsif de défenestrer celui qui se prenait déjà avec outrecuidance pour le maître de mon activité. Il était décoré de la Légion d'honneur. Rien ne m'aura été épargné (...). » Le 22 juillet 1949, Georges Brassens ne cache pas sa situation désespérée. « Nous sommes en pleine "vache enragée". Le diable par la queue. Même pas le strict nécessaire, et, bien entendu, il ne saurait être question d'acheter des timbres-poste. J'ajoute que nous ne pouvons plus vendre des bouteilles vides – comme faisait Baudelaire –, car il ne nous en reste plus une. Je te prie de ne jamais oublier de mettre dans tes lettres des timbres-poste, si tu veux que je te réponde (...). » Roger Toussenot, employé à la Compagnie des eaux, enverra des mandats et des colis dans la mesure de ses possibilités. Brassens écrit le 2 août 1949 : « Songe que le savon lui-même manquait. Je rapportais un citron de chez Renot et un reliquat de fromage d'ailleurs. Les crampes d'estomac furent notre lot deux semaines durant. Nous n'avons rempli notre estomac qu'après avoir reçu ton volumineux paquet de victuailles. Tu as failli nous faire crever parce que nous perdons l'habitude de manger (...). »

Le peintre Renot, qui doit exposer au Salon des indépendants, puisera lui aussi dans ses économies en donnant quatre mille francs pour que Jeanne puisse se rendre en Bretagne au chevet de sa mère agonisante. « Je n'oublierai pas cet acte de poésie de l'ami Renot », souligne Brassens, guère sensible à la peinture qu'il tient pour un « art dépourvu d'imagination créatrice ». « Ce qui m'intéresse, explique-t-il à Toussenot, c'est dire plutôt que montrer. » Pour Brassens, ce sera dire carrément, crûment parfois, sa vérité de poète. Ses chansons serviront de vecteur et, si personne ne veut les interpréter, il s'en chargera lui-même. « Il ne me reste que le music-hall », dit-il à Toussenot le 5 septembre 1949. Pour être d'attaque, il a besoin d'une guitare après avoir cassé celle que Jeanne lui avait achetée. Nouvel appel au secours à Toussenot. Il le supplie, le lundi 6 janvier 1950, de lui envoyer une somme d'argent, « si minime soit-elle ». Une souscription est lancée auprès des copains. Brassens aura bientôt l'instrument indispensable. Le 20 mars 1950, il écrit à Roger Toussenot qu'il se sent des affinités avec Paul Léautaud. « Moi aussi je critique la vie, mais un peu comme on cueille une feuille et je la laisse pour ce qu'elle est. Je ne tiens pas à apporter quelque chose à l'homme qui pense, pas plus qu'à ne rien lui apporter. Je joue de la guitare (...). »

Le jeudi 8 juin 1950, Georges Brassens revient sur ses lectures : Charles-Louis Philippe qui a bouleversé ses vingt ans alors que Shakespeare ne lui a presque rien apporté. Parmi les contemporains du surréalisme, il cite en particulier Max Jacob. « Jacob dit à peu de chose près : "Le sens des mots a moins d'importance que le son (l'euphonie)." Et ceci est capital. Mais, cependant, il faut tenir compte que l'un des poètes que j'estime le plus se nomme La Fontaine et que, de ce fait, j'entends tout de même tirer de chacun de mes mots le maximum de signification, ou, si tu aimes mieux : d'ironie, d'humour, de saveur, et même de morale (...). » Le 18 novembre 1950 : « Rêves-tu toujours d'écrire ton *Journal* en grec ? Moi, j'ai pondu *La Tour des miracles,* un livre qui est une exploitation de *La lune écoute aux portes.* En outre, j'ai composé une dizaine de chansons et je mets de la musique sur le poème d'Aragon : " Il n'y a pas d'amour heureux " que tu m'as fait connaître il y a quelques mois. Je vais bientôt tenter de gagner ma prétendue vie (...). »

Dernière lettre retrouvée de Brassens à Roger Toussenot, en date du 20 mai 1952. Le poète tranquille est devenu un chanteur pressé qui court après le temps. « (...) il ne m'est plus possible de dire "tout de suite".

“N’importe quand” n’a plus cours dans ma vie, et c’est triste. Mais en compensation, Jeanne a toujours de quoi entrer dans les boutiques. Inutile de te dire que je donne au public ce que j’avais fait avant pour moi. L’étrange est qu’il l’accepte. » En post-scriptum, il ajoute : « Inutile de joindre un timbre pour la réponse : cela me ferait regretter une époque. »

14

Le monde des macchabées

« La fin du monde se réalise chaque fois qu'un être s'éteint. » Cette pensée de Georges Brassens, Roger Toussenot l'avait mise en exergue dans une lettre qu'il adressa à son ami le 2 mai 1960. Leurs liens s'étaient distendus mais leur complicité intellectuelle restait aussi solide qu'autrefois. Toussenot a trente-quatre ans et encore quatre ans à vivre. Brassens en a trente-neuf et poursuit son ascension sur les scènes parisiennes, d'abord à l'Olympia (du 21 janvier au 15 février), puis à Bobino (du 14 au 25 avril). Il se produira également au Moulin de la Galette (le 26 février) pour un gala libertaire et effectue une tournée dans cinquante-trois villes de province [1]. Il est à Lyon les 26 et 27 mars. C'est l'occasion de revoir Toussenot qui attendra quelques semaines avant de lui écrire. La mort de Paul Fort le 20 avril, à l'âge de quatre-vingt-huit ans, sert de prétexte à ce courrier.

« Je sais que tu as accompagné Paul Fort à sa dernière demeure. Il était de tes intimes en poésie, ce princier ami ! J'ai été très heureux de te serrer la main lors de ton dernier passage à Lyon et je veux espérer que tu te feras éventuellement moins rare, ne serait-ce que lorsqu'il t'arrive de revenir de Sète... Crois-moi toujours, en attendant, très affectueusement attentif, et tel que "l'époque héroïque" a bien voulu nous façonner (...) [2]. » Roger Toussenot a laissé dans une ébauche de journal des remarques pénétrantes sur Georges Brassens. Ainsi, ce portrait à partir de sensations qu'il éprouvait à son contact :

« Brassens. – Peu prosodique mais étrangement rythmé par élaboration autant que par nature. Mais rythme intellectualisé, volontaire, contrôlé par le sens critique, maîtrisé par la culture littéraire, antimécanique. Langue massive par le poids des mots (comme à la manière de Jarry), épique par le goût des images et du fantasque, minérale et acide par le timbre et par la tonalité. Attitude triste par politesse de solitaire. Ce poète suit Villon à la trace mais fréquente quelquefois Ronsard. Un catholique éloigné de la Foi et des dogmes, homme libre jusqu'à son dernier souffle qui occupe souvent ses pensées, mais proche par le sentiment des héroïnes dont il plaît à Stendhal qu'elles aillent à la messe après s'être données à leurs amants. L'articulation rigoureuse, intelligente, indique la nécessité intérieure d'une expression incomparable. Solitude travaillée. La voix parle à l'oreille avant d'atteindre l'imagination et la raison[3]. »

Il fait également ces commentaires qui justifient la vérité du poète : « Signes caractéristiques et sentimentaux de Brassens : stoïcisme et gentillesse, sens profond de la pitié, sorte de catholicité christique provenant de l'éducation et des tendresses de l'enfance. (...) Cet homme qui chante la révolte est un doux. Ce pur poète, si dignement dépouillé, est une Conscience. » Brassens et Toussenot, deux solitudes faites pour s'entendre. Avec la mort qui les hante pareillement. C'est une réalité implacable à laquelle nul ne peut échapper. Les masques terrifiants ou hilares de la Camarde surgissent de l'ombre comme des figures grotesques. Sa Majesté Carnaval a l'aspect de la Faucheuse.

Pour exorciser la peur de l'ultime rendez-vous, Georges Brassens va courir le monde des macchabées. Il passera sa vie à visiter les cimetières et à assister aux enterrements. « Il ne me déplaît pas, tu le sais, de voir mettre les cercueils en terre. Cela me rappelle notre condition. Au reste, tu n'ignores pas que la mort demeure mon tourment et ma gravité la plus intime », écrira-t-il à Roger Toussenot le 15 décembre 1949. Toussenot, lui, s'anéantira dans l'oubli d'une œuvre qui fait rêver aux oasis lointaines. Les mirages de la création, l'alcool pour accélérer la chute. « Il meurt d'un trou à l'estomac faute de soins le 31 mai 1964. Le beaujolais en est le grand responsable. À sa mort et devant le désarroi de ses parents, Georges Brassens prend à sa charge les frais des obsèques pour lui offrir une sépulture décente », explique Janine Marc-Pezet[4].

À l'heure des adieux, Toussenot laissait un message que Brassens pouvait méditer après l'avoir relu dans *Défense de l'Homme*, la revue de Louis Lecoin. Dans un article intitulé « Réinventer l'Homme », son cher « Huon de la Saône » évoquait son inquiétude devant les dangers qui guettent la civilisation : « Cette première moitié du XXe siècle n'a pas le sens de l'Éternel. Ce siècle n'aime pas aimer ; et rien de grand ne se fait sans amour. Tout est là. » Et il terminait son article réquisitoire par cette belle envolée : « La grande idée consisterait à inventer le jour où un universel chant d'amour jaillira, du fond du désespoir, pour tous les hommes épris de liberté et pour que les enfants ne soient plus jamais des cadavres mutilés ou des monstres, mais les reflets du génie de Mozart. “Continuons notre route par-delà les tombeaux”, a dit Goethe[5]. »

La dernière pelletée tomba sur le cercueil de Toussenot. Soudain, au fond des cœurs, *Le Fossoyeur* se fit entendre :

Dieu sait qu' je n'ai pas le fond méchant,
Qu' je ne souhait' jamais la mort des gens
Mais si l'on ne mourait plus
J' crèv'rais d' faim sur mon talus
J' suis un pauvre fossoyeur[6].

Gare de Lyon où Georges Brassens attendait son ami Roger Toussenot qui ne viendra plus, d'autres arrivées étaient annoncées comme autant de moments heureux. Terminus ! C'est toujours un copain qui descend du train en sachant que Georges ira vers lui le visage radieux. La tentation d'une réussite à Paris a été pour de jeunes Sétois la raison d'un voyage sans retour prévu. La capitale reste une Terre promise.

Le 8 janvier 1951, le poète de l'impasse Florimont est venu accueillir Henri Delpont et Fernand Gazagne, ses condisciples au collège de Sète. Si Gazagne n'a pas d'ambition particulière, Delpont se voit aux studios de Joinville. Dans sa tête, il entend déjà : « Silence, on tourne ! » Les revues de cinéma qu'il lit avidement entretiennent son désir de devenir un acteur célèbre. Ses beaux rêves vont vite se transformer en amères désillusions.

Avant lui, Louis Bestiou, Loulou, le meneur de la bande qui s'était retrouvée devant le tribunal correctionnel de Montpellier, avait fait le grand saut dans l'inconnu peu de temps après Brassens. Comme Georges il s'était fait embaucher à l'usine Renault de Boulogne-Billancourt. Pour lui aussi, ce fut une expérience de courte durée. N'ayant pas de formation particulière, adepte du système débrouille, il réussira malgré tout à vivre dans la capitale, restant en contact avec le chanteur qu'il idolâtrait. C'est le « géant des géants », disait-il en bombant le torse.

Donc, ce 8 janvier, par un froid glacial, Georges Brassens s'était posté à l'extérieur de la gare, au pied de l'horloge, guettant la sortie des voyageurs. Au même endroit, Victor Laville avait également rendez-vous avec Delpont et Gazagne. « J'ai vu Georges qui se les gelait comme moi. "Qu'est-ce que tu fais là ? – J'attends les autres cons. – Ah ! Toi aussi."[7] » Pour s'en aller complètement rassuré, Henri Delpont, qui laissait sa femme Annie à Sète, avait écrit la même lettre à Brassens et Laville sans les avertir qu'ils se retrouveraient gare de Lyon. Victor Laville qui s'apprêtait à emménager, avec son épouse Raymonde, dans un petit rez-de-chaussée au 117, rue Notre-Dame-des-Champs, près de l'École alsacienne, avait la clé de la chambre de bonne que Henri et Fernand occuperont pendant leur séjour. « Elle était située rue Herschel, en haut du boulevard Saint-Michel. Nos deux amis, qui ne voulaient pas faire n'importe quoi pour gagner leur croûte, ont vite compris qu'ils ne pourraient pas demeurer ici indéfiniment. Au bout d'un mois ils sont repartis à Sète [8]. »

Monté une première fois à Paris en 1947, Victor Laville, qui a un bon coup de crayon, va tenter sa chance comme dessinateur humoristique. Il habite un hôtel de la rue Geoffroy-Marie, dans le IXe, avant de percher au huitième étage, rue Pierre-Nicole, près du Val-de-Grâce. C'est sa période de vaches maigres, de fins de mois difficiles. Une grève de la presse parisienne l'oblige à rentrer au pays où il se refait une santé à *L'Écho du Midi* de Montpellier. De retour dans la capitale en 1948, il collabore à *Miracle de la vie,* un journal paramédical, puis rejoint comme illustrateur et maquettiste l'équipe de *Paris-Match.* Roger Thérond, qui a joué les mentors, est un des rewriters de l'hebdomadaire. Quelques mois plus tard il fera partie du staff auprès de Gaston Bonheur venu comme lui de *Samedi soir.* Thérond fut l'un des fournisseurs en papier de Georges Brassens. Dès 1946, ce dernier venait lui rendre visite dans les locaux de *La Voix de la Patrie,* rue de Sèze, près de la Madeleine. Correspondant de ce journal montpelliérain issu de la Résistance, Roger donnait à son ami des feuilles à en-tête de la Fédération nationale des journaux français sur lesquelles le poète de l'impasse Florimont écrivait ou faisait taper ses textes.

La solidarité qui liait les Languedociens s'inscrit dans la ligne de chance de Georges Brassens. Raymond Castans, né à Saint-Christol, dans l'Hérault, autre ancien élève du collège de Sète – Brassens était en troisième quand lui faisait sa philo –, appartient à ce clan des « copains d'abord ».

Également rédacteur en chef de *Paris-Match*, il retrouvera Brassens chez Victor Laville et assistera à l'ascension du chanteur. Ils auront l'occasion de festoyer à la table du cuisinier sétois Pierre Vedel dont le restaurant situé rue des Morillons était à deux pas de la maison de Georges, rue Santos-Dumont.

« Un soir, chez Vedel, raconte Castans, nous avons fait le grand dîner des Sétois de Paris. Avec Brassens, Clavel, Vaillard, Gévaudan... Pierre Vedel nous avait servi des moules farcies, comme chez Marie-Louise, à la Marine, et une bourride de baudroie. Il était entendu que c'était notre grand dîner annuel. Nous ne l'avons pas refait[9]. » Georges Brassens a toujours sous-estimé l'importance de la gastronomie dans l'existence d'une collectivité. L'art de la bonne chère le laisse indifférent et il n'a aucune hygiène alimentaire. Son solide appétit en fait souvent un bâfreur. Pierre Vedel, qui avait été aux fourneaux chez Raymond Oliver, essaiera en vain de le convertir à une cuisine mieux équilibrée. Manger des mets raffinés lui a toujours paru secondaire par rapport au plaisir qu'il avait à discuter avec des amis.

Pierre Tchernia en a témoigné dans son livre de souvenirs : « J'aurai la grande joie de travailler souvent avec Brassens et, surtout, de parler avec lui, de partager des repas avec lui. Des repas au cours desquels il mange ce qu'il aime (sans pour autant obliger son compagnon de table à partager ses goûts) : de la charcuterie, du pain très peu cuit, le tout arrosé de bière glacée[10]. » Le 8 décembre 1978, Pierre Tchernia était l'invité de Lino Ventura et de sa femme Odette qui avaient également convié à leur table le sculpteur César et Georges Brassens. Au menu : soupe aux poireaux, longe de veau jardinière, salade de laitue au cerfeuil, plateau de fromages, sabayon[11]. Georges aurait sans doute préféré que son ami Lino lui prépare un plat de spaghettis ! Son autre péché mignon : le Ketchup acheté dans une charcuterie du XVe, rue de Vaugirard, où il s'approvisionnait en jambons, saucissons et rillettes, discutant le bout de gras avec Mme Frutz, qui voyait aussi Marcel Amont et Lino Ventura. L'acteur avait en commun avec Brassens des origines italiennes et une célébrité qu'ils devaient largement, l'un et l'autre, à un « gorille », dans son cas le personnage d'agent secret bagarreur dans le film de Bernard Borderie *Le gorille vous salue bien.* Jacques Brel qui lui a donné la réplique dans *L'Emmerdeur* d'Édouard Molinaro se joignait à ces agapes dès qu'il le pouvait. « Entre ces hommes aux mêmes valeurs et aux mêmes croyances, raconte Clelia Ventura, fille de Lino, chez qui la plus folle espérance se mariait au plus profond pessimisme, étaient venues s'immiscer inévitablement de drôles de petites particules : les “atomes crochus”...

Et pour parler de l'amitié qui les unissait, papa ne fera que citer Montaigne : “Parce que c'était lui, parce que c'était moi.” [12] »

Lino Ventura, Brassens, César Baldaccini dit César, né en 1921 comme Georges, Raymond Devos, Maxime Le Forestier, étaient au coude à coude dans l'émission de Jacques Chancel « Le Grand Échiquier ». Les « atomes crochus » dansaient ce soir-là la farandole des gens heureux même si des propos graves furent échangés. « Tu verras, ils trouveront bien un moyen de me parler de la mort », confia Lino Ventura à Chancel. Ce dernier, qui avait déjà invité Brassens pour son premier « Grand Échiquier », le 12 janvier 1972 [13], puis en 1976 à l'occasion d'un hommage à Maurice Genevoix, avec notamment Yves Robert et Serge Lama, savait que la Camarde montrerait son nez au détour d'une conversation. S'adressant à Lino Ventura et à Raymond Devos, Brassens leur lança d'un ton goguenard : « Je vous enterrerai tous les deux, je suivrai vos corbillards en rigolant. Non, je ne vous ferai pas le plaisir de mourir au milieu de l'émission, vous seriez trop contents [14]. »

Jacques Chancel n'a pas oublié non plus cette réunion, un matin, rue Santos-Dumont, où la mort a été le sujet principal des discussions. « Brassens et Lino Ventura attendaient César qui est arrivé avec Yves Montand. Ça a commencé par des bavardages de café du commerce. Mais avec des gens aussi angoissés, les problèmes métaphysiques ont été très vite sur le tapis. Ils étaient en plein désarroi. Brassens disait : “Je cherche un ciel”, ajoutant : “Si Dieu existait, comme je l'aimerais !” Il s'interrogeait aussi sur sa postérité : “Vais-je rester comme poète ?” Je lui ai fait très plaisir lorsqu'un orchestre de près de quatre-vingts musiciens, dirigé par Pierre Rabath, l'a accompagné lors d'un “Grand Échiquier”. “Je chante toujours dans une chapelle, me dit-il, et toi tu m'as fait chanter dans une cathédrale.” [15] »

La belle complicité entre Lino Ventura et Georges Brassens s'est manifestée par un disque au profit de Perce-Neige, l'association que l'acteur avait créée en faveur des enfants handicapés. Les vingt-sept chansons de ce double album ont été enregistrées les 14 et 15 mai 1980 dans les studios de Radio Monte-Carlo qui les diffusa sur son antenne au cours de l'automne suivant. Le disque sortit en 1982, avec au dos de la pochette un texte de Lino Ventura et un autre de Georges Tabet qui participa à l'enregistrement et avait formé autrefois un duo célèbre avec Jacques Pills. « Lorsque Radio Monte-Carlo a décidé d'organiser le “Grand Quitte ou Double” au profit de Perce-Neige, écrit Ventura, il était normal de demander à Georges Brassens de participer en catégorie chansons.

Mais Georges n'aimait pas jouer et se livrer à un examen même si ses connaissances étaient immenses. Par amitié pour ces enfants, il a tenu à “faire quelque chose”. Ce “quelque chose”, ce fut vingt-sept chansons ! Pendant huit jours, avec Georges Tabet, Pierre Nicolas, Joël Favreau et Jean Bertola, il a enregistré toutes ces chansons qu'il aimait et qui avaient marqué sa jeunesse (...). »

Georges Brassens, atteint par la maladie qui l'emportera l'année suivante, fit le tour d'un répertoire où Charles Trenet, Paul Misraki, Mireille et Jean Nohain, Jean Boyer, Georges Van Parys, Jean Tranchant, Vincent Scotto lui apportèrent un regain de ses émotions tendres d'autrefois. Alors que la mort rôdait autour de lui, les airs qu'il connaissait par cœur étaient comme des bouffées d'air pur. « Quand j'avais treize ans, à Sète, je faisais un numéro de duettistes avec un copain de mon âge. Et notre répertoire, c'était le vôtre », confia-t-il à Georges Tabet. Il ajouta avec cet émouvant sourire qu'il avait pour avouer quelque faiblesse : « On se montait la tête en se prenant pour Pills et Tabet. » Georges Tabet était aux anges d'avoir pour partenaire Brassens en train d'interpréter des chansons qu'il avait enregistrées avec Jacques Pills vers 1935. « Comme une quarantaine d'années auparavant, je me retrouvai au piano, devant un micro, pour un nouveau duo. Mais cette fois, avec Georges Brassens. Radieux, attendri, il murmura pour que chacun l'entende et partage sa joie : "Je réalise un rêve de jeunesse..." »

15

Ça swingue bien

Printemps 1938, c'est le sacre de Charles Trenet. Se produisant à l'ABC, le music-hall parisien du boulevard Montmartre, il éclipse Lys Gauty, la vedette du spectacle. Ce triomphe du « Fou chantant », répercuté par une presse enthousiaste, a fait bondir de joie Georges Brassens. Il a dix-sept ans et vient de découvrir une idole de vingt-quatre ans qu'il ira applaudir à Montpellier à la fin de l'année 1940.

Après être allé à pied jusqu'à Melun flanqué de Louis Bestiou qui n'aime pas marcher, contrairement à Georges apparemment infatigable, l'exode les avait ramenés à Sète. Il n'était plus question de travailler chez Renault. L'usine de Boulogne-Billancourt avait été en partie détruite par les bombardements. Elle reprendra son activité pour le compte de la Wehrmacht. À la gare de Melun, les deux copains profitent d'un départ vers le sud pour se rapprocher des bords de la Méditerranée. De train en train, entassés dans des wagons de marchandises, ils mettront deux jours pour rejoindre leur région qui semble hors d'atteinte de la guerre. Les gens vaquent à leurs occupations. Le ciel est sans nuages. C'est encore cette « Douce France » que chantera Trenet, un refrain d'espoir fredonné par les Français fin 1943, début 1944, à l'aube d'une liberté retrouvée.

Douce France
Cher pays de mon enfance
Bercée de tendre insouciance
Je t'ai gardée dans mon cœur.

À Sète, Georges Brassens est accueilli chaleureusement par ses parents et sa sœur Simone qui se comporte avec lui comme une seconde mère. Mais depuis l'affaire des bijoux volés, il fait tache dans une société qui craint le qu'en-dira-t-on. Loulou et lui ont l'intention de remonter à Paris le plus tôt possible. Georges pense au piano de tante Antoinette et il éprouve un attrait romantique pour la capitale. C'est là-bas qu'il a commencé à faire ses gammes dans bien des domaines et particulièrement celui des puissances du hasard et du destin. La vie littéraire et artistique s'y développe comme nulle part ailleurs. Et comme l'a dit Villon : « Il n'est bon bec que de Paris. »

Avant de reprendre le train en direction de la capitale, il se rend à Montpellier pour assister à un récital de Charles Trenet. A-t-il réussi à lui remettre en main propre des ébauches de textes ? Trenet qui fera réellement connaissance avec Brassens au début des années cinquante, à Montmartre, dans le cabaret de Patachou, n'avait qu'un vague souvenir de cette rencontre fortuite. Le chanteur Roland Gerbeau, proche de Charles pendant les années d'occupation[1], se rappelle, lui, très bien le jeune Brassens d'alors avec lequel il bavarda en coulisses car Trenet ne lui aurait pas parlé. C'est Gerbeau qui récupéra les textes et les garda dans une valise qu'on lui vola au cours d'un cambriolage[2]. Cette histoire rocambolesque n'a pas déplu à Georges quand on sait qu'il composa *Stances à un cambrioleur* après avoir été victime d'une semblable mésaventure.

Monte-en-l'air, mon ami, que mon bien te profite,
Que Mercure te préserve de la prison,
Et pas trop de remords, d'ailleurs, nous sommes quittes,

Après tout ne te dois-je pas une chanson[3] ?

En 1989, lors de la sixième édition des Journées internationales Georges-Brassens, Charles Trenet était sur la scène du théâtre municipal de Sète. Le jeune homme d'autrefois entraperçu à Montpellier, et le poète qu'il devint, vivait dans sa mémoire comme les esprits de la lumière. « Regardant vers le ciel, un doigt pointé en l'air, écrit Jacques Pessis, il va terminer *L'Âme des poètes*, en ajoutant :

Longtemps, longtemps, longtemps... Brassens[4]. »

Quand un poète fait l'éloge d'un autre poète, cela devient une pluie de compliments comme cette lettre de Charles Trenet à Georges Brassens datée de 1961 : « Vous êtes entré dans la légende et vous avez donné à vos créations des bottes de sept lieues. Mais vous n'êtes pas l'ogre, pas plus que l'ours ou le gorille ! Vous êtes un doux grand poète, le plus solide pilier de l'édifice chanson. En un temps record vous avez su échapper à la mode (celle qui ne dure qu'une saison, comme la grippe !) et l'arbre auprès duquel vous voulez demeurer c'est vous. Votre génie vous dispense de forcer votre talent. La gloire ne vous changera jamais comme le vent ne peut changer la couleur du ciel de Sète.

À travers Paris à qui nous devons tout, je vous tends de mon "Étoile" jusqu'à votre "Olympia" une grande main d'admirateur fidèle et d'ami[5]. »

En 1965, le quotidien communiste *L'Humanité* demanda à « treize vedettes d'aujourd'hui » de parler d'un « grand de la chanson ». Tous saluèrent Charles Trenet mais c'est Georges Brassens qui l'évoqua avec le plus de ferveur. « L'avènement de Charles Trenet, en 1936, a été quelque chose de formidable. Enfin quelqu'un essayait de sortir des sentiers battus de la guimauve et des roucoulades de la chanson dite de charme. Il m'a tellement impressionné que pendant des années il m'a empêché d'écrire. Je ne chantais plus que du Trenet. Ce qu'il a apporté à la chanson ? Avant tout, sa personnalité et son talent. Une façon de chanter très particulière ; une façon originale de se comporter en scène[6]. » Brassens qui avait reniflé les effluves du surréalisme ambitionnait davantage de devenir un écrivain qu'un chanteur. De même que Charles Trenet qui fit d'abord la tournée des éditeurs lorsqu'il débarqua à Paris à l'époque des « années folles ». *Les Rois fainéants,* son ouvrage « historique et quelque peu loufoque », aussi délirant que *Lalie Kakamou* de Brassens, sera refusé partout comme d'autres manuscrits. Par la suite, il parviendra à faire publier *Dodo Manière* en 1939, *La Bonne Planète* en 1949, avec une préface de Jean Cocteau, et *Un noir éblouissant* en 1965.

Trois romans que Georges n'aurait pas désavoués car sa plume fantasque d'« homme de lettres » s'apparente à celle du « Fou chantant » qui fera un bide en se présentant à l'Académie française en 1983 au fauteuil du duc de Lévis-Mirepoix. « Je trouve que la réaction de l'Académie est tout à fait normale, et je souhaite que quelques écrivains sérieux se présentent la prochaine fois », déclarera Jean Mistler, son secrétaire perpétuel. À défaut de l'accueillir sous la coupole du quai Conti, les immortels pouvaient au moins lui décerner leur Grand Prix de poésie que Georges Brassens recevra en 1967. Cette distinction lui valut la réédition, l'année suivante, de son livre *La Tour des miracles* paru en 1953[7]. Dédié à Christian Duvaleix, un artiste farfelu qui se produisait avec Darry Cowl, en bafouilleur, dans le même programme de ses débuts aux Trois Baudets[8], ce roman est une véritable histoire de fous née de l'imagination d'un troubadour postsurréaliste. Là encore, ce récit, plein de situations burlesques, est bien dans l'esprit cocasse d'un Trenet avec son mélange de féerie et d'humour. C'est aussi du Raymond Devos avant la lettre comme le montre cette aventure du personnage Courte-pattes qui était cul-de-jatte :

« Parti avec ses jambes un matin de son enfance, il était rentré sans le soir. Sa mère lui avait passé un savon.

– Où les as-tu perdues ? s'était-elle enquise.

– Je ne sais pas.

– La bonne femme n'en était pas revenue.

– Le comble de l'étourderie. C'est inouï enfin. Comme à tout le monde, il m'arrive de perdre mes jambes, nom d'un chien, seulement je m'en aperçois tout de suite et revenant en arrière je cherche les membres infidèles, les retrouve, les rajuste à mon bassin et me remets en route guillerette. Toi tu te distingues. Tu sèmes tes jambes en route et tu continues de courir comme si de rien n'était. Tête à l'évent. Que n'ai-je suivi les conseils de ton moribond de père. J'entends sa voix presque éteinte me dire : "Notre fils, un étourneau ! Après sa première communion, ne le laisse plus sortir avec ses jambes, il les égarerait. Confisque-les-lui. Ne les lui rends qu'à sa majorité ou en cas de guerre."[9] »

Écrit en 1950, *La Tour des miracles* raconte la vie en communauté d'individus qui ne dépareraient pas l'impasse Florimont. Cet étrange phalanstère tient ses assises sur la butte Montmartre. « En ce temps-là nous habitions Montmartre. Une maison miraclifique de sept étages par temps calme et de six les jours de bourrasques. Nous occupions l'étage va-et-vient et l'avions baptisé "l'abbaye gré-du-vent" mais chez les pupazzi de pacotille on ne le désignait pas autrement que sous le nom de "tour des miracles" par allusion à la fameuse cour de malandrins[10]. » En utilisant le terme de *pupazzi*, ces marionnettes italiennes à tête et bras de bois, l'auteur nous avertit sur le style du roman : c'est du guignol !

Sous le titre « Prétexte », Jean-Pierre Rosnay, un jeune poète qui a créé les JAR (les Jeunes Auteurs réunis) présente l'ouvrage : « Georges Brassens, Brassens Georges, me lisez-vous bien, est avec nous. Il va de soi que Brassens n'avait nul besoin d'une préface. C'est pourquoi celle-ci se présente sous la forme d'un prétexte (...). » Il ajoute fièrement : « Les plus importantes maisons d'édition, importantes par leur activité d'hier et leur compte en banque d'aujourd'hui, avaient prié Brassens d'ajouter son nom à ceux de leurs cracks favoris. Brassens a refusé, et c'est à nous qu'il est venu. Grande est ma joie. Mais je ne vous retiendrai pas plus longtemps à l'orée de son "Monde miraclifique" où vous retrouverez Corne d'aurochs (...). »

Les ouvrages des éditions JAR sont vendus au porte-à-porte. Parmi les jeunes gens qui tirent les sonnettes, Joseph Moustaki, un Grec né en Égypte, dont la sœur a épousé Jean-Pierre Rosnay. Par admiration pour Brassens, il choisira son prénom avant de lui dédier une chanson, *Les Amis de Georges.* « Dans ma vie, il y a eu un avant et un après-Georges Brassens, explique Moustaki. Dans les locaux des éditions JAR, au numéro 1 de la rue Mirabeau, j'ai connu un journaliste socialiste du *Populaire,* Henri Marc, qui fut mon intermédiaire auprès de Brassens. "Qu'est-ce que tu fais ?" m'a-t-il demandé. "J'écris des chansons." J'en avais enregistré deux ou trois sur un dictaphone. Après les avoir écoutées, il m'a dit : "C'est de qualité." Le lendemain, il a alerté des gens influents comme Jacques Canetti, une sorte d'institution dans le monde de la chanson, et Francis Claude, animateur d'un cabaret de la Rive droite, Milord l'Arsouille, et auteur, entre autres, de *L'Île Saint-Louis* où j'habite aujourd'hui, mise en musique et chantée par Léo Ferré [11]. »

À l'époque, Moustaki avait son gîte dans le quartier de Pigalle, à proximité des Trois Baudets situé au numéro 2 de la rue Couston, à l'angle du boulevard de Clichy. « J'avais dix-neuf ans. Fan de Georges, j'étais tous les soirs sur ses talons. Dès qu'il quittait la scène des Trois Baudets, je me débrouillais pour l'accompagner au Vieux-Colombier où il passait aussi [12]. » Ce sera l'occasion pour Brassens d'approcher Claude Luter et Sydney Bechet, les piliers de ce temple du jazz new orleans qu'était le Club du Vieux-Colombier. Moustache fait souvent un bœuf avec ses amis musiciens. Georges, qui se dit un « forcené de la musique de jazz[13] », avait attrapé le virus en écoutant les disques de sa sœur Simone. Il voue un culte à Django Reinhardt, raffole de Louis Armstrong, dans le genre *Saint Louis Blues*, et peut chanter des chorus complets de Gerry Mulligan, malgré ses difficultés avec la langue anglaise. Le tempo de ses musiques montre la source de son inspiration mélodique. « J'ai une façon de chanter en décalant qui est particulière aux Noirs », précisera-t-il[14].

Moustache fera un immense plaisir à Georges en adaptant et en interprétant en jazz ses musiques. Avec ses compagnons « Les Petits Français », en l'occurrence Michel Attenoux, Marcel Zanini, Irakli, Géo Daly, Teedy Martin, Christian Donnadieu, et aussi Pierre Nicolas à la basse, Joël Favreau à la guitare solo et Benny Vasseur au trombone, il a enregistré en 1979 un 33-tours d'anthologie. Profitant de la présence au Méridien de Paris des plus grands solistes de jazz du monde, il leur demanda de participer aux séances. Des anciens de l'orchestre de Count Basie comme Harry Edison, Joe Newman, Eddie Davis, trompettes et saxophone ténor, ainsi que Cat Anderson, trompette chez Duke Ellington, et la pianiste Dorothy Donegan se joignirent à la fine équipe pour improviser sur des mélodies qu'ils entendaient pour la première fois. Cadeau de Brassens à Moustache : une chanson originale, *Élégie à un rat de cave.*

Faire un bœuf avec des croque-notes
C'est en ton honneur.
Sache aussi qu'en écoutant Bechet(e),
Foll' gamberge, on voit la nuit tombée,
Ton fantôme qui sautille en cachette
Rue du Vieux-Colombier[15].

Georges Brassens se souvenait des caves de Saint-Germain-des-Prés et d'une jeune existentialiste, groupie de Jean-Paul Sartre, à qui il chantait en avant-première, dans la cuisine du Vieux-Colombier, *Le Petit Cheval* et *La Cane de Jeanne.* Sur le disque, il joue en vrai jazzman, dans la tradition des anciens de la roulotte, Joseph Reinhardt et Sarrane Ferret qui accompagnaient Django, la chanson *Putain de toi,* intitulée à l'époque *P... de toi,* composée sur la guitare de son copain André Vers un jour de délectation morose [16]. La pièce de Sartre s'appelait encore *La P... respectueuse.* Putain, c'était un gros mot.

En ce temps-là, je vivais dans la lune,
Les bonheurs d'ici-bas m'étaient tous défendus,
Je semais des violett's et chantais pour des prunes
Et tendais la patte aux chats perdus...

Refrain :
Ah ah ah ah putain de toi
Ah ah ah ah ah pauvre de moi [17].

« ... Brassas, you folk singer... », s'exclama Harry Edison. Mine de rien, c'est un compliment sincère et ça swingue bien. Henri Salvador, qui s'y connaît, estime que ce sont les musiciens qui devraient chanter car la plupart des chanteurs ne swinguent pas. « Brassens, lui, savait swinguer et quel crack pour trouver les mots [18] ! »

16

Lady Patachou

« Il a intégré certaines valeurs chrétiennes dans ses chansons, dit Georges Moustaki tout en s'interrogeant sur la croyance du chanteur. Agnostique, athée, sceptique ? Irrécupérable, en tout cas. Georges Brassens m'a imprégné de ses idées. On a envie d'être exigeant quand on a eu Brassens comme guide. Mais mon admiration n'était pas un éblouissement idolâtre. J'ai eu la chance de le rencontrer et peu de temps après ce fut Édith Piaf. Au départ, elle ne s'intéressait pas beaucoup à lui, n'étant pas sensible à sa forme d'expression. En 1958, je l'ai convaincue d'aller le voir à l'Olympia. Bruno Coquatrix est venu la chercher à la fin du spectacle pour la présenter à Georges. Dès qu'il a vu Édith, il s'est exclamé : "Où est Moustaki ?" Il savait par la rumeur que j'étais son amant. Je les ai rejoints, on s'est salués chaleureusement[1]. »

Brassens souriait d'un air charmeur, paradoxalement à l'aise malgré sa timidité. Il les invita à découper avec lui dans sa loge le gâteau de son trente-septième anniversaire[2]. Depuis son premier passage boulevard des Capucines en 1954 (du 19 février au 4 mars), il a pris de la bouteille. On l'a revu à l'Olympia en 1955, puis en 1957, l'année où le mensuel *Music-Hall* lui a attribué ses Bravos symbolisés par deux mains de bronze. Gloria Lasso sera également récompensée. Ils ont été choisis à l'issue d'un référendum auprès des lecteurs du magazine qui avait pour directeur général Félix Vitry, le patron de Bobino. Précédents lauréats : Édith Piaf et Gilbert Bécaud en 1956, Jacqueline François et Charles Aznavour en 1955. La cérémonie de la remise des Bravos eut lieu dans un Olympia archi-comble, lors d'une soirée spéciale baptisée « Musicorama ».

Brassens est désormais une vedette, comme le confirme son triomphe sous les yeux de Piaf accrochée au bras de Moustaki avec lequel elle s'apprête à faire une tournée aux États-Unis. La chanteuse, encore convalescente après un accident de voiture, l'avait précédé pendant douze semaines dans cette salle légendaire. Il sera suivi de Jacques Brel qui s'imposera en américaine de Philippe Clay[3]. À l'affiche du programme de Brassens en 1958 : Michèle Arnaud, Pia Colombo et Jean Bertola qui enregistrera, en 1982 et en 1985, les chansons posthumes de Georges. Le journal *Arts* a mis une photo du poète en une avec ce titre « Un nouveau Brassens émule de Villon ». L'écrivain Pierre Gascar a rédigé l'article qui s'intitule « Religieux et chantre de la mort ».

« Jeudi soir, à la première du nouveau spectacle de l'Olympia, le tour de chant de Georges Brassens, prolongé par de nombreux rappels, prit fin sur des couplets qui parlaient de la mort. Ils composaient une sorte de testament, à la fois souriant et grave et tout éclairé de poésie. La salle applaudit avec force. (...) La démarche de Brassens, son art rejoignaient ici une tradition médiévale qui consiste à jeter au milieu d'une assemblée livrée à ses plaisirs et à ses vanités, insoucieuse de son destin, l'annonce sépulcrale qui la réveillera à Dieu. Ainsi du *Jedermann* et de la poésie de Villon. Je voulais en venir à Villon.

La parenté d'esprit qui lie Brassens à l'auteur du *Grand Testament* n'est pas niable. Chez l'un comme chez l'autre, l'homme dépourvu vit des hasards du chemin, de délits mineurs, de bonnes et mauvaises fortunes, en marge des hommes et en marge de Dieu, ce qui, dans le premier cas, est une sûre malédiction terrestre mais qui est l'approche du salut dans le second. Je crois, pour singulier que cela puisse d'abord paraître, qu'il convient de souligner le caractère religieux des créations de Brassens, dans ce nouveau tour de chant en particulier. Cette spiritualité, au demeurant assez bonhomme, pourrait m'indisposer si je ne voyais en elle que le souci, chez le poète populaire, de trouver, dans le thème banal de la mort, ce que l'on appelle une chute facile, j'entends par là une sublimation mécanique de l'argument, lorsque le temps de conclure est venu. Mais non : la rugosité de la voix du chanteur qui, cette fois, les inventions mélodiques étant rares, rejoint souvent la psalmodie, cette attitude embarrassée, presque hostile, ce visage de cantonnier ou de braconnier et tout ce qui s'y lit me donnent le sentiment d'une sincérité profonde.

Là s'arrête le parallèle que j'esquissais et auquel certains, découvrant d'autres équivalences dans les chansons de nos XVIIe et XVIIIe siècles, trouveront un prolongement historique. Il est vrai : la référence à Villon ne suffit pas. Avec lui, c'est l'hiver sans fin du Moyen Âge et un univers décharné. Brassens rit, parle de l'été, du gros pain, du vin offert, des amitiés bourrues, des amours simples ou gaillardes. L'ironie, la cocasserie et la dérision de soi-même viennent atténuer la rigueur d'une philosophie sommaire mais impitoyable.

Cependant, dans le divertissement que Brassens, alors, nous procure, domine une grande salubrité. Elle satisfait, en nous, un goût vivace qu'auparavant nous ne soupçonnions pas. Elle réveille en nous l'envie de tout recommencer, de trouver la camaraderie des vagabondages et de respirer l'air des routes, hors du monde où nous nous asphyxions.

Je ne m'étonne pas que les écrivains, et particulièrement ceux dont les livres témoignent de hautes préoccupations ou de subtiles exigences artistiques, accordent tant de place à Brassens. Dans la sécheresse d'une civilisation trop pensive, dans la médiocrité de nos aventures intellectuelles et l'ennui de notre embourgeoisement, nous retrouvons, un instant, avec lui, notre vieille simplicité oubliée[4]. »

Georges Brassens fait son entrée en Sorbonne, en avril 1958, grâce à Alphonse Bonnafé. Parti enseigner à Tananarive, ce dernier était revenu avec un groupe de chanteurs malgaches qui donna un récital dans le grand amphithéâtre. C'est ainsi que le chanteur, convié par son ancien professeur de français, se fit entendre à proximité des lieux où François de Montcorbier dit Villon était devenu licencié et maître ès arts. Élevé au sein de l'Église, dans la communauté de Saint-Benoît-le-Bétourné, il avait dû quitter Paris après avoir participé à un vol de cinq cents écus au collège de Navarre. Georges avait en mémoire son propre départ précipité de Sète. Et voilà qu'il se retrouvait dans l'enceinte du savoir, applaudi par un public le considérant comme un maître ès chansons françaises. Le poète était mûr pour qu'on lui consacre une thèse. C'est une de ses fans, Annie Guyot, professeur de vingt-huit ans, qui sera la première à disséquer savamment ses chansons. Avec *Valeurs expressives du français dans la chanson moderne*, une thèse présentée en Sorbonne en 1963, elle obtiendra la mention Bien. Cet exploit lui vaut d'être l'objet d'un reportage dans *Paris-Match*[5]. Reçu par l'auteur du *Gorille*, elle dialoguera avec lui, fière et heureuse.

Georges l'écoute attentivement, un peu vexé qu'on lui reproche ses fautes de français, se présentant comme un « arrangeur de syllabes ». « Un arrangeur de syllabes ! s'exclame-t-elle. Vous êtes tout autre chose, monsieur Brassens. Vous établissez avec bonheur la liaison entre la spontanéité populaire et la culture. – Je ne sais pas “penser” mes chansons, dit-il. Elles vivent en moi et n'ont pas plus d'importance, si vous voulez, que la pomme sur le pommier. »

S'étonnant qu'on puisse s'intéresser à une thèse sur son travail, il demande à la jeune femme si ce qu'il écrit est tellement utile aux gens comme elle le croit. « J'en suis sûre. Un de mes camarades, vingt ans, autodidacte, dynamique, sensible, mais qui s'est durci, un grand cœur que les coups durs de la vie ont mené aux confins de l'absurde et du désespoir, un "camusien", m'a dit : "Tu vois, Brassens, c'est le seul type qui me fera pleurer..." Pourtant, croyez-moi, il "bouffe" du livre. Français, anglais, américains, il en a lu !... – Quelle horreur ! – Et vous, vous n'en avez pas "bouffé" peut-être ? Pourquoi atteignez-vous les jeunes ? Pourquoi arrivez-vous à toucher la fibre la plus cachée, la plus profonde, la seule qui puisse encore émouvoir un type comme mon camarade ? Parce que vous exprimez avec force la vraie révolte et la vraie tendresse qui sont au fond des cœurs. »

La discussion se poursuit à coups de confidences et de révélations. « Faire de belles chansons avec de gros mots, c'est ma croix ! avoue-t-il. Mais mon éditeur les exige parce que le public les réclame ! Les autres, comme *Les Sabots d'Hélène, Les Amours d'antan, Le Père Noël et la Petite Fille,* elles sortent de moi. C'est vraiment moi-même. Mais les rudes, si vous saviez le mal qu'elles me donnent ! (...) » Parlant ensuite de sa musique : « Au fond, là plus qu'ailleurs, je suis un autodidacte. J'ai écouté, j'ai aimé la musique, j'ai accroché tout ce qui était possible d'entendre. J'ai gratté la mandoline quand j'étais môme, la guitare ensuite qui m'a tout appris. Je l'ai compris en lisant plus tard les traités. Je trouvais déjà des rythmes en classe en battant d'une main sur mon bureau. Cela m'a valu quelques ennuis. – Au lycée de Sète ? – Oui, au "Collège", comme on l'appelait (...) Au fond, ma chance, c'est de ne pas avoir eu une jolie voix ! Plus jeune, je me serais peut-être plié à une certaine discipline du chant. – Vous ne savez pas chanter au sens de l'art de chanter. Vous savez dire. – Je n'ai jamais prétendu le contraire. Mais c'est comme cela qu'il faut prendre mes chansons, d'une façon rude, non raffinée. Je les ai chantées par accident, comme j'aimais les chanter au milieu des copains, et certaines, au moins, ne pourraient pas être dites avec une belle voix. Je connais bien, depuis onze ans que je passe sur scène, les trucs que je pourrais utiliser et qui marcheraient infailliblement. Mais cela ne m'intéresse pas. À une époque, je me suis dit : "Si ça ne leur plaît pas, tant pis, moi, ça me plaît..." Je retourne toujours au jaillissement, à la spontanéité : pour moi, c'est ça la musique... [6] »

Lorsque André Sève lui demandera : « Qui es-tu, Georges ? Par-dessus tout un poète », il répondra : « Non, un auteur de chansons [7]. » En 1953, André Vers entendit à la radio *La Mauvaise Réputation*. Il saura, à l'instant même, qu'un vrai poète avait écrit la chanson. On était loin des ritournelles niaiseuses. Un vent libertaire soufflait maintenant sur le monde de la chanson. Il en parla à tous ses copains. « Il s'appelle Brasseur ou Brassan... Il chante qu'il a mauvaise réputation... [8] » Après s'être renseigné, il apprit qu'un nommé Brassens passait dans une petite salle, Les Trois Baudets. Le voir sur scène confirmera André Vers dans la bonne opinion qu'il se faisait du bonhomme. « Il émanait de sa personne un charme étrange, tout en contradictions, associant à la fois la puissance et la fragilité, la timidité et la sûreté de soi, la gentillesse et la provocation. Il pénétra sur scène pesamment, grand et massif, cheveux drus, hirsute, épaisse moustache tombante, tenant sa guitare à bout de bras, comme une massue. Un ours. Les yeux baissés, pied gauche sur une chaise, tout seul, sans aucun accompagnateur, il attaqua *La Mauvaise Réputation* entendue dans le poste, à la sauvette, entre deux insignifiances, et le miracle se renouvela. J'éprouvais la même jubilation. C'était gagné. Il allait "casser la baraque"... [9] »

André Vers, qui était devenu un pote de René Fallet après avoir dévoré *Banlieue sud-est* dès sa parution, lui parla de Brassens, insistant pour qu'il aille le voir aux Trois Baudets. C'est ainsi que le chanteur eut droit à un article dans *Le Canard enchaîné* et du même coup enrichit sa collection d'amis de deux personnalités rares. René Fallet et

André Vers en entrant dans l'entourage de Georges, surnommé Jo ou le Gros car, à l'époque, il pesait largement les cent kilos, ont nécessairement affronté la Jeanne. Admis au sein de la tribu, ils venaient régulièrement déjeuner impasse Florimont.

L'hôtesse piquait cependant sa crise dès que Georges citait le nom d'une autre femme. « Il est passé à la radio avec Catherine Sauvage, hurlait-elle. Je suis sûre qu'il l'a sautée, cette salope. Juliette Gréco, c'est pareil. Elles ont toutes le feu au cul ! » Brassens ne démentait pas, afin d'attiser la jalousie de Jeanne qui s'énervait de plus belle. Quand elle s'était calmée, il lui glissait à l'oreille un mot affectueux. Son visage s'illuminait. Les engueulades entre Jeanne et Georges, Jeanne et Marcel, mais jamais entre Marcel et Georges qui avait une phrase définitive : « Vous n'êtes que des "ivrognes ordinaires" », faisaient partie du style folklo de la maison.

Une soirée chez Patachou, c'est pas triste non plus ! Là-haut, sur la butte Montmartre, l'ambiance peut dégénérer en psychodrame. Lady Patachou, comme l'a baptisée Maurice Chevalier, coupait avec de grands ciseaux les cravates des clients un peu bégueules. Gare à celui qui hésitait à reprendre avec elle des couplets grivois. Le premier à subir cet affront fut l'ambassadeur de Grande-Bretagne. La punition devint une sorte de rite. Les bouts de cravate, dont celle d'Errol Flynn, qui pendaient au plafond comme des trophées feront autant pour la réputation de l'endroit que la gouaille de son animatrice qui, sous le nom de Henriette Ragon, épouse Billon, s'occupait de la boulangerie-pâtisserie conjugale mitoyenne du cabaret[10]. La pâte à choux lui servit de pseudonyme et participa de ce fait au rayonnement de la chanson et des variétés françaises. C'est Chez Patachou, 13, rue du Mont-Cenis, dans le XVIIIe arrondissement que la carrière de Georges Brassens prit son essor.

Mais avant de passer une audition dans le cabaret

montmartrois Georges, confiant en son étoile, va faire une énième rencontre qui se révélera d'importance. Henri Bouyé, le fleuriste anar, a copiné avec les chansonniers du Caveau de la République voisin de son magasin. Il suggère à Jacques Grello de recevoir son ami Brassens dont les chansons devraient l'intéresser. Grello, curieux de découvrir le phénomène, fixe un rendez-vous au poète inconnu. Le chansonnier lui tend sa guitare pour qu'il donne un échantillon de son talent. Après *Le Gorille*, puis *Margot* et *La Mauvaise Réputation*, Georges Brassens termine avec *Il n'y a pas d'amour heureux*. Jacques Grello, emballé, voudrait communiquer son enthousiasme à ses impertinents compères. Ceux-ci apprécient tout autant les chansons mais le public du Caveau de la République ne correspond pas à ce genre de spectacle. Il faut aller voir sur la Rive gauche. Le Collège Inn, rue Vavin, L'Échelle de Jacob, rue Jacob, L'Écluse, quai des Grands-Augustins, sont les ports d'attache d'une nouvelle génération d'auteurs-compositeurs et interprètes.

Tous les mercredis du mois, la direction de L'Écluse auditionne. Brassens n'arrivera pas à convaincre l'un des « directeurs-chanteurs », Léo Noël, qui se taille un franc succès avec des œuvres d'Aristide Bruant et de Francis Carco en s'accompagnant à l'orgue de Barbarie. Georges a raconté à Henri Delpont l'échec de son audition : « J'ai chanté. Ça a marché comme prévu, c'est-à-dire couci-couça. J'avais le trac et Grello dans la salle aussi. Il me manquait la flamme. Grello pense que ça ne viendra pas avant cinq ou six séances. Léo Noël [patron de la boîte] a annoncé qu'un filleul de Grello allait chanter (...). Après l'indicatif, Grello m'a dit : "Vas-y." Et le calvaire a commencé. J'ai chanté trois trucs, voilà. On m'a applaudi, sans plus. On n'a pas goûté vraiment mes trucs, car l'allant était de sortie. Mais ne t'en fais pas, on s'y attendait. Tout le monde en passe par là[11]. »

En 1958, Barbara qui chante à L'Écluse a inscrit à son

répertoire *La Femme d'Hector.* La chanson figurera parmi les neuf titres de son premier disque 25 cm, « Barbara à L'Écluse », enregistré le 30 janvier 1959 [12]. Selon la petite histoire, cette chanson aurait dû s'intituler *La Femme de Victor,* c'est-à-dire Raymonde Laville, l'épouse de son condisciple du collège de Sète. Un pied de trop empêcha le poète de saluer au grand jour cette « fée bienfaisante ».

17

Gare au gorille !

« Je te présente Blonde Chenille. » Georges Brassens est arrivé chez Victor Laville, rue Notre-Dame-des-Champs, accompagné de Joha Heiman juchée sur ses hauts talons. Presque toujours habillée de noir, ce petit bout de femme – elle mesure un mètre cinquante et un –, née à Tallinn (Estonie) le 28 juin 1911, préférait le sobriquet de Püppchen qui lui correspondait mieux. Mais Georges tenait à sa Chenille comme le prouve cette dédicace : « À ma chenille, à l'occasion de ses vingt ans... afin qu'elle comprenne que son “incompétence artistique” ne m'empêche point de l'aimer. La véritable poésie réside dans une main qu'on serre, un sein qu'on dévore, un os ou des hanches où l'on s'accroche, une arène où l'on va combattre [1]. »

Joha Heiman est une Estonienne typique : d'un abord réservé. Entre amis, on ne se serre pas la main, on ne s'embrasse pas non plus. On dit « bonjour » tout court. Comme ses compatriotes, Püppchen est entêtée et peut se mettre facilement en colère. Elle n'a pas de révérence particulière pour le statut ou la position d'une personne. Georges ne l'impressionne pas et c'est lui, au contraire, qui se fera « tout p'tit ».

J'étais dur à cuire ell' m'a converti
La fine mouche

Et je suis tombé tout chaud tout rôti
Contre sa bouche
Qui a des dents de lait quand elle sourit
Quand elle chante
Et des dents de loup quand elle est furie
Qu'elle est méchante[2].

Joha Heiman et Georges Brassens ont des caractères assez identiques. Le proverbe « Qui se ressemble s'assemble » illustre bien leur manière d'être. Ils avaient l'un et l'autre naturellement beaucoup de pudeur. Cela convenait parfaitement à Püppchen de rester discrète. Elle était au centre de l'univers du poète mais n'insista jamais pour former un couple au quotidien. Toutefois, leurs domiciles étaient proches puisqu'elle habitait 4, rue Pauly, dans le XIVe arrondissement. Victor et Raymonde Laville correspondent à ce bonheur conjugal que Georges pourrait, a contrario, citer en exemple. Eux avaient gravé leurs noms « au bas d'un parchemin ». Joha occupera sa place d'« éternelle fiancée » jusqu'à la mort de Georges. Partisan de l'union libre, il se montrait un précurseur à une époque où contracter mariage est un acte fondateur de la communauté nationale.

En 1967, un an après avoir écrit *La Non-Demande en mariage*, il partait en Allemagne avec Püppchen, guidé par Gerhard Kisman, un jardinier qui lui avait donné un coup de main lorsqu'il nettoyait le parc de sa propriété à Crespières. Ils visitèrent Heidelberg, Stuttgart, Karlsruhe, la Forêt-Noire et Munich. Georges et Püppchen regagnèrent la France en passant par Salzbourg et le lac de Constance[3]. Un faux voyage de noces (!) pour fêter vingt ans de discrète vie amoureuse... Depuis leur rencontre, en 1947, ils poursuivaient une idylle ininterrompue. Répondant aux questions de Régine Monpays, lors d'un entretien filmé destiné à l'Espace Brassens de Sète[4], Joha Heiman dessine, par petites touches, le portrait de l'homme de sa vie. « Il était un peu sophiste », « C'était un très grand musicien qui n'a jamais appris la musique », « Georges était surtout aimé des hommes », « Il avait peur de faire du mal avec une parole », « Il aimait les gens simples. Il ne fréquentait pas le beau monde », « Il a influencé toute une génération ». Püppchen parle par à-coups, des silences ponctuent ses confidences. L'émotion est particulièrement forte lorsqu'elle révèle que Georges Brassens lui avait proposé de l'épouser quelques mois avant de mourir. « Il était tellement malade. Je lui ai dit que ça ne valait pas la peine. Il était contre le mariage. Ce n'était pas au dernier moment que j'aurais accepté de me marier. Notre engagement a été plus sérieux et plus sûr qu'une union officielle. Il pouvait facilement me quitter. Sa chanson *Saturne* est la plus belle preuve d'amour. »

Viens encor' viens ma favorite
Descendons ensemble au jardin
Viens effeuiller la marguerite
De l'été de la Saint-Martin

Je sais par cœur toutes tes grâces
Et pour me les faire oublier
Il faudra que Saturne en fasse
Des tours d'horloge de sablier

Et la petit' pisseus' d'en face
Peut bien aller se rhabiller[5].

Dans les nombreuses lettres que Georges Brassens lui écrira transparaît cette complicité amoureuse un peu retenue et voilée. En voici des exemples de l'année 1948 : « Serai-je un jour débarrassé de cette sotte pudeur qui clôt mes lèvres, obstrue mon cœur, dénature mes baisers, mes étreintes », « C'est la première fois que j'ose être imbécile. Prière de ne pas jouer avec le mécanisme. La meilleure de mes tendresses à vous », « Ma chère amie au cœur succulent. Voulez-vous entendre parler de ma personne ! Eh bien voici des détails... Je me lève souvent à cinq heures. Je me lave, je grignote un morceau de sucre pour tenir le coup. J'appelle ma blonde Dolly et en route pour la porte de Vanves. Comme les routes sont bien peu fréquentées et la vôtre pas du tout à cette heure d'alouette, nous nous y engageons bravement. En passant devant votre porte je donne des explications à ma jeune compagne : "C'est ici ma belle créature qu'habite la non moins belle créature que nous avons le suprême honneur de rencontrer deux ou trois fois." Ma Dolly vous reconnaît tout de suite et frétillante se met à aboyer votre nom. Ce nom que tous les poètes ont tendance à faire rimer avec joie. Pourquoi pas rabat-joie ? »

Ajoutons à ce florilège ces deux courtes missives : « Bonne nuit vibrant cactus, ne laisse pas le chat jouer de ma guitare. Que ton fils veuille bien s'il la touche se persuader qu'elle n'appartient pas à Nicolas[6]. Gros baiser à ton chapeau. PS : L'expérience de ce soir me prouve que sans toi la maison est vide. Qu'est-ce que ça doit être sans moi ? Baisers pour Püppchen », « Chère Püppchen, je t'écris le premier pour te faire une petite farce. J'espère que tu es bien arrivée et que le beau macaroni qui t'enlèvera à ma tendresse n'a pas encore été fabriqué. N'oublie pas que je joue aussi de la mandoline et que je suis un roucoulatore ». Ce dernier courrier est daté de Sète le 11 juillet 1962.

Après la mort de Georges, Joha Heiman, qui était restée une étrangère aux yeux de la famille du chanteur – sa mésentente avec Simone Cazzani a perduré –, descendait souvent chez Victor Laville pendant ses séjours à Sète. C'était aussi une façon de perpétuer les souvenirs des années cinquante. Blonde Chenille, flanquée de son « ours », venait chaque mercredi chez les Laville, rue Notre-Dame-des-Champs. « Ce jour-là, j'étais tranquille.

On avait bouclé la veille le numéro de *Paris-Match*, raconte Victor Laville. Le rite du mercredi en compagnie de Georges et Püppchen a duré un an[7]. »

Paralysé par le trac, Georges Brassens avait affronté deux semaines de suite le public du Lapin agile, le cabaret de la grande époque montmartroise. Son animateur, Paul Gérard, dit Paulo, essaya en vain de l'encourager. « Je ne suis pas fait pour ça. Tant pis ! Je ferai chanter mes chansons par d'autres », lui dit Georges en le quittant[8]. Il préférait donner la primeur de ses nouvelles créations à ses amis. Si l'interprète croyait faire fausse route, l'auteur-compositeur, lui, était persuadé d'être dans la bonne voie.

Rue Notre-Dame-des-Champs, Victor Laville, sa femme Raymonde, Püppchen et des relations de passage comme André Frédérique qui travaillait à la radio écoutaient le poète, assis par terre près de la cheminée, s'accompagnant avec la guitare de Jacques Grello. Pendant ses soirées intimes il offrait le meilleur de son talent. Tout le monde s'accordait sur la qualité de ses chansons. « C'est bon, c'est très bon, mais c'est difficile à placer », convient André Frédérique qui essaiera en vain d'agir. « À la maquette de *Paris-Match*, j'avais mis en page un sujet sur Patachou trois mois auparavant, raconte Victor Laville. Pierre Galante, le futur mari d'Olivia de Havilland, qui s'occupait au journal de la rubrique des mondanités et du parisianisme, était l'auteur du reportage. Je lui ai demandé d'intervenir auprès de Patachou pour qu'elle reçoive mon copain. Sur-le-champ il lui a téléphoné et un rendez-vous a été pris pour le lendemain[9]. »

Victor Laville, Pierre Galante et Roger Thérond accompagnent Georges qui traîne un peu les pieds. Il n'est guère rassuré mais il faut suivre son étoile. Ce soir du 24 janvier 1952, elle brille de mille feux comme un diamant, au-dessus du cabaret de la rue du Mont-Cenis. Devant ce garçon vêtu d'un manteau noir élimé et d'un vieux costume de velours côtelé marron, qui a l'allure pataude d'un ours mal léché, Patachou se sent brusquement envahie par un sentiment inexprimable. Brassens l'a touchée par son physique et un extraordinaire rayonnement, ce mélange de force et de douceur, de promesse de succès et de gaucherie d'adolescent à la carrure de costaud. Avant même qu'il ne chante, elle a deviné que ce jeune homme, avec une belle gueule de Manouche ou de bandit calabrais[10], venait d'arriver comme le messie.

À la fin du spectacle, elle lui demande de monter à son tour sur la petite scène. « Allez-y, je vous écoute ! » Il avait prévu de commencer par *La Mauvaise Réputation.* Les copains regardent tour à tour Georges et Patachou. Ces deux-là sont faits pour s'entendre. À la fin de la chanson, elle glisse à l'oreille de Pierre Galante : « Il est formidable. » Brassens poursuit son récital, sentant qu'il est en train de gagner la partie. Patachou semble subjuguée et le personnel, plutôt blasé, l'écoute attentivement. Il chante *Brave Margot, Les Amoureux des bancs publics, La Chasse aux papillons, Le Bricoleur, Le Gorille.* L'un des musiciens de l'orchestre de Léo Clarens, qui se produit dans le cabaret, a repris son instrument pour improviser un accompagnement. C'est l'ébauche d'une collaboration exemplaire entre le chanteur et le contrebassiste Pierre Nicolas à qui Brassens demandera de faire simplement quelques « boum-boum » derrière sa guitare.

Le lendemain, Patachou reçoit à nouveau Georges Brassens qui est venu avec Victor Laville. Elle lui dit tout de go qu'elle met à son propre répertoire quatre de ses chansons : *Le Bricoleur, Maman... papa..., Les Amoureux des bancs publics* et *Brave Margot.* Il est également invité fermement à affronter le public de son cabaret. Un soir, en fin de programme, ce sera son baptême du feu. Patachou annonce au public : « Je vous ai chanté *La Prière, Bancs publics.* Je vous ai dit que c'était d'un nommé Brassens. Il est là, Brassens. Il ne sait pas tellement bien chanter, il ne sait pas tellement bien jouer de la guitare, il ne sait pas tellement bien se tenir en scène, visiblement il n'aime pas ça, mais si vous voulez passer un moment agréable, restez[11]. » *Le Gorille* et *Hécatombe* laisseront pantois les spectateurs qui avaient eu la curiosité de prolonger la soirée. Jacques Robert, un des journalistes en vogue de l'après-guerre, romancier prolixe, scénariste-dialoguiste de nombreux films, a raconté dans un volume de ses mémoires sa présentation du phénomène par Lady Patachou :

« Voilà l'animal, me dit Patachou. Il s'appelle Georges Brassens.

Puis, se tournant vers lui, elle lui demanda de "singer" pour moi la première chanson de son tour de chant. Le jeune Brassens écarta alors brusquement des bras puissants et se martela la poitrine, en prenant la pose de King-Kong en colère.

– Gare au gorille ! clama-t-il.

J'entendis derrière moi un clic-clac. C'était mon photographe qui opérait. La première photo de Georges Brassens à Paris venait d'être prise. Elle illustra l'article que je consacrai dans *Paris-Parade* à l'animal, après avoir assisté à ses débuts chez Patachou. Il m'avait causé un tel choc que j'intitulai mon papier : "Une révolution !"...[12] »

Dans *France-Soir* du 12 mars 1952, sous la signature de Marcel Idzkowski, un article paraît sur deux colonnes : « Deux révélations chez Patachou : Georges Brassens et la maîtresse de maison dans son nouveau répertoire (...). Rentrée cette semaine d'une tournée, Patachou nous revient transformée une fois encore, et avec un répertoire dû, pour une grande partie, à un inconnu : Georges Brassens. Ce poète, quelque peu révolutionnaire, nous apporte une bouffée d'air frais. Ses poèmes mis en musique ont un son nouveau et, en trouvant Brassens, Patachou trouvait en même temps un renouvellement qui lui fait le plus grand bien. Elle a maintenant un style personnel et s'affirme comme une chanteuse gaie, qui peut parfaitement s'aventurer par instants dans le domaine du réalisme, où elle conserve et son charme, et cet air sain qu'elle doit à son sourire et à son physique. Dépouillée de ce qu'elle faisait "en trop", Patachou a gagné ses galons de vedette de la chanson. Georges Brassens chante ses œuvres dans le cabaret de Patachou et s'accompagne à la guitare. Il est timide, apeuré et il manque encore de présentation, ce n'est qu'une question de temps. Vous pouvez retenir son nom, il n'en restera pas là. »

Carmen Tessier enchaîna dans sa fameuse rubrique « Les Potins de la Commère », un des fleurons du journal de Pierre Lazareff. Sous le titre « Patachou a découvert un poète », la chanteuse fait ce commentaire : « Grâce à lui, j'ai encore une fois changé de genre. » Le 5 avril, c'est au tour du *Figaro* de saluer l'artiste : « Patachou revient d'une tournée au cours de laquelle elle a cueilli maints lauriers et, rentrée chez elle, en haut de la Butte, elle présente un nouvel auteur de chansons, Georges Brassens. C'est un très grand garçon, moustachu, un peu embarrassé de sa volumineuse personne, pas très à son aise sur un tréteau, mais qui a un tempérament authentique, caustique, satirique, brutal comme son aspect physique et qui ne manque pas de finesse... »

Après avoir auditionné Georges, Patachou n'y était pas allée par quatre chemins : elle l'intégra à sa tournée en Belgique. Elle eut lieu en février 1952, à bord d'une camionnette Volkswagen achetée par le mari de la chanteuse. Le véhicule flambant neuf sera baptisé au champagne comme pour le lancement d'un paquebot ! Georges Brassens, spectateur anonyme dans la salle de l'Ancienne Belgique, le music-hall de Bruxelles, écoutera chanter Patachou qui lui a présenté les Cordier, une famille de parfumeurs qu'elle avait connue aux sports d'hiver. Cette joyeuse tribu, composée de quatre frères ayant une culture littéraire et artistique et le sens de l'humour, adoptera d'emblée le protégé de leur amie. Pierre Cordier, âgé à l'époque d'une vingtaine d'années, le futur inventeur des

« chimigrammes », combinaison chimique de la peinture et de la photographie, fera ce constat quarante-cinq ans plus tard : « C'est ainsi que toute la famille Cordier a pu entendre en exclusivité *Le Gorille*, *La Mauvaise Réputation*, etc., et que j'ai découvert celui qui a changé ma vie [13]. » Ce que confirmera Brassens dans sa préface à l'occasion de l'exposition consacrée aux travaux de Pierre Cordier à la Bibliothèque nationale de Paris en janvier 1979. « La famille Cordier tout entière, souligne-t-il, me soutint de tout cœur à mes débuts [14], me donna son affection et me prêta sa maison lors de mes premiers séjours en Belgique. La mère de Pierre m'apprit même à conduire.

Je ne raconte pas ma vie, n'ayez pas peur. Je vous dis toutes ces choses pour que vous sachiez que le responsable du fait que Pierre Cordier ait lâché l'entreprise familiale et prospère où sa voie était toute tracée, c'est moi. Il n'avait pas tellement envie à cette époque de ses dix-huit-vingt ans de rouler sur les rails où le sort l'avait placé... Il était habité par le démon de la recherche photographique et m'a demandé des conseils. Moi qui n'en donne jamais, qui considère qu'on n'en a pas le droit, j'ai fait une entorse à mon principe, je lui ai dit de se lancer dans cette aventure et il l'a fait (il l'eût sans doute fait quand même) [15]. »

De retour à Paris, les choses iront très vite pour Georges Brassens qui gravite dans l'orbite de Patachou. Remarqué par l'ensemble des médias, se faisant aussi connaître par le bouche à oreille, présenté comme un poète vigoureux et gaillard, il dépassera rapidement le cap du succès montmartrois. « Un soir, poursuit Jacques Robert, il chanta son fameux *Parapluie*, celui qui abritait “un p'tit coin de paradis”. Le magazine *Elle* publia les paroles de la ravissante chanson, et toute la France, bientôt, la fredonna [16]. » Brassens, le doux, le tendre, existait aussi.

18

Le sorcier des Trois Baudets

« Brassens est poète par vocation et chanteur par occasion. » Cette remarque de Luc Bérimont illustre ce que l'artiste lui avait déclaré lors d'une émission radiophonique : « Je chante mes chansons, parce qu'à part Patachou, personne ne les a chantées [1]. » Alors, poète d'abord ? Dans son livre *Georges Brassens et la poésie quotidienne de la chanson*, Jacques Charpentreau donne la parole au chanteur : « J'ai d'abord écrit des poèmes sérieux, tragiques, quand je croyais avoir du génie. Et puis j'ai fait des chansons... Bien sûr, la poésie et la chanson, c'est la même chose, mais on ne peut quand même pas chanter très haut. La chanson, c'est pour tout le monde. Au départ, celui qui veut lire des vers doit faire le premier pas. Ce n'est pas le cas pour la chanson. Celui qui écoute une chanson est plus passif. Il y a heureusement des gens qui s'intéressent à la chanson. C'est une poésie à la portée de toutes les bourses. Les gens acceptent ce que je fais parce que je n'ai pas l'air d'un littéraire. Bien sûr que j'en suis un [2]. »

Le profil idéal pour un dénicheur comme Jacques Canetti. Né en 1909 à Roustchouk, en Bulgarie, élevé en Angleterre, le frère d'Elias Canetti, prix Nobel de littérature en 1981, a le don de flairer l'insolite. Sa culture musicale et son sens inné des affaires, quitte à avoir une réputation de dureté, feront merveille. Directeur artistique chez Polydor, puis de la maison Philips, et créateur des Trois Baudets, il est à l'origine des premiers disques de futures têtes d'affiche du music-hall qui étaient toutes passées par sa petite salle située entre Pigalle et la place Blanche. Avant le Petit Conservatoire de la chanson de Mireille, Jacques Canetti a encouragé des personnalités de la chanson poétique et littéraire, en particulier Georges Brassens, Félix Leclerc et Jacques Brel. Ce trio avait reçu la bénédiction de Pierre Mac Orlan que Canetti consultait régulièrement à Saint-Cyr-sur-Morin, un village de Seine-et-Marne où lui-même avait une propriété, le Moulin de Chavigny.

Guy Béart, qui séduisit aussi à ses débuts le sorcier des Trois Baudets, bénéficiera pour son premier 33-tours de deux préfaces : une de Mac Orlan et une autre de Brassens. Des lettres de noblesse pour ce poète de vingt-sept ans, ingénieur des Ponts et Chaussées chez Sainrapt et Brice, 3, place Paul-Verlaine à Paris[3]. S'il n'y avait pas eu Georges Brassens, son admiration, le chanteur à la voix faite pour la comptine et non pour *La Tosca* aurait laissé de côté sa guitare et ses rêves d'applaudissements.

« Encore un qui s'approche armé d'une guitare et qui ne finira jamais à l'opéra et qui ne sait pas faire l'acrobate sur la place publique, écrit Brassens. Encore un qui ne parle pas tout à fait de la pluie et du beau temps. Bref un poète, un chrétien pas très catholique et qu'on donne à manger aux lions. Que les oreilles ouvertes aux quatre vents aillent écouter autre chose mais pour ceux qui ont cinq minutes à perdre, pour ceux qui veulent prendre des vacances dans la lune et sortir de leurs habitudes, voici Guy Béart enchanté de faire leur connaissance qui les entraîne vers des horizons sans gares ni garages et bon voyage. »

C'est durant l'été 1955, au Théâtre de verdure de Nice, que Brassens, vedette du spectacle, rencontra le jeune Béart venu lui présenter ses chansons en coulisses. « Je crois que ce soir-là j'en ai chanté cinq ou six. C'était une sacrée audition[4]. »

Georges Brassens a souvent chanté le temps qui passe. Sur cette photo des années 1904-1905, on découvre (de gauche à droite) sa mère Elvira, son arrière-grand-mère maternelle, sa tante Louise Fernande Dagrosa, dernière sœur d'Elvira et mère de son cousin Georges Granier, et ses grands-parents maternels, Michel Dagrosa et Maria Augusta Dolce, qui sont restés sujets italiens.

Georges Brassens avait écrit en hommage à ses parents *Maman… papa*. Elvira et Jean-Louis Brassens fiers de leur fils, de passage à Sète.

Georges Brassens dans *Porte des Lilas*, le film de René Clair, jouant le rôle de l'Artiste aux côtés d'Henri Vidal et de Pierre Brasseur.

Sous l'objectif de Robert Doisneau, en 1953, rue Watt, dans le XIIIe arrondissement de Paris.

Sous l'œil tendre de Jeanne, la bonne dame de l'impasse Florimont.

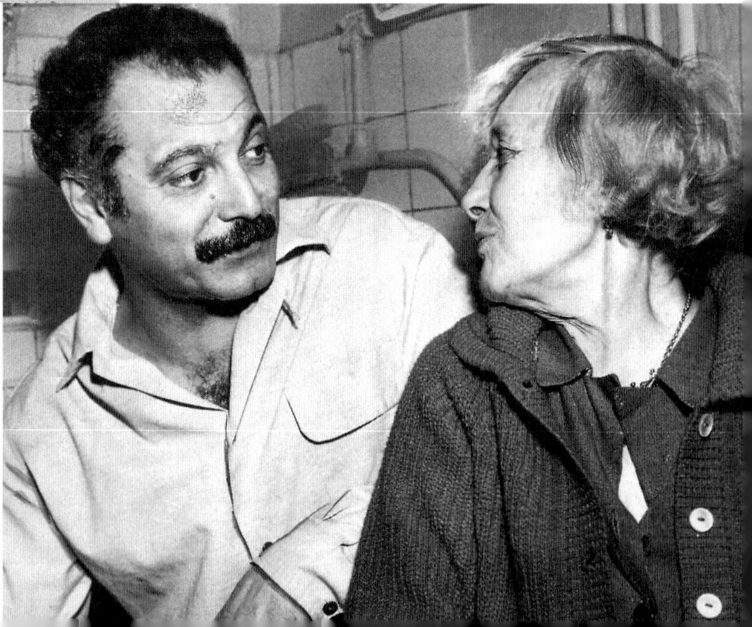

Avec le romancier René Fallet, l'ami fidèle, et Jacques Prévert, poète de *Paroles*.

En compagnie de Pierre Mac Orlan, l'auteur de *Quai des brumes* devenu le bourlingueur immobile de Saint-Cyr-sur-Morin, en Seine-et-Marne.

En tête à tête avec Bruno Coquatrix, patron de l'Olympia, le music-hall de la consécration.

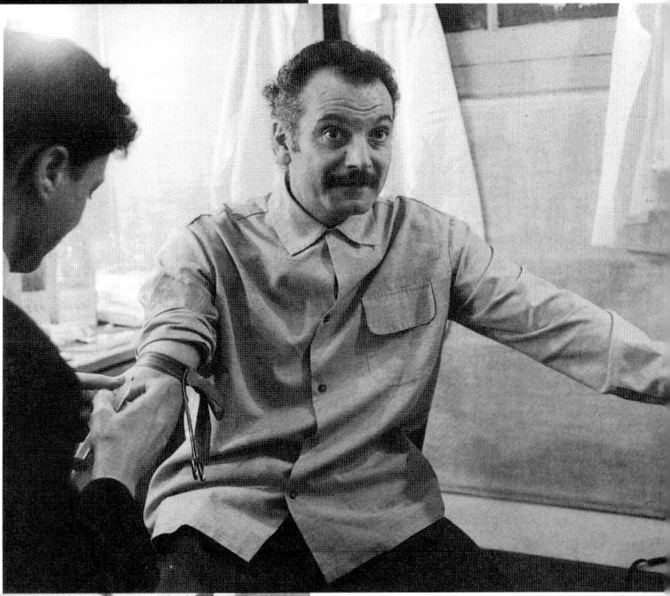

Une piqûre avant d'entrer en scène pour supprimer la douleur d'une crise de coliques néphrétiques.

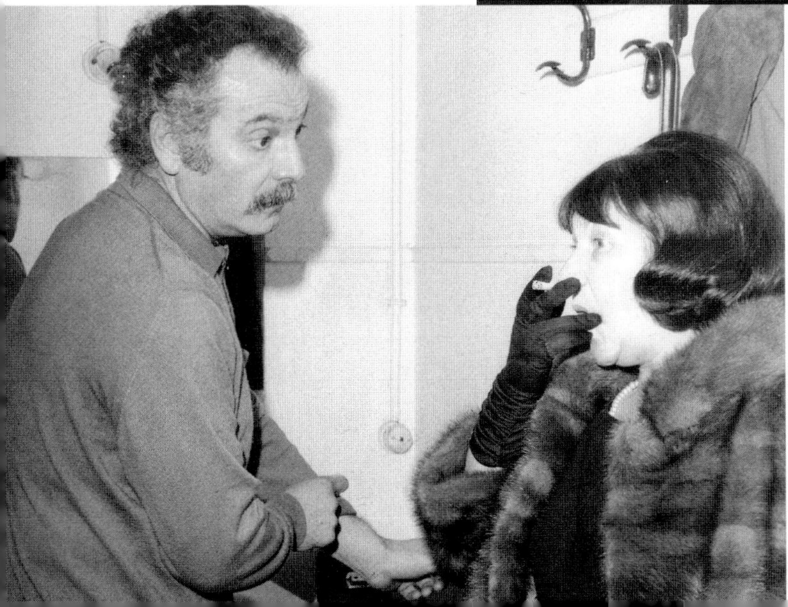

Dans les coulisses de sa vie, l'indispensable Joha Heiman, surnommée Püppchen, alias Blonde Chenille.

Le perroquet Jacquot qui était en réalité une Jacquote.

Ami des bêtes, Georges Brassens avait surtout des atomes crochus avec les chats.

En 1973, une rencontre avec Mgr Jean Orchampt, évêque auxiliaire de Montpellier, en présence de l'abbé Jacques Fournier, adjoint du père Barrès, aumônier du lycée Paul-Valéry à Sète.

Au pied de l'église de la Corniche, sur la plage de Sète où il rêvait d'être inhumé, Georges Brassens est accompagné par Joël Favreau, à la guitare, et Pierre Nicolas, à la contrebasse. Son dernier récital pour les besoins d'une émission de télévision, en mai 1981, quelques mois avant sa mort.

Promenade nostalgique sur la plage de la Corniche, longue de douze kilomètres, qui lui a inspiré *Supplique pour être enterré à la plage de Sète*.

Ultimes adieux de la famille et des amis au cimetière Le Py, à Sète. Son ami d'enfance, le père Robert Barrès, bénit son cercueil après avoir récité un « Je vous salue, Marie ».

Brassens commença à analyser :

« Oui, tu sais les faire, mais là, il y a deux idées. Une chanson c'est une idée, une seule.

Je rétorquai faiblement :

– Oui, mais la seconde idée complète et enrichit la première.

– Non, elle l'affaiblit : il faut en faire deux chansons. Une chanson, c'est bref, c'est ramassé, on n'a pas le temps d'être sur deux idées[5]. »

Guy Béart n'a pas oublié non plus ce que Georges lui avait dit, sérieux comme un pape, en 1976 : « Dans la chanson française actuelle, je n'en vois que deux qui me plaisent vraiment : Brassens et moi. Mais j'aime aussi Béart[6]. » Ce n'était qu'une boutade ? Pas si sûr...

Également repéré par Jacques Canetti, Boris Vian, qui lui aussi monta sur scène pour faire connaître ses chansons que personne ne voulait interpréter, devra à Brassens un texte prophétique. Il figure sur la pochette de son premier 33-tours « Chansons possibles et impossibles », avec notamment *La Java des bombes atomiques* et *Le Déserteur*, écrit le 29 avril 1954, pendant la guerre d'Indochine, quelques jours avant la chute du camp retranché de Diên Biên Phû :

« Boris Vian est un de ces aventuriers solitaires qui s'élancent à corps perdu à la découverte d'un nouveau monde de la chanson. Si les chansons de Boris Vian n'existaient pas il nous manquerait quelque chose.

Elles contiennent ce je-ne-sais-quoi d'irremplaçable qui fait l'intérêt et l'opportunité d'une œuvre artistique quelconque.

J'ai entendu dire à d'aucuns qu'ils n'aimaient pas ça, grand bien leur fasse ! Un temps viendra comme dit l'autre où les chiens auront besoin de leur queue et tous les publics des chansons de Boris Vian. »

En 1958, pour inaugurer sa collaboration avec *Le Canard enchaîné*, Boris Vian prendra la défense de Georges Brassens dont le 33-tours/25 cm avec *Le Pornographe du pho-*

nographe, Le Vieux Léon, Comme une sœur, À l'ombre du cœur de ma mie, Le Cocu, La Ronde des jurons, La femme d'Hector, Bonhomme, n'a pas eu le succès escompté. Son article s'intitule : « Public de la chanson, permets qu'on t'engueule ! ». Brassens et Vian avaient le jazz dans la peau. Ce dernier tirera de son expérience de musicien, d'auteur de chansons, d'interprète et d'observateur du show-business, un livre, *En avant la zizique.* Après avoir parlé de l'influence du jazz sur Charles Trenet, il en vient à Brassens : « Elle s'est exercée de façon beaucoup moins flagrante, et plus subtile, sur des gens comme Georges Brassens. Et ceci se manifeste dans son interprétation : la manière de chanter de Georges Brassens est souvent comparable à celle des chanteurs de blues, notamment par sa mise en place et sa façon d'attaquer un peu en retard sur l'accompagnement, si caractéristique dans *La Chasse aux papillons.* La netteté du style de Brassens et la fraîcheur de son expression l'apparentent d'ailleurs aux chanteurs folkloriques noirs en ce qui concerne la teneur même des chansons. »

Le livre de Boris Vian, dont le titre complet était *En avant la zizique... et par ici les gros sous,* montrait ce qu'était réellement le monde de la chanson : une industrie qui a besoin de plus de transparence et pourquoi pas d'un code d'honneur[7]. André Halimi qui publia, un an plus tard, en octobre 1959, *On connaît la chanson !* préfacé par Georges Brassens et Guy Béart poursuit le combat en faveur de la chanson de qualité et contre les gougnafiers et les truqueurs d'un milieu qui ressemble parfois à un panier de crabes. Autour de l'auteur, les deux préfaciers, plus Henri Salvador et Boris Vian, disparu le 23 juin 1959[8], débattent « sur la chanson de qualité et l'autre... ». À propos des interprètes, surtout des vedettes, Halimi estime qu'ils ont un rôle important à jouer.

« Vian : Ce sont les chansons qui lancent les vedettes et ce sont les vedettes qui lancent les chansons. Le danger, c'est que certains interprètes sont devenus vedettes sans acquérir du bon goût. Elles multiplient alors l'essor de la mauvaise chanson.

Brassens : Les interprètes sont comme le public, on peut dire que la musique les frappe d'abord, et les paroles, quelles qu'elles soient, leur servent à se souvenir de la mélodie qui leur plaît.

Béart : Chevalier a vendu beaucoup de mauvaises chansons. Il est devenu célèbre parce qu'il a de la personnalité, et en travaillant.

Brassens : Et aussi parce que ses chansons plaisaient au public. Trop de chanteurs croient que leur talent d'interprète suffit. Il faut que le public quitte la salle en fredonnant les chansons qu'il vient d'entendre, qu'il les chante chez lui, sans le chanteur. Alors le charme opère et le public revient au chanteur pour entendre d'autres chansons. Le talent de l'artiste lui fait gagner la partie sur la scène, mais encore faut-il la gagner chez le public, dans sa maison, dans sa vie... Ce sont les chanteurs qui font ce miracle et prolongent le tour de chant et le succès des chanteurs hors de la scène... Du moment qu'elles plaisent, bonnes ou non...

Halimi : Une très bonne vedette peut donc imposer de mauvaises chansons ?

Brassens : Quand elle est là, oui... Sa personnalité pallie le manque de vertus de la chanson, mais quand le public n'a plus d'interprète, quand il est seul, il laisse tomber. La chanson n'a plus son prestige. Il me semble que si Lemarque avait chanté tout seul, le charme de ses chansons aurait agi pour lui en tant que chanteur. Il chante aussi bien que les autres.

Vian : Lemarque est un excellent auteur de chansons populaires. Il écrit des chansons capables de "lancer" des interprètes.

Brassens : Et au besoin de s'en passer[9]. »

C'est dans le cabaret de Patachou que Francis Lemarque a vu et entendu Georges Brassens pour la première fois.

« Ce jour-là l'homme m'a plus impressionné que l'artiste. Il ressemblait à un gros nounours, taillé d'un seul bloc, la chevelure abondante, la moustache bien présente. Je l'ai revu quelque temps après, chantant sur la minuscule et magique scène des Trois Baudets. C'est là que nous avons vraiment fait connaissance. J'étais très ému de découvrir qu'il connaissait par cœur quelques-unes des chansons que j'avais composées et qu'il aimait les chanter pour son plaisir. Ce soir-là, après le départ du dernier spectateur, dans l'intimité de sa loge, assis sur un coin de table, une jambe s'appuyant sur le sol, l'autre se balançant au rythme de la mélodie, il m'avait fredonné *Mathilda, À Paris, Quand un soldat, Les Routiers, Le Tueur affamé*[10]. »

Francis Lemarque, pseudonyme de Nathan Korb, était né en 1917, en plein Paris, rue de Lappe, au cœur des bals musettes. Ses parents, juifs immigrés de Lituanie, continuaient à la maison à parler le yiddish. Ils appartenaient à la diaspora balto-slave comme Joha Heiman, expatriée d'Estonie, petit pays voisin également occupé, tour à tour, par les Allemands et les Soviétiques. Ce passé historique, qui correspondait à celui de Püppchen dont la famille était toujours derrière le Rideau de fer, avait piqué la curiosité de Georges Brassens. Par ailleurs, le style populaire, au son de l'accordéon, de l'auteur de *Bal petit bal*, de *Paris se regarde* (« Et Paris qui adore les chansons/Fait chanter tous ses accordéons ») le rendait nostalgique.

Édouard Deleu, l'un des rois du piano à bretelles, était un de ses amis. Il préfaça son livre de souvenirs *Ma vie sur un air d'accordéon.* C'est un texte qu'il écrivit le 30 septembre 1981, un mois avant de rendre le dernier soupir.

« Si l'enfer existe, souligne-t-il, on doit y être condamné à faire des préfaces. C'est un exercice qui ne m'enchante pas tellement. Mais comme ce pauvre monde est bourré d'inconséquences, j'ai passé ma vie à préfacer les disques et les livres des amis. Ma foi, les copains d'abord, et Édouard Deleu fait partie de la tribu. » Après avoir salué le personnage qui remue les sentiments avec gentillesse et bonne humeur, il ajoute : « Quand le soufflet de son accordéon se fermera sur l'accord final, on versera sans doute des larmes dans toutes les chaumières. Mais dans les petits bals du samedi soir on continuera à moudre ses refrains pour faire danser Musette [11]. »

Entre Édouard Deleu, le Nordiste, né à Wattrelos, près de Roubaix, et Georges Brassens, le Sétois, le courant est passé après que André Tavernier, qui supervisait les enregistrements des artistes de la maison Philips, les eut présentés l'un à l'autre. Brassens fit aussitôt les honneurs de sa propriété de Crespières à l'accordéoniste surpris par l'aspect monacal des chambres avec les murs peints à l'eau et les lits en fer pour une personne. Une seule chambre possédait un lit pour deux. « C'est ta chambre ? » demanda Édouard à Georges. « Non, pas précisément. Bien sûr j'aime mieux dormir dans le grand lit, mais si un copain s'installe dans la chambre avant moi, je couche dans un petit lit. »

« Ça c'était tout Brassens, remarque Édouard Deleu. Il y a un étonnant mélange d'amour et de goût des choses charnelles, culturelles et spirituelles, chez lui, et un mépris, un détachement parfait du quotidien (...). Par la suite, je lui conseillai de faire percer une petite fenêtre dans la salle de séjour, d'une part parce que cette pièce était sombre et que, d'autre part, cette ouverture donnait sur une ravissante petite colline boisée. Plus tard, je lui fis installer une nouvelle salle de bains, par un plombier de mes amis qui travaillait rue des Goncourt. Car le grand Georges ne pouvait pas entrer dans sa baignoire : elle était trop petite [12] ! »

Édouard Deleu comptait parmi ses amis des gens de tous les milieux. Il aimait les faire se rencontrer, comme André Tavernier qui l'avait mis en relation avec Georges Brassens. Il invita ces deux derniers à déjeuner dans son petit appartement parisien en compagnie de deux prêtres, le père Anglart, directeur de l'orphelinat de Toulouse, et un père dominicain, missionnaire de retour d'Afrique noire. L'accordéoniste, qui attendait une nouvelle salle à manger pour remplacer l'ancienne donnée à de pauvres gens du quartier, avait placé des caisses en bois en guise de sièges.

« Nous déjeunâmes assis sur ces caisses ; cela n'altéra en rien notre bonne humeur ; nous n'avions pas besoin d'un grand confort ni d'un cadre mirobolant pour échanger nos idées (...). Les discussions étaient animées, je ne sais plus qui parla le premier de la Sainte Bible. N'étant pas assez érudit en la matière, je me contentai d'écouter et de suivre le débat ; il s'avéra que Georges, à l'étonnement de tous, connaissait la Bible aussi bien que les deux ecclésiastiques qui étaient des experts en théologie, histoire sainte, liturgie, etc. Le père Anglart et le missionnaire dominicain étaient stupéfaits de constater que Georges Brassens, catalogué par certains médias d'anarchiste, d'athée, de révolutionnaire, etc. (on ne prête qu'aux riches), jonglait avec les Saintes Écritures. L'Ancien, le Nouveau Testament, les Évangiles n'avaient pas de secrets pour lui ; c'était original et inattendu. Cela donne une autre dimension à son savoir, à son œuvre et expliquerait la morale et la beauté de la plupart de ses chansons (...) [13] »

Aux yeux d'Édouard Deleu, l'aura de Georges Brassens était comparable à celle de Bourvil qu'il avait connu à Paris quand il faisait son service militaire dans la musique du 43e régiment d'infanterie. Il resta en relation avec le comédien qui jouait du piston et même de l'accordéon. « Bourvil rayonnait d'humanité et tous ceux qui l'ont connu gardent le souvenir d'un homme simple et bon, qui était l'égal des plus grands », souligne-t-il.

En tant que président de l'Union nationale des accordéonistes français, Édouard Deleu participa à un gala au Palais de Chaillot en faveur de Perce-Neige, l'œuvre de Lino Ventura. Jean Gabin, Bourvil, Fernandel, Georges Brassens et bien sûr Lino Ventura ont été réunis à cette occasion. Bourvil et Brassens se parlèrent comme des voisins heureux de renouer le fil d'une conversation à peine entamée.

À Crespières, ils habitaient à moins d'un kilomètre l'un de l'autre mais se rencontraient très rarement. Lorsque Püppchen partit pendant deux mois en Estonie, c'est la femme de ménage de Bourvil qui vint travailler provisoirement au moulin. « Je pouvais aller le voir quand je voulais, je n'y allais pas souvent, il était timide et moi aussi, on n'allait pas se déranger les uns les autres ; mais je pouvais le faire quand je voulais. Maintenant je ne peux plus, alors ça me manque un petit peu ; dire que ça me manque complètement... non, parce que je vous dis, il suffit que j'aie aimé quelqu'un, moi, pour qu'il soit vivant jusqu'à ma propre mort », avait déclaré Brassens au père Christian Doumairon qui l'interrogea, en avril 1980, pour le Centre diocésain d'information de Montpellier. Brassens dira aussi : « Depuis que Bourvil est mort[14], je ne peux pas l'écouter sans avoir une espèce d'émotion. C'est le premier mort qui me frappe, qui me produise cet effet, Bourvil j'avais beaucoup de sympathie pour lui, enfin sympathie... c'est un mot dérisoire, j'avais beaucoup d'amitié pour lui et sa disparition m'a fait quelque chose (...) Il suffit que je pense à lui pour qu'il revive. Mais ça m'embête de penser que je ne pourrai pas voir Bourvil si j'en ai envie... »

Sur la scène du Palais de Chaillot, le 6 décembre 1967, les deux amis s'étaient retrouvés, toujours aussi timides, sous le regard attendri de leur copain Édouard Deleu, l'accordéoniste au cœur d'or.

Et si l' bon Dieu
Aim' tant soit peu
L'accordéon
Au firmament
Tu t' plais sûr'ment
Mon vieux Léon[15].

19

Tête d'affiche

Après avoir chanté quelques semaines hors programme, Georges Brassens débutait officiellement au théâtre des Trois Baudets le 19 septembre 1952. Jacques Canetti, qui l'avait écouté pour la première fois chez Patachou, s'était persuadé que le personnage méritait de progresser sous sa houlette. Personne d'autre que lui ne pouvait lui offrir une meilleure chance pour grimper en haut de l'affiche. Mais dans l'immédiat, Georges devait se contenter de passer en numéro trois dans le spectacle prévu pour cent représentations dont Henri Salvador était la vedette.

« Son trac était tel, a raconté Canetti, que je me tenais en coulisses tout près du rideau. Il avait besoin d'un regard complice, d'un encouragement comme ceux que lui dispense encore Pierre Nicolas, son bassiste, son complice, entre deux chansons. L'accueil fut mitigé. La presse avait apprécié Brassens mais le public était partagé. Les spectateurs se sentaient mal à l'aise devant cet homme ruisselant de sueur, bloqué par le trac. J'éprouvais, de mon côté, un sentiment de culpabilité, je me rendais bien compte de l'effort presque surhumain qu'il fournissait en continuant à chanter. Ces temps difficiles ont créé entre nous un lien de confiance impérissable. Je n'ai jamais douté de sa carrière et ma certitude l'a un peu aidé, peut-être[1]. »

Dans *Le Monde* du 2 octobre, le critique Henry Magnan

s'attarde sur Brassens : « La vedette incontestable en est un garçon simple, presque fruste d'apparence, suant le trac à larges gouttes orageuses, tirant après soi sa guitare lors de son entrée malhabile en scène comme un apprenti bûcheron sa cognée à l'orée d'un premier bois, hirsute de poil, flageolant du jarret et... pétri de talent : Georges Brassens. Je n'ai rien entendu d'aussi surprenant depuis l'après-midi de 1938 où Charles Trenet m'apparut pour la première fois entouré d'elfes et de fleurs bleues sur le plateau de l'ABC : ce n'est pas un mince compliment... »

Henri Spade, animateur de l'émission télévisée « Grand Orchestre » sur la seule chaîne existante, et lui-même auteur de chansons, avait remarqué Georges Brassens chez Patachou pour laquelle il avait écrit une jolie mélodie, *Et vous.* Après avoir revu Georges aux Trois Baudets, Henri Spade fit la promesse à la chanteuse de programmer son protégé un de ces jours. Cela arriva plus tôt que prévu. Fin 1952, il va remplacer au pied levé Georges Ulmer, le créateur de *Pigalle.* L'émission a lieu en public à l'Alhambra. C'est un triomphe pour Brassens qui manque encore d'assurance, mais il a la conscience du devoir accompli sous les yeux de Püppchen qui se tient en coulisses avec quelques amis.

Leur présence lui apporte la force d'affronter des spectateurs qu'il quitte sans les saluer après avoir interprété trois chansons tête basse. Jacques Canetti, qu'il a surnommé Socrate, devra se résoudre à accepter les copains qui traînent derrière la scène. Le jour où il voulut les empêcher d'entrer, Brassens se mit à hurler : « Si vous les foutez dehors, je m'en vais ! » Pierre Onteniente se souvient : « Nous étions un peu bruyants. Canetti, fumasse, trépignait dans son coin. Georges avait dit à Christian Duvaleix, la vedette avec Darry Cowl de “Ne tirez pas... sur le pianiste”, le second spectacle des débuts de Brassens aux Trois Baudets : “C'est mon tour. Tu veilles à ce qu'on ne vire pas mes copains, hein ! Et si jamais ça se passe mal pour eux, tu me fais signe avec ta trompette." Quand Georges a entendu le son de l'espèce de petite trompette qu'avait Duvaleix, il est sorti de scène et a fait un grabuge terrible dans les coulisses. Canetti nous a acceptés contraint et forcé et Georges a consenti à poursuivre son tour de chant. Ce fut épique[2] ! »

Jacques Canetti, considéré par certains de ses artistes comme un « véritable négrier », Gainsbourg *dixit*[3], aura plus d'une prise de bec avec Brassens qui doit serrer les poings au fond des poches pour ne pas l'assommer. « Sur le plan artistique, souligne André Halimi, je reconnais que Canetti avait du flair, mais il était très dur. La rumeur publique dit qu'il a trompé beaucoup de gens sur le plan financier. On m'a raconté qu'une fois Brassens a été le voir dans son bureau et l'a attrapé par la cravate, de rage, parce que les chiffres d'une tournée étaient complètement erronés. Mais Canetti était un homme qui travaillait sans arrêt et qui croyait beaucoup en ce qu'il faisait[4]. »

À Sète, Henri Delpont, qui a fait une croix sur son ambition de devenir vedette de cinéma, suit, au jour le jour, la carrière de son ami. Aimant le monde du spectacle et de la communication, il trouvera une compensation en devenant directeur du Théâtre municipal après avoir dirigé l'Office du tourisme. En contact avec les journalistes locaux, il leur transmet les dernières nouvelles concernant l'ascension de Georges qui lui écrit régulièrement. Brassens est obligé de le réfréner, comme l'indique cette lettre du 11 septembre 1952 : « Avant tout, j'aimerais te demander de faire l'impossible pour te contenir et pour éviter qu'un papier sur moi passe dans la presse locale. Je débute à peine et, bien que tout se passe merveilleusement, je ne voudrais pas d'éloges dans les journaux de Sète. Il me semble que ça serait prématuré. » À la fin de sa missive, il insiste sur le fait qu'il doit d'abord être reconnu par la presse parisienne. « Je te rappelle ce que je t'ai dit plus haut. Pas de critique à Sète. Il faut d'abord qu'on en parle ici[5]. »

Le nom de Georges Brassens grandit sur les affiches des colonnes Morris. Jacques Brel, huit ans de moins que Georges, avait un train de retard sur lui quand il se décidera à quitter la Belgique, en troisième classe. En arrivant gare du Nord, il a mis beaucoup d'espoir dans son rendez-vous avec Jacques Canetti, le 20 juin 1953. Verdict du patron des Trois Baudets : « Il y a des choses intéressantes dans ce que vous chantez. Vous ne comptez tout de même pas les interpréter avec votre physique[6] ? » Après avoir été refusé à maintes reprises par des directeurs de cabaret, il a fini par être engagé par Canetti qui se fia aussi à l'avis de Brassens. Après avoir assisté au spectacle de ce dernier, Brel lui avait fait écouter une de ses chansons. Le futur créateur de *Quand on n'a que l'amour, La Valse à mille temps, Ne me quitte pas, Amsterdam,* chantait à l'époque *La Haine, Le Grand Jacques, Sur la place, Il peut pleuvoir.*

Lors de son premier passage aux Trois Baudets, en septembre 1953, Brel avait la moustache et s'accompagnait à la guitare comme Pierre Perret à ses débuts. Le poète de *La Mauvaise Réputation* fera d'autres émules. Pendant une bonne décennie, Georges Brassens et Jacques Brel se sont estimés et respectés mais la concurrence les empêchera d'approfondir leurs sentiments. Disons que le grand Jacques et le gros Georges ont vécu une relation amicale en dents de scie. Néanmoins, c'est Georges Brassens qui a préfacé, en 1966, le programme des adieux de Brel à l'Olympia :

« Pour Brel, c'est uniquement le public qui a décidé, ce ne sont pas les gens du spectacle.

Lorsque Jacques Brel est arrivé, on l'a regardé avec des yeux tout ronds, comme on le fait à chaque fois qu'une espèce de personnalité insolite se présente. Et on a pensé que, pour Brel, ça ne marcherait pas, et c'est le public qui a décidé.

Jacques Brel a beaucoup changé depuis ses débuts. Il était plutôt tourné vers l'intérieur. Comme peu de gens semblaient s'intéresser à cette époque à ses chansons, il était un peu chat écorché, je le connais très bien, Brel, parce que moi j'étais exactement pareil, quand le succès vient, on s'ouvre.

Jacques Brel a déployé plus de courage que n'importe lequel d'entre nous, et c'est pour cela peut-être qu'il semble réserver sa tendresse à ceux qui contrairement à lui ne peuvent pas lutter.

En définitive, je crois que, malgré ce qu'il raconte, Jacques Brel aime tout le monde. Je suis même persuadé qu'il aime tout particulièrement ceux qu'il engueule le plus. Il est plein de générosité, mais il fait tout pour le cacher.

C'est comme pour les femmes, un type qui parle des femmes avec une telle colère, croyez-moi, c'est qu'il leur appartient totalement. Il a peut-être besoin, en marge de son bonheur, de se raconter des petites histoires tristes, ça, nous le faisons tous. Nous en avons besoin. C'est une espèce de jeu. Nous jouons à être gais, nous jouons à être tristes et nous nous prenons au jeu bien sûr.

Je pense qu'il est dans un désert en scène. Il y va exprès justement pour être seul et pour crier sa solitude aux autres. Il a besoin de la montrer, de dire qu'il est seul et de le crier. En scène, il est enfin vraiment libre de faire ce qu'il veut.

C'est un Belge, mais il est plus que méridional. Il a besoin de taper sur la table quand il est en colère, et quand il dit qu'il embrasse, lui, il a besoin d'ouvrir ses bras. »

En faisant le portrait de Jacques Brel qui a décidé d'abandonner le tour de chant, Georges Brassens semble parler beaucoup de lui. Il a également été regardé comme une bête curieuse quand Patachou l'a présenté à un public qui, avant d'adhérer à ses chansons, parut embarrassé. Même réaction lorsqu'il se retrouva aux Trois Baudets, une petite salle de cent cinquante places. Mais lui aussi s'est pris au jeu en se laissant entraîner par le succès. Pour un artiste, c'est sa destinée d'être parfaitement aimé. Ce soir-là, à l'Olympia, Jacques Brel est revenu saluer sept fois, en costume de scène et même en peignoir, deux mille spectateurs qui l'ovationnaient[7].

Georges Brassens, lui, ne se serait jamais montré dans cette tenue. Ses réserves, ses pudeurs étaient un obstacle insurmontable. Certains comportements pouvaient facilement le choquer. Lorsqu'il se rendit un été, en compagnie de Püppchen, chez Guy Béart à Garches, la façon dont ce dernier les reçut déclencha sa colère. Béart, adepte du naturisme, qui sortait de sa piscine, était complètement nu. Cela amusa Joha mais pas du tout Georges qui repartit aussitôt. Pour lui, c'était de l'exhibitionnisme. Sa chanson *Les Trompettes de la renommée*, enregistrée en 1962, mettra les choses au point sur son sens moral et sa perception du vedettariat.

Les gens de bon conseil ont su me fair' comprendre
Qu'à l'homme de la rue j'avais des compt' à rendre
Et que sous pein' de choir dans un oubli complet
J' devais mettre au grand jour tous mes petits secrets.
À toute exhibition ma nature est rétive
Souffrant d'un' modestie quasiment maladive
Je ne fais voir mes organes procréateurs
À personne excepté mes femm' et mes docteurs[8].

Dans cette chanson, il se permet toutefois de citer le père Duval, son collègue en soutane, qu'il écoutait sans crier « À bas la calotte ! » :

Le ciel en soit loué je vis en bonne entente
Avec le pèr' Duval la calotte chantante
Lui le catéchumène et moi l'énergumèn'
Il me laiss' dire merde je lui laiss' dire amen
En accord avec lui dois-j' écrire dans la presse

Qu'un soir je l'ai surpris aux genoux d' ma maîtresse
Chantant la mélopée d'une voix qui susurr'
Tandis qu'ell' lui cherchait des poux dans la tonsur'[9].

Le père Aimé Duval, un jésuite au visage de Pierrot ascétique, qui donne deux ou trois récitals par semaine, a été surnommé par les journaux le « guitariste du Seigneur », « un Brassens catholique », le « naïf de choc de la Compagnie de Jésus ». Plus de cent mille exemplaires de son premier 45-tours ont été vendus. Il contient sa chanson *Seigneur, mon ami* qui lui a été inspirée durant un long voyage de nuit, à moto. « Seigneur, mon ami, tu m'as pris par la main... J'irai avec toi sans effroi, jusqu'au bout du chemin !... » Le succès de ce prêtre-chansonnier en France et à l'étranger – il est capable de chanter en neuf langues – correspond à une demande de la jeunesse comme pour Brassens, Brel ou Léo Ferré. Ce sont les moins de trente ans avec leurs angoisses, leur inquiétude métaphysique, leurs recherches spirituelles, qui ont fait le succès de ces auteurs-compositeurs et interprètes.

« La poésie du père Duval prend appui sur des sentiments très simples, sur quelques évidences universelles, sur les besoins les plus instinctifs de notre âme et de notre cœur », remarque le R.P. Louis Barjon dans son livre *La Chanson d'aujourd'hui*[10]. Chroniqueur à la revue *Études* depuis 1938, chargé de cours de littérature contemporaine à la jeunesse étudiante, sous les auspices de l'Institut catholique de Paris, il utilisa le texte qu'il avait écrit pour le mensuel fondé par les jésuites en 1856. Paru dans les numéros de juillet-août et septembre 1957, *La Chanson d'aujourd'hui* était complétée par une enquête qu'*Études* publia dans son numéro de décembre. Elle figure également dans l'ouvrage qui est augmenté par des portraits d'interprètes. Celui de Georges Brassens, dont on a pu dire qu'entre le gorille et lui, il y avait juste l'« épaisseur d'un homme », rappelle ironiquement le père jésuite, se termine ainsi : « Croquant avec une égale sensualité dans les fruits sauvages et les chairs tendres, il incarne les instincts débridés de la nature. À l'art de malaxer de la manière la plus originale la matière toujours pulpeuse et juteuse de ses chansons, il joint, en scène, un don d'extraordinaire présence. Quel être rude, primitif, inquiétant parfois ! Mais quel authentique tempérament ! »

Tout ce que dit le R.P. Barjon n'est pas parole d'évangile... En revanche, les résultats de l'enquête auprès de 266 filles âgées de quatorze à vingt-cinq ans et de 112 garçons qui ont entre seize et vingt-deux ans sont significatifs. Tous – à l'exception d'un petit nombre de jeunes employés et de travailleurs manuels – sont élèves de l'enseignement secondaire, à partir de la troisième jusqu'à la préparation aux grandes écoles. Ces 378 représentants de familles chrétiennes presque toutes pratiquantes ont fait ou font encore leurs études dans des établissements religieux. À la question : « Parmi les chanteurs modernes, lesquels préférez-vous ? » c'est Brassens qui arrive en tête. Chez les filles il obtient 417 points, devant Bécaud (329), Piaf (151), Marie-José Neuville la « collégienne de la chanson » (145), le père Duval (142), Trenet (140), les Compagnons de la chanson (127), Montand (99), Mouloudji (91), Aznavour (59). Il est également plébiscité par les garçons avec 226 points, suivi du père Duval (103), des Compagnons de la chanson (74), des Frères Jacques (70), de Trenet (65), puis viennent Jacques Douai (35), Bécaud (33), Marie-José Neuville (31), Montand (30), Mouloudji (29). Au classement général, le trio gagnant est composé de Brassens avec 643 points, Bécaud (362) et le père Duval (245).

À la question : « Donnez quelques titres des chansons modernes que vous préférez » les réponses mettent à nouveau Brassens en tête avec 89 mentions pour *La Prière*, devant *Qué sera sera* de Eddy Marnay/Livingston (77), *La Corrida* de Amade/Bécaud (73). *Chanson pour l'Auvergnat* arrive à la quatrième place avec 60 mentions. L'absence de Jacques Brel s'explique par son manque de notoriété à l'époque du sondage. Mais depuis la parution du livre, note l'auteur, il s'est acquis la faveur des jeunes. C'est la même chose pour Léo Ferré.

Le R.P. Barjon étaye son enquête de commentaires d'élèves comme cette remarque d'un jeune philosophe de dix-sept ans : « La brutale franchise de Brassens, le dynamisme bruyant de Bécaud, la simplicité et la fraîcheur des poèmes de Trenet : autant de choses qui, en sens divers, trouvent en moi résonance et en beaucoup d'autres autour de moi. Tout ne nous plaît pas bien sûr dans le répertoire de ces chansonniers, mais, plus que d'autres, ces trois-là ont le secret de véritablement nous émouvoir. » Ou encore cette réflexion d'un élève de classe préparatoire aux grandes écoles : « Il existe un certain masochisme intellectuel qui poussait jadis les nobles à applaudir Beaumarchais et qui pousse maintenant les bourgeois à aller entendre à l'Olympia Georges Brassens ridiculiser ces juges et ces gendarmes auxquels pourtant ils tiennent tant pour garantir leur petite sécurité. » Par ailleurs, une fille de dix-sept ans estime que les jeunes ne font « guère attention aux paroles » des chansons de Brassens. « Ce qu'ils apprécient surtout en elles, c'est l'air, le rythme, la facture et l'agrément de l'accompagnement à la guitare. » Mais elle s'empresse de souligner que « le danger n'en est que plus grand de se voir insensiblement contaminé par l'atmosphère déprimante de ces chansons et une vulgarité qui trop souvent passe vraiment les bornes permises. » Il n'était pas encore interdit d'interdire. La révolution étudiante attendra une décennie.

René Bureau, le prêtre défroqué qui a vécu les événements de Mai 68 comme des moments de grâce – « on peut croire en Dieu et être libertaire » –, n'a pas oublié le père Duval victime de l'alcool ni sœur Sourire, l'interprète de *Dominique, Alléluia, Fleur de Cactus, Mets ton joli jupon.* Cette dominicaine missionnaire au monastère de Fichermont, qui chantait en s'accompagnant à la guitare, connaîtra aussi une fin tragique : elle s'est suicidée.

« À notre époque où règnent l'angoisse et la confusion, le bruit et la fureur, n'est-il pas bon que jaillisse lumineuse, apaisante, juvénile, la voix d'une contemplative », avait écrit le R.P. Roguet, directeur du Centre de pastorale liturgique, sur la quatrième de couverture d'un de ses disques produits par la maison Philips, également celle de Brassens.

René Bureau, lui, fut sauvé du désespoir par sa foi chrétienne et l'écoute des chansons de Georges. « En 1954-55, j'étais en classe de philo scolastique chez les jésuites à Chantilly. Parmi les séminaristes il y avait des fans de Brassens. Nous étions cinq à nous réunir en catimini dans le grenier pour écouter *La Mauvaise Réputation* sur un tourne-disque clandestin [11]. »

20

L'âme généreuse

L'influence sentimentale de la chanson est si profonde qu'elle nous permet d'évoquer les minutes heureuses ou paisibles, mélancoliques et tragiques de l'existence. Il suffit d'un refrain pour résumer une tranche de vie. Celui chanté par Mouloudji, sur une musique de Georges Van Parys, reste dans les mémoires des couples en quête de bonheur.

Un jour, tu verras
On se rencontrera,
Quelque part, n'importe où,
Guidés par le hasard ;
Nous nous regarderons
Et nous nous sourirons
Et la main dans la main,
Par les rues nous irons.

Jacques Duquesne et sa femme Édith ont en commun le répertoire de Georges Brassens. Depuis son passage aux Trois Baudets, ils n'ont pas raté un seul de ses récitals sur une scène de music-hall parisien. Leur première sortie en couple eut lieu le 1er novembre 1953 pour aller écouter Brassens en matinée. « Il y a un type qui chante *Je vous salue Marie*, on y va ? », proposa le jeune étudiant à celle qu'il épousera quelques mois plus tard[1]. Dans la salle des Trois Baudets, Jacques et Édith n'ont pas seulement applaudi *La Prière* mais également *Le Gorille* qui aurait pu choquer les oreilles pudiques d'une jeune fille chrétienne. « Je me disais : comment elle va réagir ? » se souvient Jacques Duquesne[2]. Comme lui, Édith était sous le choc de la force de l'évidence. Ils venaient de découvrir un personnage exceptionnel qui respirait l'amitié pour les gens et dont les chansons étaient d'une qualité sans pareille. Brassens s'était inscrit dans leur mémoire comme l'un des plus précieux souvenirs.

En le voyant à l'Olympia, à Bobino, à l'Alhambra-Maurice Chevalier, sur la scène du TNP du Palais de Chaillot avec Juliette Gréco, première interprète de *L'Auvergnat*, ils retrouvaient intactes leurs premières émotions. Jacques Duquesne est entré en 1957 au journal *La Croix* comme grand reporter. Il a couvert les événements d'Algérie, appelés tardivement « guerre », au début desquels Georges Brassens est allé chanter en 1955, se déplaçant en avion militaire. Pierre Onteniente, qui avait pris le risque de quitter la Perception du IXe arrondissement pour devenir le secrétaire de Georges, était du voyage. « Un pied-noir s'était mis en rapport avec Jacques Canetti pour organiser la tournée. On a commencé par Tunis le 1er février. J'ai eu le temps de me promener dans les souks. Georges n'a pas bougé de l'hôtel où il occupait une suite de Bourguiba. Les 2 et 3 février nous étions à Alger, puis le 4 à Oran où nous sommes revenus le 8. Les spectateurs étaient fouillés par l'armée avant de pénétrer dans la salle. Entre-temps, il y a eu le Maroc, avec des prestations à Casablanca, Rabat et Marrakech[3]. »

Georges Brassens est partout reçu en ami et non pas en chanteur de la révolte qui détient la vérité. Il lui arrive évidemment de se heurter à des esprits malintentionnés. Ainsi, ce commissaire de police de Caen qui voulait l'empêcher de chanter *Le Gorille* et *Hécatombe* : Brassens, le meneur, représentant un danger pour l'ordre public ! Dans *Paris m'a dit. Années 50, fin d'une époque*, Christian Millau fait répondre le chanteur : « Meneur, moi ? Je dis ce que j'ai envie de dire mais je ne détiens pas la vérité. Celui qui possède la vérité, un jour ou l'autre, il tuera pour s'imposer. Jamais je ne conseillerai à un jeune de dire merde à Dieu, ni de dire qu'il ne sera pas, un jour, touché par la grâce ou qu'il n'aimera pas une fille dont le papa est militaire. On n'a pas le droit de se substituer aux autres. Je ne prêche que pour une seule chose : la tolérance. Aucune idée, même juste, ne mérite qu'on sacrifie pour elle la vie des autres[4]. »

Georges Brassens a souvent dit que sa seule ambition c'était d'agrandir le cercle de ses amis et de ses familiers avec ses chansons. « Dans mes chansons, expliquera-t-il à Jacques Charpentreau, j'essaie de mettre de la tendresse. De l'amitié. Je me demande si je suis capable de ne pas aimer quelqu'un[5]. » Ses chansons réconfortent ceux qui éprouvent un brusque et poignant besoin d'affection. Auprès de cet homme, ils se sentent momentanément heureux. La générosité qui émane de toute sa personne leur apporte un peu de la lumière et de la tranquillité auxquelles ils aspirent. Il peut signifier le dernier recours pour les plus démunis. Ils vont vers lui comme d'autres se tournent désespérément vers Dieu.

Aux Trois Baudets, il sera particulièrement ému par ce quidam qui avait dû beaucoup rouler des mécaniques dans les bars de Pigalle. « Je sors de prison, dit-il à Georges. Peux-tu m'avancer de quoi m'éviter de refaire une connerie ? » Brassens n'hésita pas une seconde : il lui donna l'équivalent d'une semaine de ses cachets. Quelques mois plus tard, le type se tenait parmi les admirateurs qui guettaient sa sortie à Bobino. Le chanteur le reconnut. « Alors, ça va mieux ? – Merci, voilà l'argent », et il tendit une enveloppe bourrée de billets. Près de lui se tenait une jeune femme qu'il présenta à Brassens. « On s'est mariés la semaine dernière. – Garde l'argent, dit Georges en leur souriant. C'est mon cadeau de noces ! »

En 1965, il répondra à l'appel d'un ancien bagnard, René Bouloux, libéré en 1957, qui voulait acheter une maroquinerie pour reclasser ses compagnons de chaîne restés sur le carreau après avoir purgé leur peine. René Bouloux lui écrivit qu'il était « le seul chanteur capable de comprendre et d'aider les bannis de la société et de venir chanter gratuitement devant deux mille personnes ». Le gala eut lieu à Nantes en présence des élus locaux et de l'évêque. Dans les prisons l'information circule vite : on peut envoyer un SOS à Brassens. « Mon vieux Georges, je suis en taule, j'en ai encore pour deux piges, je rêve d'une guitare pour passer mon temps. Si tu pouvais me larguer un peu de flouze pour que je m'en achète une. » Le chanteur a envoyé aussitôt un mandat. Les demandes affluèrent. Dans tous les pénitenciers de France on voulait apprendre à jouer de la guitare. Georges fut dans la nécessité terrible d'en venir à fermer sa boîte aux lettres[6].

Des gestes de générosité, Georges Brassens en a fait tant et tant qu'il est inutile d'essayer de les dénombrer. En plus de ses chansons, source d'amitié, c'était sa façon de se montrer fraternel alors que la tendance serait plutôt au chacun-pour-soi. Le comédien Christian Marin est entré dans le cercle des intimes de Georges par la porte d'une librairie du boulevard Saint-Germain où René Fallet signait son recueil de poésie *Chromatiques* en compagnie de ses deux préfaciers, Prévert et Brassens. Il avait été convié par Mario Poletti qui avait connu Georges en 1957 par l'intermédiaire de Fallet. Travaillant dans l'édition, Poletti trouvait pour le chanteur des bouquins difficiles à dégoter[7]. Admirant lui aussi Paul Léautaud, il n'ignorait pas que Marin était également un inconditionnel de l'auteur du *Journal littéraire* publié par Marie Dormoy. Dans ce contexte de plaisir partagé, la rencontre ne pouvait être que fructueuse.

« Les gens faisaient la queue, raconte Christian Marin. Je suis arrivé très discrètement. Tout à coup Fallet, que je connaissais un peu, s'est mis à crier : "Eh dis donc, le loubard de banlieue !" J'étais terriblement gêné qu'il m'interpelle. "Avec tout le pognon que tu gagnes, j'espère que tu vas me prendre un bouquin, hein !" Encore plus mal à l'aise, j'ai pris la queue pour l'acheter. De toute façon, c'était mon intention. Après la séance de dédicaces, j'ai sorti mon petit billet pour payer. Brassens m'a dit : "Je te l'offre." [8] »

Pierre Perret a été pareillement enthousiasmé par Léautaud qu'il rencontra, en 1954, à Fontenay-aux-Roses [9] et à qui il chantait *Le Parapluie, La Chasse aux papillons, Le Fossoyeur, La Mauvaise Réputation* et *Le Gorille* que le vieil écrivain, sarcastique et anticonformiste, appréciait particulièrement [10]. Né le 9 juillet 1934 à Castelsarrasin (Tarn-et-Garonne), il avait eu le coup de foudre pour Georges Brassens en écoutant les chansons du premier 33-tours/25 cm Polydor où le chanteur a dans son dos la silhouette du gorille. Deux de ses camarades du Conservatoire de Toulouse, Arthur et Gaston [11], étaient tout aussi passionnés par cette voix nouvelle qui donnait des entrailles à tous les mots. Ils décidèrent de faire l'école buissonnière et de monter à Paris pour voir l'artiste en chair et en os aux Trois Baudets. Après le spectacle, Pierre Perret et ses copains proposèrent à Georges qui n'avait pas encore de voiture de monter dans l'Aronde qu'Arthur avait empruntée à son père. En se serrant un peu – Püppchen ne lâchait pas son poète –, ils allèrent au Vieux-Colombier où Brassens chantait également. Bientôt, il passera aussi à La Villa d'Este, 4, rue Arsène-Houssaye, dans le VIIIe arrondissement, face à un public très bourgeois qui le met mal à l'aise. Léo Ferré, qui sera la vedette du cabaret en décembre 1955, prendra, lui, un malin plaisir à le narguer.

Après avoir décroché un premier prix de saxo et un premier accessit de comédie à Toulouse, Pierre Perret est de retour dans la capitale pour effectuer un service militaire pénard dans la musique. Il voit Brassens presque quotidiennement, parle avec lui du sens de la vie. « Les croyants authentiques me fascinent, comme ils fascinaient aussi mon ami Brassens, tout autant mécréant que moi [12] ! » Il est aussi dans les petits papiers de Püppchen qui habite avec son fils Yvon dans un appartement acheté par Georges rue Louis-le-Grand. Françoise, sa petite amie de l'époque, veut être comédienne et chanteuse. « Écris-moi des chansons », lui demande-t-elle. Pour les beaux yeux de son amante, il en écrira quatre sans penser que cette première tentative allait décider de son destin.

« J'étais à présent très copain avec le fils de Püppchen, Yvon, je l'aidais à nettoyer l'appart, il en avait salement besoin ! Françoise, que j'avais présentée à Georges, lui dit : "Pierre vient de m'écrire quatre chansons." Moi, je regardais mes pompes. J'aurais jamais osé lui révéler une telle connerie... Georges, tout à fait gentiment, dit : "Allez voir Canetti, je vais vous faire un mot, il passe des auditions aux Baudets tous les mois !" Et il me file une bafouille de deux pages avant de nous laisser partir [13]. »

La jolie Françoise ira d'abord chanter à La Colombe avant de monter sur la scène des Trois Baudets. Quant aux chansons auxquelles Jacques Canetti et Boris Vian avaient prêté une oreille attentive, elles plaisaient beaucoup à Püppchen qui dit un jour à Pierre Perret : « Pourquoi tu chantes pas, toi aussi ? » Il fallut l'audace de Michel Valette, le patron de La Colombe, pour que cela se réalise. Pierre se contentait d'accompagner Françoise à la guitare. Il fut contraint de chanter à la demande expresse de Valette, le découvreur de Guy Béart et de Colette Chevrot qui interprétait des textes décapants de Boris Vian et de Jean Yanne. Avec *Le prince passe, Moi j'attends Adèle, Le Poulet* et *Qu'elle était jolie, qu'elle était belle...*, il fait un tabac. Sur sa lancée, Pierre Perret enregistrera un super-45-tours et un 25 cm avec une pochette de Siné et des titres comme *La*

Fée, Le Bonheur conjugal, Don Quichotte et Sancho Pança, La Bérésina.

Jean Hamon, de l'Académie du disque français, salue dans sa critique un « humoriste à froid ». « Il y a certes ici et là du Brassens dans l'air (*La Fée*), souligne-t-il, mais il vaut mieux qu'un jeune se sente attiré par le grand moustachu poète que par un quelconque fabricant de saucisson comme il y en a tant[14]. »

À peine commencée, sa carrière a bien failli s'arrêter net à cause du bacille de Koch. N'ayant pas un sou pour se soigner, il reçoit l'aide de quelques rares amis dont Brassens qui lui fait parvenir un chèque par son secrétaire Pierre Onteniente. Georges alertera Lucien Morisse, le directeur des programmes d'Europe 1. Ce dernier, avec l'aide de quelques autres professionnels du show-business, organisera à l'Olympia un gala exceptionnel. La recette va permettre à Pierre Perret d'aller dans un sanatorium. Lorsque Serge Lama sera très grièvement blessé dans un accident de la route, en août 1965, Brassens fera à nouveau preuve de solidarité en se produisant gracieusement le 7 décembre à l'Olympia. Le montant de la recette sera versé au jeune chanteur qui a échappé miraculeusement à la mort mais devra suivre une longue rééducation.

René-Louis Lafforgue n'aura pas la chance de son côté, en 1967, quand, à l'âge de trente-neuf ans, il se tuera au volant de sa Mercedes achetée d'occasion pour partir en tournée. Sa chanson *Julie la Rousse*, que Brassens lui avait fait retravailler, était devenue un tube. En parlant de Georges, il disait : « Jo ? C'est Dieu le père dans le domaine de la chanson... Mais c'est aussi mon meilleur copain ! » Lui était un copain parfois encombrant. Pour un oui, pour un non, Lafforgue se pointait sans crier gare. La plupart du temps c'était pour que Brassens lui corrige ses textes. Sans l'imprimatur de Jo, il n'aurait pas osé les chanter. Un front buté, des yeux noirs extrêmement vifs, une petite moustache, originaire de Saint-Sébastien, en Espagne, ayant échoué avec sa famille à Cachan qui n'était encore qu'un village de banlieue, il avait appris le français en écoutant les chansons de Charles Trenet. Après trente-six métiers, il se décide à devenir comédien et chanteur, se heurte à de nombreux refus dans les cabarets de la Rive gauche et de la Rive droite. Lui aussi ira voir Brassens qui devra faire des efforts pour ne pas envoyer paître ce « gentil cabotin, exubérant et volubile [15] », fier comme Artaban d'avoir reçu les encouragements de Charles Dullin.

Son dernier voyage se termina par un coup de théâtre dont Georges Brassens fut le responsable involontaire. En tête du cortège funèbre, dans sa voiture conduite par Pierre Onteniente, il suivait le corbillard. Georges laissait vagabonder sa pensée. C'est dans de tels instants que l'on se redécouvre. La mort, au cœur de son inspiration, ne lui fait pas peur. Il en a toujours parlé librement et a déclaré à Claude Santelli qu'il avait rêvé d'habiter rue Froidevaux en face du cimetière Montparnasse pour pouvoir s'y promener tranquillement. « On ne rencontre que quelques veuves, vous voyez, des veuves, des héritiers et beaucoup d'animaux [16] ! » Soudain, une pancarte « Paris, 3 km » le sort de son introspection. Il dit à Gibraltar : « On a fait fausse route. Ce n'est pas le bon corbillard ! » Derrière eux, les copains suivaient sans se poser de questions. « Avec Brassens, on est tranquilles. Les cimetières, ça le connaît. Il n'a jamais raté un enterrement. » Ce fut de justesse qu'ils arrivèrent à temps pour l'inhumation de leur pote. René-Louis Lafforgue faillit partir sans témoins, à la grâce de Dieu !

21

Crier au scandale

Dans « Les Amoureux qui écrivent sur l'eau », publié dans *La Mauvaise Réputation*[1], avec un certain nombre de chansons de Georges Brassens, Dieu est un des multiples personnages de cette fresque poétique. Son entrée en scène, ou plutôt son apparition, a lieu sous les yeux incrédules du factotum et du garde-champêtre qui lui demande : « Vous êtes le bon Dieu ? »

Dieu :
« Je suis lui en chair et en os. »

Le garde-champêtre :
« Prouvez-le-moi ! Montrez-moi vos papiers. »

Dieu :
« Mes papiers ! »

Le garde-champêtre :
« Une carte d'identité
Un permis de conduire
Un livret militaire
Un livret de famille
N'importe quoi faisant la preuve
De la véracité de vos dires. »

Le factotum :
« Citrouille
Vieille citrouille ! »

Dieu :
« Est-ce moi que vous comparez
À ce légume ridicule ? »

Le factotum :
« Non, c'est l'autre
Au crâne chaussé du tricorne »

Au garde-champêtre :
« On n'exige jamais de preuve
De la part du bon Dieu. »

Dieu :
« De la part du bon Dieu
Ni de personne à moins d'être un pelé sordide
Et c'est son cas. »

Il gifle le garde, le coiffe de son tambour et lui botte les fesses (...) [2].

La lecture de cet extrait des « Amoureux qui écrivent sur l'eau » a fait sourire Mgr Jean Orchampt. Il est né à Vesoul, ville inscrite au répertoire de Jacques Brel, mais c'est Georges Brassens qui entra dans sa vie lorsqu'il était évêque auxiliaire de Montpellier. Nommé ensuite évêque d'Angers, fonction qu'il occupa de 1974 à 2000, ce spécialiste de la catéchèse a pris sa retraite dans la capitale angevine. Avant de rencontrer Brassens à Sète grâce à l'abbé Barrès, les chansons du poète ne l'avaient pas laissé indifférent. « Certaines étaient superbes et d'autres étaient horribles. Quoi qu'il en soit, on ne pouvait pas passer à côté de Brassens dont la puissance d'humanité m'avait frappé. Il m'a dédicacé un de ses 33-tours que j'ai donné au service audiovisuel du diocèse d'Angers [3]. »

Rappelons que Mgr Orchampt assista, le vendredi 13 avril 1973, au récital de Georges Brassens au théâtre municipal de Sète. « Je lui avais annoncé que je devais partir avant la fin du spectacle. Ce fut l'occasion pour Brassens d'agir avec infiniment de tact en ne chantant pas en ma présence des chansons qui pouvaient me mettre dans l'embarras vis-à-vis du public. Car vous pensez bien qu'on aurait guetté les réactions de l'évêque la veille de la semaine sainte. C'était de sa part une marque de générosité. J'avais pour lui beaucoup de sympathie et une grande estime. Il y a dans sa vie et dans ses textes des qualités où un chrétien peut se retrouver. L'honnêteté primordiale de l'homme, son refus de tout ce qui était le paraître, m'ont profondément touché. Mais jamais je n'ai cherché à récupérer Brassens. Il a toujours gardé sa liberté que personne ne conteste[4]. »

Étrennant à cette occasion le rideau rouge flambant neuf du théâtre, Georges Brassens reçut un « accueil triomphal et émouvant[5] ». Son ami l'écrivain cévenol Jean-Pierre Chabrol était dans la salle pleine comme un œuf. Les spectateurs étaient venus de Montpellier, Narbonne, Béziers, Avignon, Orange et même Valence. Dès deux heures du matin, les fans de la région avaient fait la queue devant le bureau de location. Ce fut, à Sète, un jour à marquer d'une pierre blanche puisque le gala de Brassens était précédé du meeting du sénateur Jacques Duclos, membre du bureau politique du PCF, au cinéma Athénée. Au lendemain d'élections législatives qui avaient vu la victoire du maire communiste Pierre Arraut et au début des fêtes de Pâques, le poète anar faisait l'unanimité en réussissant l'alliance de la faucille et du marteau avec le goupillon. C'était un bel exploit pour celui qui disait « la politique m'emmerde » ou « je ne fais pas de politique », mettait dans le même sac Staline et Pie XII, et avait soulevé une tempête de protestations avec sa chanson *La Tondue* et surtout *Les Deux Oncles*.

C'était l'oncle Martin, c'était l'oncle Gaston
L'un aimait les Tommies, l'autre aimait les Teutons

Chacun pour ses amis tous les deux ils sont morts
Moi qui n'aimais personne eh bien je vis encor'.
(...)
Qu'aucune idée sur terre est digne d'un trépas
Qu'il faut laisser ce rôle à ceux qui n'en ont pas
Que prendre sur le champ l'ennemi comme il vient
C'est de la bouillie pour les chats et pour les chiens[6].

Des associations d'anciens combattants avaient adressé des menaces à Georges Brassens s'il chantait *Les Deux Oncles* le 11 novembre. Dans le quotidien *Libération*, issu de la Résistance, le critique Paul Morelle adresse une « Lettre ouverte » à un « gars qui serait en train de mal tourner[7] ». Sur l'antenne d'Europe 1 Brassens réplique : « Ma chanson plaît à ceux qui ne sont pas des fanatiques. Je pense que la vie d'un homme a quand même une telle importance qu'il est fâcheux de voir des tas de vies perdues pour des idées qu'un beau jour on rejette quand même à la poubelle. » L'écrivain et éditorialiste communiste André Wurmser répond à son tour dans *L'Humanité* : « L'étonnant est que Georges Brassens, qu'on aimait bien pour son non-conformisme (même s'il est un brin anarchisant), soit tout fier de siéger au centre-droit, avec pour devise "ni réaction ni révolution", ni résistance ni collaboration.

Hélas ! ceux qui se permettent de ne pas aimer cette chanson sont d'avance catalogués fanatiques ; fanatiques pour ceux qui ne réconcilient pas dans leur cœur les enfants juifs et Eichmann, mort, comme eux, exécuté ; Pucheu et Guy Môquet, victimes fusillées pour des idées qui se valent, quoi ! la patrie, le capital.

Sait-il, Brassens, qu'il a commis une mauvaise action et deux mauvaises chansons ? On le croirait, à voir son embarras. Il se justifie plaintivement : la poésie, comme la peinture à l'huile, c'est bien difficile, et puis, on chante toujours un peu à côté, à cause de la rime, et puis, en voilà des histoires pour des "idées", toujours des "idées" ! (...) »

Ancien résistant et ex-membre du parti communiste, Jean-Pierre Chabrol[8], collaborateur des *Lettres françaises,* le journal d'Aragon, choisit *Le Figaro littéraire* pour prendre la défense de son copain Brassens qui l'avait aidé à acheter sa maison de Courcelles-la-Roue, près de Saint-Cyr-sur-Morin. Sous le titre « Faut-il tondre Brassens ? », il écrit notamment : « Les deux chansons scandaleuses sont-elles des erreurs de Brassens ? Honnêtement, je n'en sais rien, peu m'importe. Ce qui vraiment m'importe, ce sont les suites : quels forfaits ces couplets feront-ils commettre ?

Tondue et *Tontons* risquent de troubler les gens dans leur confort. Et encore : n'exagérons rien ! Les uns se raffermiront sur leur foi. Et si les convictions des autres vacillent, c'est qu'elles chancelaient déjà (d'où ces cris d'alarme si prompts).

Le commerce familier de Brassens m'a appris à manier le doute fructueux. Ce n'est pas une amitié de tout repos, Dieu merci !

À la Libération, la pensée qu'on fusillait des gens ne me gênait pas. Aujourd'hui, je suis contre la peine de mort. J'ai grandi, non ? (...) [9] »

Georges Brassens, alias l'ours (son père c'était le vieil ours), dit également le Gros, se désintéresse de la polémique. Les affrontements entre partisans et adversaires des deux chansons controversées ne le regardent pas. Pour lui *La Tondue* et *Les Deux Oncles* sont des chansons comme les autres qu'il continuera d'interpréter sur scène. En répondant, en 1970, aux questions de Michel Lancelot, animateur sur Europe 1 de l'émission « Campus », il expliquera le fond de sa pensée. Lancelot lui demande pourquoi il ne s'est pas engagé.

« G.B. Dans quoi ? Dans les troupes coloniales ?

M.L. Non. Mais disons que tu avais dix-huit ans, vingt ans à cette époque ; tu aurais pu t'engager dans la LVF ou dans la Résistance... prendre parti.

G.B. Le seul parti que j'avais pris déjà, moi, c'était le

parti d'en rire. Le parti de me tenir en dehors de tout ça... Et puis, je vais te dire, quand on a arrêté le frère de Jeanne et que je l'ai vu derrière ses grilles à la prison de Fresnes, et puis que j'ai su ce qui se faisait à droite et à gauche... non, vraiment non... (...) Si je ne me suis pas engagé plus avant dans la Résistance, c'est que, d'une part, évidemment, il me tardait de voir l'occupant partir, mais, d'autre part, certaines méthodes, qui étaient employées pour faire partir l'occupant, n'avaient pas mon approbation totale.

Je n'aime pas beaucoup qu'on tue des gens même quand ils sont coupables. Je n'aime pas la violence. J'ai peut-être tort. Mais c'est comme ça (...) Je ne me suis pas engagé parce que je n'ai pas trouvé dans quoi je pourrais m'engager, parce que je ne donnais mon adhésion totale à personne, à rien. Ne pouvant pas donner... me livrer entièrement, j'ai préféré garder mon indépendance.

M.L. Cette position d'individualiste forcené a donc joué à ce moment-là ? Même au moment de la Libération.

G.B. Vraisemblablement, elle a dû jouer. Je te signale aussi que les idées d'anarchisme me séduisaient déjà. Et puis, je te le répète, porter des armes et tuer des gens... je n'étais pas fait pour ça. C'est peut-être regrettable, c'est peut-être fâcheux, mais pas pour moi [10]. »

L'image du frère de Jeanne derrière les barreaux ne cessera de le hanter. Ce résistant breton attendait dans l'inquiétude le sort qu'on lui réserverait. Allait-il être fusillé ? « Je me suis imaginé à sa place, raconte Brassens. J'ai été saisi d'une peur salvatrice. J'ai deviné son horrible angoisse ; et j'ai été guéri à jamais de la sublime fièvre du zèle patriotique. Embrigadé dans son camp, j'aurais risqué de partager son martyre : il a été décapité à la hache dans une prison allemande [11]. »

Les Deux Oncles faillit entacher les relations d'amitié entre Georges et Pierre Louki, auteur-compositeur et interprète. Sa chanson *Mes Copains,* antérieure aux *Copains d'abord,* aurait pu servir de laissez-passer à ce tendre, talentueux et trop modeste artiste que Brassens avait invité à participer à sa tournée dans le Midi. En lever de rideau à l'Alcazar, le music-hall de Marseille, Louki était au comble de la joie. Il repartira avec lui pour une grande tournée en France et en Suisse en compagnie de Roger Riffard, également auteur-compositeur et interprète décédé sans tambour ni trompette le même jour que Georges Brassens [12]. Cette amitié qui avait si bien démarré connut une première épreuve. Brassens oublia sa promesse de le mettre à l'affiche d'une première partie de son spectacle à Bobino en 1962.

« J'étais vraiment malheureux, raconte Pierre Louki. Mes quelques succès ailleurs ne compensaient pas. J'avais renoncé à Bobino mais renoncer à Brassens ne me semblait pas vivable. Il était le plus grand mais, justement, il était trop grand pour moi. Je croyais avoir un copain, je m'attache, oui, je m'attache. Lui s'en fout mais moi je l'aime bien [13]. » Ce sera une longue attente de plusieurs mois. « Il ne m'appelait pas et mon orgueil m'empêchait de lui téléphoner. Jamais je n'aurais osé frapper à sa porte sans y être convié. Un beau jour j'ai reçu un coup de fil de Georges comme si nous nous étions quittés la veille [14]. » Il lui faisait cadeau de musiques qui ont inspiré à Pierre Louki *Le Cœur à l'automne* et *Charlotte ou Sarah ?*. C'était reparti comme en 14 !

Entre-temps il y avait eu l'affaire des *Deux Oncles*. Pierre Louki éprouva le besoin de réagir en écrivant *Mes deux voisins*, l'histoire de deux amis pendant la guerre, Armand et Ludovic. Le premier est mort l'arme à la main et l'autre, qui n'a pas bougé, vit toujours. Brassens ne lui parla jamais de cette chanson. « J'ai eu l'impression de le mettre dans une situation difficile. Il savait que mon père instituteur était un résistant communiste. Arrêté par les nazis, il a été envoyé à Auschwitz où il est mort en 1942 à l'âge de quarante-six ans. Moi-même, j'ai été maquisard dans l'Yonne avant de rejoindre la 1re armée de De Lattre de Tassigny.

Ce fut très dur d'entendre sa chanson. Certaines personnes me tournèrent le dos parce que j'étais un ami de Georges[15]. »

D'une fidélité exemplaire, Pierre Louki continue de vivre dans le souvenir de Georges Brassens. Dans une vitrine du salon de son appartement de Montreuil qui donne sur la place Jacques-Duclos, des livres provenant de la bibliothèque du poète. « Püppchen selon les dernières volontés de Georges les a distribués aux amis ainsi que ses disques. J'ai pris les œuvres de Marcel Aymé, *L'Hôpital* d'Alphonse Boudard, et un *Nouveau Dictionnaire analogique du français.* » Pierre Louki, qui transportait en voiture Joha Heiman lorsqu'elle avait besoin de se déplacer, sera « récompensé » par cette dernière en héritant, entre autres objets personnels, d'une veste, d'une paire de chaussures de scène et d'une paire de chaussures de ville de Georges. « Celle-là, dit-il, j'ai osé les mettre pour chanter[16] ! » La grosse pointure qu'était Brassens l'a empêché d'essayer l'autre paire qu'il conserve comme des reliques sacrées.

« La liberté des opinions et des croyances s'en va aujourd'hui à vau-l'eau. En son temps Georges Brassens a représenté cet esprit de tolérance », souligne le journaliste et écrivain Christian de La Mazière qui eut l'occasion d'apprécier l'humanité du chanteur[17]. Ancien de la Waffen SS, rescapé de la division Charlemagne qui avait combattu sur le front de l'Est, sous l'uniforme allemand, au nom d'un idéal anticommuniste, il sera condamné en 1946 à cinq ans de prison et dix ans d'indignité nationale. Son témoignage dans le film de Marcel Ophüls *Le Chagrin et la Pitié*, puis la parution de son livre *Le Rêveur casqué* en 1972, un best-seller des éditions Robert Laffont, lui permirent d'affirmer publiquement son dégoût du fanatisme et du sang versé. C'était l'enseignement qu'il tirait d'une expérience de jeunesse qui l'avait placé dans le camp des maudits. Attaché de presse du film *Porte des Lilas*, il s'était lié avec Georges Brassens devenu acteur à la demande de René

Fallet, l'auteur du roman d'où avait été tiré le scénario. Emballé par le récit de Christian de La Mazière, Fallet suggéra à ce dernier d'envoyer le livre à Georges en vacances en Bretagne. Après avoir lu *Le Rêveur casqué*, Brassens téléphona à Christian de la Mazière pour lui annoncer que cela lui avait inspiré une chanson : *Mourir pour des idées.*

Mourir pour des idées, l'idée est excellente.
Moi, j'ai failli mourir de ne l'avoir pas eue,
Car tous ceux qui l'avaient, multitude accablante,
En hurlant à la mort me sont tombés dessus.
Ils ont su me convaincre et ma muse insolente,
Abjurant ses erreurs, se rallie à leur foi
Avec un soupçon de réserve toutefois :
Mourons pour des idées, d'accord, mais de mort lente,
D'accord, mais de mort lente[18].

En affirmant une fois de plus son horreur de la guerre et son inclination naturelle au bonheur de vivre, Georges Brassens mettait les points sur les *i* à ceux qui n'auraient toujours pas compris le sens profond de sa chanson allégorique *Les Deux Oncles.*

22

Entre copains

Pendant quatre mois, de début décembre 1956 à la fin mars 1957, en se mettant dans la peau de l'Artiste, le personnage qu'il interprète dans le film de René Clair *Porte des Lilas*[1], Georges Brassens a compris que les métamorphoses de l'acteur étaient au-dessus de ses forces. Jouer la comédie ne correspondait pas à sa façon d'exister même s'il pouvait être drôlement faux jeton dans certaines circonstances.

« Georges était tout à fait capable de dire du bien de quelqu'un quand il en pensait du mal », remarque Pierre Louki[2]. Il avait tendance à arrondir les angles, à vouloir se montrer sous un jour agréable. À la radio ou à la télévision, devant un micro, il essayait de faire plaisir à celui qui l'interviewait. "Pourquoi se compliquer la vie ?" disait-il. Reconnaissons que Brassens était un peu putain[3]. »

Pas suffisamment, toutefois, pour rivaliser avec son partenaire à l'écran Pierre Brasseur, dans le rôle de Juju, un gros homme tendre et naïf, à moitié clochard, qui noie sa mélancolie dans le vin. Georges Brassens savait à quoi s'en tenir face à ce monstre sacré qui lui avait fait un numéro lors d'un échange de répliques avec Daniel Gélin. Ce dernier devait interpréter le gangster tueur de flics Pierre Barbier, joué finalement par Henri Vidal. Dans son rez-de-chaussée près de la tour Eiffel, Brasseur, volubile, offrit un spectacle grandiose. Daniel Gélin fut frappé par la réaction de Brassens : « Je n'oublierai jamais le regard brillant de Georges, plein d'étonnement et de crainte, comme celui d'un bon chien de ferme devant un insolite perroquet du Brésil multicolore et bavard[4]. »

Autres partenaires de Brassens, Raymond Bussières en patron de bistro et Dany Carrel, la fille du cafetier, sensuelle et papillonnante. Sous le sobriquet de l'Artiste, Georges est à la fois lui-même en chantant et jouant de la guitare mais surtout quelqu'un d'autre qui ne lui ressemble pas. Ainsi, après le départ de Barbier qui a la police à ses trousses, l'Artiste pousse un ouf de soulagement. « Juju ! On va fêter ça ! s'écrie-t-il. Juju : Tu boiras tout seul ! L'Artiste : Je vais te dire : il y a des cas où la police, ça a du bon ! Juju : Quel cas ? L'Artiste : Sans les flics, le Barbier, il serait resté chez moi toute la vie ! Juju : T'as pas de cœur[5]. »

Georges Brassens se sentait mal à l'aise mais il se plia sans rechigner aux directives du metteur en scène dans les studios de la rue de Silly à Boulogne-Billancourt, à deux pas des usines où il avait travaillé pendant la guerre. « Monsieur Brassens, dit René Clair, déplacez un peu votre regard vers la droite. Posez-le exactement ici, entre vous et la fenêtre. » Grand gaillard fardé, Georges s'exécute avant d'aller se rasseoir sur le fauteuil pliant avec l'inscription « M. Brassens » au dossier. Sur le plateau, le chat qui intervient dans le film va vers lui pour se faire cajoler. Il a affaire à un ami. Dans le scénario, le gangster Barbier déteste les chats en général et celui de l'Artiste en particulier. « C'est un flic ! dit-il à Juju. Fous-le en l'air ! (Il s'énerve.) Fous-le en l'air ! ou je lui tords le cou ! L'Artiste : Qu'est-ce qu'il dit ? Juju : Qu'il aime pas les chats. L'Artiste : Il exagère[6] ! »

Qu'il boiv' mon vin qu'il aim' ma femme
Qu'il fum' ma pipe et mon tabac

Mais que jamais il ne fouette mes chats
Quoique je n'aie pas un atome
Une ombre de méchanceté
S'il fouett' mes chats y a un fantôme
Qui viendra le persécuter[7].

C'est son amour des bêtes qui incita Georges Brassens à acheter une caméra d'amateur. Avec son appareil 16 mm, il devint un réalisateur frustré... « J'ai pris, des dizaines de fois, la même image : un chat cherchant à attraper un oiseau dans sa cage. Mais je n'arrive pas à traduire en images l'émotion que je ressens. J'enregistre des faits, mais je trouve ensuite qu'ils n'expriment rien. Tenez, l'autre jour, j'ai trouvé un chat couché, endormi, sur le dos du plus gros de mes chiens. J'ai sauté sur ma caméra... j'ai filmé... et j'ai été déçu. C'est toujours ainsi plus ou moins. (...) Quand j'ai fait l'acquisition de cette caméra dont j'avais tant envie, je pensais qu'elle serait pour moi un excellent moyen de me distraire de la chanson. Ce petit calcul s'est révélé faux. Car rien ne peut me distraire de la chanson. Et je suis aussi lent lorsque j'ai une caméra en main que lorsque j'écris une chanson. Pour une chanson, je travaille sans désemparer, un mois, deux mois, sur le premier jet... Pour faire un bon film d'amateur, il me faudrait beaucoup de temps aussi. Je déteste faire les choses en vitesse... [8] »

Porte des Lilas permit à Georges Brassens d'écrire spécialement trois chansons qu'il fredonne à l'écran : *L'Amandier, Le Vin, Au bois de mon cœur.* Les couplets de cette dernière chanson évoquent l'amitié et préfigurent *Les Copains d'abord* que lui avait commandée Yves Robert pour son film *Les Copains* tiré du roman de Jules Romains. *Au bois de mon cœur* fait la tournée des bois des environs de Paris : Clamart, Vincennes, Meudon, Saint-Cloud.

Y a des petit's fleurs,
Y a des copains au, au bois d' mon cœur,
Au, au bois d' mon cœur.

Chaqu' fois qu' je meurs fidèlement,
Fidèlement,
Ils suivent mon enterrement.
...des petites fleurs...
Au, au bois d'mon cœur...[9]

C'est à Crespières que Georges Brassens composa en 1964 *Les Copains d'abord.* Il avait connu Yves Robert aux Trois Baudets. Le cinéaste, accompagné de sa femme Danièle Delorme, divorcée de Daniel Gélin, se rendit au Moulin de la Bonde pour écouter les premières notes de la mélodie qui aurait pu illustrer, dix ans plus tard, les images de *Vincent, François, Paul et les autres* de Claude Sautet.

C'étaient pas des anges non plus,
L'Évangile, ils l'avaient pas lu,
Mais ils s'aimaient tout's voil's dehors,
Toutes voil's dehors,
Jean, Pierre, Paul et compagnie,
C'était leur seule litanie,
Leur Credo, leur Confiteor,
Aux copains d'abord[10].

Danièle Delorme avait enregistré sur un magnétophone Georges Brassens en train de donner naissance à l'une des versions de la chanson sur la dizaine qu'il concocta. « On l'entend hésiter, chercher le bon tempo. C'était très émouvant d'assister à la fabrication d'une chanson qui allait faire le tour du monde. Brassens avait demandé à Yves de pouvoir en conserver les droits. "Bien sûr, lui répondit-il, car elle risque d'être plus célèbre que mon film."[11] »

Yves Robert et Danièle Delorme convièrent le chanteur à déjeuner avec Raymond Savignac, auteur de l'affiche du film. Savignac était né dans le XVe et avait fréquenté l'école communale de la rue Prise-d'Avesne dans le XIVe. Les deux hommes avaient déjà trouvé un terrain d'entente et, indéniablement, leur poésie et leur humour respectifs étaient en correspondance de sentiments. Tout de suite, ils se sont sentis de la même famille d'esprit : celle des moralistes. Non pas quelqu'un qui fait la morale aux autres, mais quelqu'un qui traite des mœurs de son époque. Chacun dans son art donnait une image populaire du génie français et enrichissait, en toute modestie, le patrimoine du genre humain.

Quand Savignac reçut, en 1951, le Grand Prix de l'affiche, Robert Doisneau fit un reportage burlesque sur le lauréat. Divers photomontages seront publiés dans la presse dont un montrant Savignac devant les hauts murs de la Santé. Également moustachu, il y apparaît deux fois. D'abord, en chair et en os dans son aspect de père peinard et, juste au-dessus, dans une image projetée contre le mur, esquisse d'autoportrait en chanteur à la guitare. C'est presque l'auteur du *Gorille* qui semble se profiler sur le mur de la prison ! On pense aussi au *Passe-muraille* de Marcel Aymé, un des écrivains préférés de Brassens, de Devos, de Tchernia et de Savignac qui s'était vu refuser un projet d'affiche pour la pièce de théâtre *La Tête des autres*.

En 1964, l'année des *Copains d'abord*, Georges Brassens obtient le Grand Prix international de l'Académie Charles Cros [12]. Il est récompensé pour un coffret de six disques augmenté d'une plaquette illustrée de soixante pages édité en 1963 à l'occasion de ses dix ans de carrière. C'est André Asséo, alors directeur des relations extérieures de la firme Philips, qui a organisé la célébration. Pour arroser l'événement Georges souhaitait la présence de Joseph Kessel et de Marcel Aymé. Jef n'étant pas à Paris à cette date, seul l'auteur de *La Jument verte*, de *Travelingue*, d'*Uranus*, des *Contes du chat perché* participa à la fête, ce qui était en soi un événement. Asséo avait réussi à le convaincre au cours d'un rendez-vous préparé par Antoine Blondin. « Marcel Aymé et Georges Brassens se serrèrent la main, échangèrent un long regard. Pas un mot ne sortit de leur bouche.

Ils s'impressionnaient tant que leurs yeux seuls pouvaient s'exprimer. Que se seraient-ils dit, sinon les banalités d'usage : “Merci d'être venu... Content de vous voir...” Ils avaient, tous deux, passé ce cap de l'inutile [13]. »

Friand de music-hall, Marcel Aymé, préfacier du premier disque de Gainsbourg, avait fréquenté les cabarets et découvert au fil des spectacles, non seulement Brassens aux Trois Baudets, mais aussi Raymond Devos au Cheval d'or et Michel Serrault à La Tomate et Chez Gilles, deux artistes en osmose avec son univers [14]. Ancien séminariste, Michel Serrault, qui avait l'âme d'un clown, trouvera sur sa route de saltimbanque Jean Poiret, le partenaire idéal. Leur duo se servait parfois de l'actualité pour alimenter des sketches. Comme le raconte Serrault dans son autobiographie, *Le Gorille* de Brassens a donné cet échange avec Poiret :

« Vous savez qu'il y a une sorte de philosophie, pour ne pas dire de religion Brassens, affirmait Jean.

J'apportais mon témoignage :

– Ah oui, je sais ! Tenez, sans aller plus loin, ma cousine est mariée à un orang-outang. Très gentil. Il travaille dans les Postes. Mais enfin, un orang-outang quand même.

– C'est indiscutable qu'il y a dix ans, on n'épousait pas d'orang-outang. C'est donc bien Brassens qui, piétinant pas mal de préjugés, nous a apporté cette bouffée d'air frais, concluait Jean, imperturbable [15]. »

Quand ses premiers cachets le lui permirent, Georges Brassens acheta une Vespa pour aller d'un cabaret à l'autre. C'est Jean-Pierre Chabrol qui s'était procuré l'engin et lui apprit à s'en servir sur le plateau Beaubourg. Il ne roulait pas sur l'or mais le succès grandissant l'obligea à gérer ses finances. Pierre Onteniente, alors encore employé dans une perception, rue Taitbout, devint son banquier. « Un jour, il s'est amené avec un chèque en me disant : “Qu'est-ce que tu veux que je fasse de ça ?” Je lui ai dit : “C'est pas difficile, voilà les sous et donne-moi le chèque...” Ensuite il y a eu un deuxième chèque, puis un troisième, jusqu'au jour où je lui ai fait ouvrir un compte de dépôt, à la perception où je travaillais. Si bien que, de fil en aiguille, il m'a passé tous les chèques qu'il touchait. À la fin de l'année, je lui ai dit : "Ça fait tant, tu dois donc déclarer tant !", et c'est ainsi que tout a commencé... [16] »

Pierre Onteniente, l'inamovible Gibraltar qu'il fallait franchir pour accéder à Brassens, était devenu si indispensable que Georges lui proposa de quitter son percepteur en lui offrant le double de ce qu'il gagnait pour s'occuper à temps complet de ses affaires. En 1957, il deviendra même l'éditeur de Georges Brassens en fondant les Éditions musicales 57, la maison Tutti se chargeant de la partie juridique. Gibraltar ne lâchait pas le chanteur d'une semelle, l'accompagnant dans ses tournées en compagnie de Püppchen qui vivait dans l'ombre du poète. La petite troupe se déplaçait dans deux voitures Citroën : une DS et un break ID ; Georges au volant de la première avec Onteniente, Joha et ses deux guitares ; dans l'autre, Pierre Nicolas avec sa contrebasse et la sono.

Attentif au moindre détail, Brassens veillait à la qualité du matériel de sonorisation. Il avait offert une sono à Jean-Pierre Suc, l'animateur du Cheval d'or. Ce musicien de jazz de Montpellier fera appel à ses copains languedociens pour l'aider dans son entreprise. Installé dans une ancienne mercerie de la rue Descartes, tout à côté de la maison où mourut Verlaine, le cabaret acquit une réputation de tremplin pour les jeunes artistes. Jean-Pierre Suc associé à Henri Serre, l'un des futurs interprètes de *Jules et Jim*, le film de François Truffaut, forma un duo comique. Pierre Maguelon, surnommé Jésus, élève de l'École des métiers d'art, fut rebaptisé Petit Bobo [17] quand il commença à raconter « Le poisson d'argent », « La pieuvre », « Le grillon d'or », « Le voleur de vent », ces histoires merveilleuses qui enchantaient Brassens.

Dans un programme de l'Olympia, en 1960, Georges Brassens, vedette du spectacle, présentera lui-même Petit

Bobo qui passait en première partie, avant la danseuse andalouse Lola Flores. « Garde-le longtemps encore ton petit bout de rêve, Petit Bobo, et fais-en profiter tout le monde ; tout le monde en a bien besoin. Tu l'as dérobé à une fée ! tu as bien fait. Il n'y a pas vol entre fée et poète. Quant à ceux qui t'en blâmeraient, les esprits forts, les sycophantes, flanque-leur donc un petit coup de baguette à la menthe à l'endroit où ils auraient dû avoir la tête, et change-les en pots de fleurs pour notre joie à tous, nous tous qui, par la vertu de ton rêve, retrouvons nos culottes courtes et redevenons écoliers en vacances. »

En 1991, dix ans après la disparition du poète, le comédien Pierre Maguelon, figure populaire de la télévision avec le feuilleton *Les Brigades du Tigre*, redeviendra Petit Bobo pour écrire une nouvelle histoire qui enrichissait un florilège d'hommages : « Georges c'était l'arbre. “Pin parasol de préférence”. Il semblait planté là depuis belle lurette. Cultivé par des générations de troubadours, fabulistes, écrivains, chansonniers...

Droit, solide, accueillant, on pouvait s'y adosser tranquille et recouvrer courage, force et sérénité. À lui seul c'était l'oasis.

Son ombre colossale restait légère, complice et savait s'estomper pour laisser les rayons de soleil venir nous éclairer.

L'écorce, rude d'aspect, se détachait sans gros effort, découvrant le bois noble, d'un poli élégant. D'aucuns, restés enfants, y creuseraient des coques de bateaux baptisées : poésies, rengaines, humour, temps...

Dans ses manches les vents des quatre saisons agitaient de vieux airs qui devenaient chansons. “Auprès de cet arbre on vivait heureux”.

L'arbre est tombé... mais notre terre garde enfouie, profonde, l'empreinte intacte de ses fortes racines [18]. »

23

L'idée de Dieu

Comme Brassens et Perret qui ont été mis devant le public à leur corps défendant, Boby Lapointe s'est retrouvé sur les tréteaux du Cheval d'or. Jean Pierre Suc le jeta dans la fosse aux lions après lui avoir dit : « Ne cherche pas d'interprètes, des chansons pareilles, on ne les confie à personne. » Une de ses premières lui sera inspirée par Léon Tcherniak, le patron du cabaret.

Il a du bobo, Léon
Il va peut-être caner, Léon.

L'amitié entre gens du Midi avait fait son œuvre. Boby Lapointe était un enfant de Pézenas, la « petite patrie de Molière », entre Sète et Béziers. Le créateur d'*Aragon et Castille*, de *Ta Katie t'a quitté*, de *Framboise !* (« Avanie et Framboise/Sont les mamelles du Destin ! ») et Georges Brassens devaient fatalement se rencontrer. Mais ce n'était pas une question de voisinage, comme l'a écrit Georges : « Je pense qu'on était de la même famille. Pas du tout parce qu'on était du même pays, on peut être du même pays et n'avoir aucun atome crochu, aucune affinité. Non, son goût de l'absurde nous rapprochait. Moi je l'ai aussi ; je le montre moins dans mes chansons que lui ne le fait, mais je l'ai dans la vie.

On a dû se nourrir aux mêmes sources, nous avions des goûts communs, c'est pour ça qu'on sympathisait.

On était faits pour se rencontrer. On s'est rencontrés à Paris. J'avais quitté Sète depuis longtemps. Boby habitait une très belle maison à Pézenas. Je vois surtout sa mère (...) Je la vois, c'était une femme extraordinaire, très distinguée, très cultivée, une grande dame, quoi... Je sais qu'ils étaient aussi de la même famille, lui et sa mère. Il régnait une très grande entente entre eux. Je suis tombé un peu amoureux de Boby, parce que Boby c'était un dingue ; il était complètement dingue. C'était ce côté qu'il avait de très attachant. Je le prenais en première partie dans mes tournées parce que non seulement il avait du succès, mais il avait du succès auprès de moi.

Quand je le voyais en scène en train de se dandiner, je me disais que les gens qui disent que je suis un ours se trompent. C'est lui ! C'est à lui qu'on aurait dû décerner ce titre. C'était un ours véritable (...) du moins quand il chantait.

J'aimais bien le voir de la coulisse. Il n'arrivait jamais à l'heure, du reste. On l'attendait toujours, et plusieurs fois j'ai mis mon costume de lumière, mon costume de scène, en me disant : "Le bougre va pas arriver. Il va falloir commencer avant, quoi." Parce que, comme il passait avant l'entracte, s'il arrivait avec une heure de retard, il fallait le remplacer par quelqu'un, et comme les autres étaient passés, il restait plus que moi. Alors, tous les jours je me préparais à faire une heure de tour de chant de plus à cause de lui... (...) Il nous a fait des misères de ce côté-là (...) Il arrivait tout repentant (...) il avait fait un détour de cent kilomètres pour goûter un cru dont il avait entendu parler.

Il aimait se marrer, Boby, et moi aussi, alors on ne pouvait pas ne pas fraterniser (...) [1]. »

Boby Lapointe fera parallèlement à sa carrière de chanteur déjanté des incursions dans le cinéma après que François Truffaut lui aura demandé de chanter *Framboise !* dans

Tirez sur le pianiste avec Charles Aznavour. Ce dernier, séduit par la folie du bonhomme, le fera engager en première partie de son récital à l'Alhambra. Boby Lapointe, dans le rôle modeste mais décisif du routier des *Choses de la vie* de Claude Sautet, d'après le roman de Paul Guimard[2], a laissé des souvenirs de tournées qui auraient mérité de figurer dans un film burlesque comme *Le Voyage surprise* de Pierre Prévert. Écoutons Petit Bobo :

« Autour des années 60-65, nous faisions tous deux partie d'une tournée de Georges Brassens. Nous voyagions par deux ou trois dans des voitures particulières ; je partageais celle de Pierre Nicolas, le bassiste de Georges, et nous avions souvent des difficultés d'itinéraires.

Nous nous arrêtions pour consulter la carte. J'affirme qu'après avoir pourtant constaté que nous étions sur la bonne route, dans la bonne direction, il nous est arrivé à plusieurs reprises de voir surgir en sens inverse la voiture de Boby qui nous saluait par le toit ouvrant, en continuant sa route[3]. »

Les tournées engendrent rarement la mélancolie. Les esprits farceurs y trouvent leur compte. Durant l'été 1952, Georges Brassens participa à une tournée en compagnie de Patachou et des Frères Jacques qui restera dans les annales des plaisanteries de plateau. Après avoir interprété *La Gavotte des bâtons blancs*, les quatre gais lurons se sont déshabillés en coulisses et ont placé devant leur sexe les gigantesques faux nez qu'ils utilisaient pendant leur tour de chant. Brassens et les musiciens sont pris de fou rire. Sur scène, Patachou, interloquée, va elle aussi éclater de rire. « Si vous voyiez ce que je vois, dit-elle aux spectateurs. C'est à peine croyable...[4] » L'amitié entre Georges et le quatuor composé d'André et Georges Bellec, François Soubeyran et Paul Tourenne se concrétisera par un disque 33-tours, « Le Brassens des Frères Jacques », avec douze chansons dont *Les Copains d'abord, Hécatombe, La Chasse aux papillons.*

D'un caractère facétieux, Jacques Brel était toujours partant pour rigoler. En 1959, après avoir chanté pour les Jocistes (Jeunesse ouvrière chrétienne), il tombe sur la bande à Brassens en train de faire ripaille dans un hôtel-restaurant d'Angers. Ce soir-là, d'après la journaliste Danièle Heymann qui avait rejoint son mari Jean Bertola, le grand Jacques sera la cible d'un Georges gentiment déconneur.

« – Alors, l'abbé Brel, lança-t-il, tu ne bois pas un verre avec nous ?

– Non, non, répond Brel.

– Allez, viens boire !

– Non, merci, dit Brel, manifestement un peu énervé de nous voir rigoler.

Et Georges insiste :

– Alors, l'abbé Brel, même pas une bénédictine !

Et il part dans un gros rire tonitruant, puis insiste :

– Alors, l'abbé Brel, tu prendras bien une chartreuse [5] ! »

De quoi agacer Jacques Brel qui, plutôt que de se mettre au diapason des plaisanteries, se lèvera de table et ira se coucher. Il passera une très mauvaise nuit car Brassens et ses copains se comportèrent en garnements en allant à tour de rôle frapper à la porte de sa chambre. Le lendemain matin, Brel cherchera ses chaussures qu'il avait laissées dehors pour qu'on les cire. Pendant quelque temps il battra froid à Georges Brassens. Lorsque, par le plus grand des hasards, ils emménagèrent, en 1966, dans le même immeuble moderne du XIVe arrondissement, la folle soirée d'Angers était restée dans les mémoires comme une histoire abracadabrante. Ils ont acheté l'un et l'autre un appartement au treizième étage du Méridien situé rue Émile-Dubois. L'immeuble s'élevait à l'endroit où, vingt ans plus tôt, le poète donnait ses rendez-vous à la petite Jo qui travaillait à la perception d'en face...

Pierre Onteniente avait été chargé de trouver un nouveau logement pour Georges après son départ de l'impasse

Florimont. Le remariage de Jeanne en était la raison. Son jeune mari était un ivrogne insupportable, il devenait urgent pour Brassens de quitter ces lieux où il vivait depuis vingt ans. « La construction du Méridien venait de se terminer, raconte Gibraltar. J'ai sauté sur l'occasion car on était pris par le temps. Georges a choisi un duplex. L'ascenseur s'arrêtait juste devant sa porte. Son voisin immédiat était le dessinateur Peynet. Jacques Brel, lui, avait un appartement au bout du couloir[6]. »

Lors d'une visite chez ce dernier, en compagnie de René Fallet qui poussait Georges à faire des blagues, ils avaient imaginé une mise en scène qui flanqua la trouille à Brel. Au moment de partir, Brassens a fait mine de s'évanouir. Fallet dit à Jacques : « C'est pas grave. Aide-moi à le porter jusqu'à l'appartement. » Étant donné le poids de Georges, il fallut le traîner le long du couloir. Jacques Brel commençait à s'inquiéter sérieusement. C'est seulement dans l'appartement que Brassens ouvrit les yeux : « Je vous ai bien eus ! Le mort se porte bien... » Fallet riait sous cape. Brel la trouvait saumâtre. L'abbé Brel, in petto, envoya le mauvais plaisantin en enfer !

Ayant été louveteau puis scout de 1937 à 1944, Jacques Brel fit également partie, de dix-sept à vingt-quatre ans, du mouvement de jeunesse la Franche Cordée, créé en 1941. C'est là qu'il rencontrera Thérèse Michielsen, Miche, qui deviendra son épouse et la mère de ses enfants[7]. Il subira l'ascendant de son fondateur Hector Bruyndonckx, un industriel, catholique militant, qui prêche et pratique des vertus comme la générosité, la charité et la convivialité. Ce premier « maître à penser » a incontestablement influencé, à ses débuts, le parolier qui chanta dans des hôpitaux, des maisons de retraite et devant d'anciens prisonniers de guerre. L'expression « l'abbé Brel », que Georges Brassens envoyait à la figure de son cadet qui la recevait comme une gifle, a trouvé ses origines dans la

Franche Cordée dont Jacques Brel fut un temps le président[8].

On ne jette pas si facilement aux orties son passé catho. Brel, Brassens, Ferré, avec leur réputation de mécréants bon teint, étaient des chrétiens éloignés de la religion qui respectaient toutes les croyances. L'allocution prononcée par le père Henri Lambert, un jésuite belge, devant le cercueil de Léo Ferré, dans le cimetière de Monaco, le samedi 17 juillet 1993, est la meilleure des explications : « Je ne partageais pas tout avec Léo, bien sûr, mais j'étais son ami. Et si j'étais son ami, c'est parce que nous avions en commun un amour immense de l'homme. Il s'est battu toute sa vie pour la justice et a donné une grande vision de l'homme, ce dont je le remercie. Il refusait d'avoir un maître, il a rencontré aujourd'hui un père. J'espère que là-haut il fera un bœuf infernal avec Brel et Brassens, et qu'il fera tomber sur le monde une pluie de justice et d'amour. Enfant de Dieu par le baptême, Léo a toujours défendu la vie et la liberté. Devant cet homme que l'on a parfois pris pour un mécréant, moi, prêtre, je m'incline. Comme je suis son ami et que je suis prêtre, permettez-moi maintenant un geste qui m'appartient : bénir ce corps qui a tant vécu et qui a tant dit[9]. »

Jacques Brel, hanté par l'idée de Dieu, sera lui aussi fasciné par un prêtre, Dom Thierry Maertens, rencontré, en 1964, lors d'une visite de l'abbaye bénédictine de Saint-André, près de Bruges. Ils se reverront souvent. Maertens est un marginal dans l'Église belge[10]. Il finira d'ailleurs par se défroquer et se marier comme Jean-Claude Barreau, auteur de *La Foi d'un païen* et de *Qui est Dieu ?*. Barreau rendra visite à Brassens, rue Santos-Dumont, en compagnie de Marcel Amont, avant d'assister à son récital à Bobino. « Après le spectacle, nous avons dîné dans un restaurant de la rue de la Gaîté. Brassens était très intrigué par mon parcours. Élevé dans l'athéisme, je me suis converti à l'âge de vingt ans avant d'être prêtre quelques années. On a surtout parlé de Jésus qui a dit : "Dieu est amour". Je ne m'attendais pas à ce que ce mécréant soit féru de théologie. En la matière, c'était un puits de science[11]. »

L'idée paraissait irréalisable. Ce sera le scoop de François-René Cristiani alors pigiste à la revue mensuelle *Rock'n Folk* et assistant de production à RTL. Le lundi 6 janvier 1969, dans l'après-midi, il réunira Jacques Brel, Georges Brassens et Léo Ferré devant des micros et l'objectif de Jean-Pierre Leloir, un photographe familier des coulisses de la chanson et de la musique. Cette rencontre au sommet se déroulera discrètement dans l'appartement des beaux-parents de Cristiani, rue Saint-Placide. Durant deux heures, ce fameux trio, dont la photo est devenue un document reproduit en poster, va parler à bâtons rompus avec une rare complicité et même un esprit fraternel. Ce sera l'unique fois où ces poètes[12] consacrés par la scène eurent l'occasion de discuter ensemble et de se sentir aussi proches.

C'est une conversation certainement historique mais sa relecture est assez décevante. Propos qui n'ont rien de sublime. À un moment donné, François-René Cristiani met Dieu sur le tapis.

« Alors, si l'on se tournait du côté de Dieu, du mysticisme, pour voir ? lance-t-il.

Jacques Brel : Ah, là... c'est autre chose ! (Éclat de rire général.) Je crois que, effectivement...

Georges Brassens : Alors là, nous sommes plus à notre aise !

Jacques Brel : Oui, je crois que c'est bien parti !

Léo Ferré : J'ai été élevé dans un collège religieux, j'ai servi la messe pendant huit ans, j'ai été enfant de chœur, et voilà : je ne vais plus à la messe, évidemment, depuis cette époque-là.

Georges Brassens : Brel aussi, d'ailleurs.

Jacques Brel : J'ai été élevé dans un collège religieux, j'ai servi la messe... – pas huit ans, un an, je crois –, parce que je voulais juste acheter un vélo avec ce qu'on me donnait.

Georges Brassens : Moi, j'ai été scout de France.

Jacques Brel : J'ai aussi été scout, mais pas de France, scout belge !

Georges Brassens : Ne croyant pas, il m'est difficile de parler de Dieu...

François-René Cristiani : À vos yeux, Dieu, ce serait une sorte de fétichisme, alors ?

Léo Ferré : Oh non, on n'est pas fétichistes. Nous, on est fétichistes avec les femmes...

Georges Brassens : Dans une certaine mesure, oui, Dieu c'est une forme de fétichisme. D'ailleurs, quelqu'un l'a appelé le Grand Fétiche. Ça, moi, je ne peux pas en parler, parce que j'en parle beaucoup dans mes chansons, mais uniquement pour qu'on comprenne ce que je veux dire. Parce qu'on chante pour des gens qui y croient.

François-René Cristiani : Et là, vous ne craignez plus les réactions des individus ou du public ?

Georges Brassens : Non. Le public ne me fait pas peur. Le public, c'est pas grave [13]. »

Les réponses sont insipides. Aucun des trois n'ose aborder sereinement le sujet. Ils l'évitent de peur d'être en contradiction avec eux-mêmes. Soigner son image quand on est à son zénith vous oblige à mesurer vos expressions ! Et puis, ce serait évoquer publiquement sa propre mort. Il ne faut pas tenter Dieu ni le diable et s'exposer à une exploitation de certains médias à l'affût de sensationnel.

Le monstre du loch Ness ne faisant plus recette
Durant les moments creux dans certaines gazettes,
Systématiquement, les nécrologues jouent
À me mettre au linceul sous des feuilles de chou [14].

Brel, Brassens, Ferré : le temps d'une rencontre, ils ont été unis par leurs talents respectifs, coude à coude, cœur à cœur. Mais derrière cette photo de Jean-Pierre Leloir devenue une image d'Épinal se dissimulent des vérités moins avouables. Chacun fut soi. Et jaloux de l'être. Leurs rapports n'étaient pas aussi idylliques qu'il y paraît. Le journaliste René Bourdier, familier des trois monstres sacrés lorsqu'il était secrétaire général des *Lettres françaises* et chroniqueur du music-hall dans l'hebdomadaire d'Aragon, fait rétrospectivement cette analyse : « Brassens n'a pas respiré, et moins encore senti, “le grand Jacques” sous “l'abbé Brel”. Est-ce parce que son intérêt était alors entièrement centré sur la conduite de sa propre carrière ? Peut-être. Il est évident que, longtemps, Georges, doutant de lui-même, avançait dans son métier avec des précautions d'équilibriste, se souciant peu des autres (on ne pourrait dire qu'il ait jamais corrigé son autisme). La considération d'abord, une forme d'amitié par la suite, les ont rapprochés, le show-biz voulant qu'à niveau égal on s'apprécie ou se haïsse. Ces deux-là, en tout cas, étaient faits pour se reconnaître. Ce qui n'était pas le cas avec Léo, porte-étendard – donc numéro un – de la vraie (parce que révolutionnaire) chanson populaire [15]. »

Poursuivant sa réflexion, René Bourdier dit encore à propos de Brassens et des différences de caractère entre les trois hommes : « Sa conversation était devenue d'une haute tenue ; le langage est pur ; le vocabulaire maîtrisé au point de sembler venir d'un autre âge. S'il s'en prend, dans son œuvre, à l'ordre bourgeois et sa morale, il témoigne d'un certain respect de cet ordre moral dans le quotidien de sa vie, de son existence. Brel ne s'impose pas ces règles. Il se moque du quant-à-soi et du qu'en-dira-t-on. Il est un révolté, mais un révolté qui a fait sa révolution. Fort de cette expérience, il jette ses chansons, écrites d'un jet, au visage du spectateur sans s'embarrasser de précautions, peu soucieux d'adoucir la violence de certains textes ou expressions.

Ferré – pour les deux, un ancien – se tient en marge.

Pas vraiment de “fraternité” entre les deux “anars”, de sympathie entre Léo la révolte et Jacques le satirique.

Léo aime paraître. Jacques s’en moque. Georges hésite à s’aventurer dans la rue, de peur d’être reconnu et interpellé. Lorsqu’il s’y risque, la discrétion dont font montre les gens rencontrés le trouble et l’inquiète : cette indifférence serait-elle la manifestation d’un désamour ? Dites-lui : c’est du respect, il vous répondra : non, c’est de l’incompréhension ; les gens ne comprennent pas mes chansons [16]. »

Évoquant ensuite Georges Brassens face à la maladie et aux crises de coliques néphrétiques, il déclare sans ambages : « Il supportait très mal la douleur, aussi n’ai-je pas été étonné d’apprendre qu’il avait trouvé refuge chez un médecin à la fin de sa vie. Mais, jusqu’à cette décision de retraite, il avait toujours affronté courageusement sa maladie, n’en parlant jamais, vivant avec elle sans faire allusion à ses “malaises”. Quand il avait dû se mettre à l’eau et que je continuais à consommer son whisky, et à table son vin, il m’avait simplement “avoué” que l’alcool était mauvais pour sa voix et qu’il devait suivre un régime pour son prochain Bobino [17]. »

24

Vedette à Bobino

Parler de la mort entre copains revenait également à dire qu'on était bien vivants. La Camarde pouvait attendre. Georges Brassens ne faisait pas une tête d'enterrement quand il abordait ce sujet de prédilection. René Fallet et Jean-Pierre Chabrol, qui sont morts l'un et l'autre du cancer comme Brassens avant eux, ont été des interlocuteurs privilégiés du poète quand celui-ci leur remontait le moral à sa façon. « Seul, raconte Chabrol, j'avais des moments de cafard pénibles, je courais chez lui, je disais : "Georges à quoi bon, puisqu'il faut mourir ?

– Exact", répondait-il.

Et il me parlait de la mort, des cimetières, des charniers, j'en passe... C'était paradoxalement tonique. Je repartais ragaillardi, chantonnant, avec des entrechats.

Il s'était fait radiographier la tête, sans raison médicale. Je revois le grand négatif mou punaisé dans sa chambre, les os des maxillaires, des orbites et surtout la boîte crânienne.

"Dire qu'un seul microscopique vaisseau qui se rompt là-dedans, et plus de rimes, plus de musiques, tu baves sur ta cravate..."[1] »

Se souvenant qu'il avait été journaliste de faits divers à *L'Humanité*, Jean-Pierre Chabrol poursuit : « Je faisais alors les chiens crevés ; au cours d'une exhumation judiciaire, j'avais piqué dans une fosse commune une tête de mort. Il en cherchait une depuis longtemps. C'est le genre de cadeau à ma portée, fauché comme j'étais. Curée, encaustiquée, elle occupait la place d'honneur sur son bureau, une table à dessin sophistiquée, cadeau de Jacques Canetti. Une tête petite et fine... Nous nous plaisions à croire que c'était une jeune fille. En occitan sétois, l'expression courante est : *Es maï mort* (Il est mort). Je croyais qu'on jouait, mais toi, Georges, tu te préparais, longuement, comme toujours[2]. »

S'il faut aller au cimetière
J' prendrai le chemin le plus long
J' ferai la tombe buissonnière
J' quitterai la vie à reculons
Tant pis si les croq'-morts me grondent
Tant pis s'ils me croient fou à lier
Je veux partir pour l'autre monde
Par le chemin des écoliers[3].

Enregistrée le 13 janvier 1956, la chanson *Le Testament* précède de dix ans *Supplique pour être enterré à la plage de Sète.* Durant cette décennie, Brassens a vécu des deuils qui le rapprochent du caveau familial. La disparition de ses parents – sa mère, le 31 décembre 1962, et son père, le 28 mars 1965 – est un avant-goût de sa propre mort. Mais l'heureux homme a de la ressource au royaume des macchabées.

Et quand, prenant ma butte en guise d'oreiller,
Une ondine viendra gentiment sommeiller
Avec moins que rien de costume,
J'en demande pardon par avance à Jésus,
Si l'ombre de ma croix s'y couche un peu dessus
Pour un petit bonheur posthume[4].

Les parents de Jacques Brel, Romain et Lisette, s'en iront en 1964, à deux mois d'intervalle, lui le 8 janvier, elle le 7 mars. Voyant son père et sa mère décliner, le chanteur avait écrit, en 1963, *Les Vieux* qui fut son *Maman... papa...* tardif. Brassens et Brel étaient orphelins lorsqu'ils se retrouvèrent inopinément au Méridien. De quoi éveiller des souvenirs. En 1954, l'année où Jacques Brel sortira chez Philips son premier 33-tours comprenant huit chansons, Georges Brassens passait en vedette à l'Ancienne Belgique. Il avait invité dans sa loge Lisette qui irait bientôt applaudir son fils à l'Olympia, au programme du spectacle de Damia dont ce serait l'ultime apparition sur une grande scène. Brel ne se produira à l'Ancienne Belgique que l'année suivante, en première partie de Bobby Jaan, un fantaisiste flamand très populaire à l'époque[5].

Dans le disque 33-tours « 20 ans d'émissions avec Georges Brassens à Europe 1 », enregistré en 1976, Jacques Brel fait ce portrait original du chanteur : « Je vais parler de Brassens un peu comme un enfant parle de sa maman. Tous les enfants sont un petit peu amoureux de leur maman. Et puis d'ailleurs, qu'on me comprenne bien quand je dis cela, je n'évoque pas du tout Georges Brassens avec des bigoudis et en robe de chambre le matin, je ne veux pas du tout disséquer Brassens, je n'en ai pas le droit et en plus il le fait infiniment mieux que moi. Donc, Brassens étant une porte ouverte, je n'ai pas du tout envie de l'enfoncer, j'ai envie simplement de vous faire pénétrer dans son salon, et non pas du tout dans sa chambre, voilà !

Brassens a une manière bien à lui de poser certains problèmes, mais il les pose, oh ! il ne les pose pas, il les dépose en réalité... Parce que Brassens, je crois qu'au fond de lui il ne croit pas aux solutions ; je crois que Brassens ne croit pas aux disciplines que nécessite une solution, il n'y croit pas, il dépose ça, en réalité, comment vous dire ?... C'est un arbre de Noël, Brassens, il ne croit pas qu'il est là pour faire de l'ombre, il croit simplement qu'il est là pour amener un sourire à des enfants qui regardent ça une nuit de Noël ; et les enfants étant nous, il pose tout de même au bout de ses branches non pas simplement des boules scintillantes ou des guirlandes, mais il pose certains petits points d'interrogation qui ne scintillent pas, mais qui vibrent au fond de notre cœur.

Brassens doit constater une forme d'espoir, il ne doit pas en être fier parce qu'il est trop intelligent pour s'envoyer des fleurs, parce qu'il se découvre un peu d'espoir, et puis d'un autre côté il se heurte à cette envie de bonheur qu'il doit avoir envie de distribuer du coin de son sourire. J'insiste sur le sourire de Brassens qui est le plus beau sourire d'homme que je connaisse, d'ailleurs...

En réalité, c'est la première ride d'adulte, et je crois qu'il faut se faire des rides dans l'oreille. Je crois que c'est un péché mortel de ne pas écouter Brassens. On peut ne pas l'aimer, on ne peut pas ne pas l'essayer. »

La présence d'un troisième poète, au treizième étage du Méridien, le dessinateur Raymond Peynet, créateur d'un gentil couple d'amoureux [6] qui semble sorti de la chanson de Brassens *Les Amoureux des bancs publics*, est encore un curieux hasard. L'univers poétique de Peynet rappelle à Georges la fraîcheur des chansons de Charles Trenet quand « le ciel est bleu » et que « les oiseaux chantent ». C'est aussi simple et spontané que *Fleur bleue*, *Y a d' la joie* ou *C'est bon*. C'est le même éblouissement du cœur amoureux qui s'exprime dans les dessins et les chansons où les oiseaux, en particulier l'hirondelle, font entrer la nature en pleine ville. Le chanteur Marcel Amont, ancien des Trois Baudets et de La Fontaine des Quatre-Saisons, à qui Georges offrira une chanson sur mesure (*Le Chapeau de Mireille*), a incarné l'univers de Peynet en interprétant *Les Amoureux de papier*. Il se verra également offrir une soixantaine de feuillets du brouillon de la chanson *Le Vingt-Deux Septembre*, l'une des plus romantiques du poète [7].

Un vingt-e-deux septembre au diable vous partîtes,
Et, depuis, chaque année, à la date susdite,
Je mouillais mon mouchoir en souvenir de vous...

Jadis, ouvrant mes bras comme une paire d'ailes,
Je montais jusqu'au ciel pour suivre l'hirondelle
Et me rompais les os en souvenir de vous...
Le complexe d'Icare à présent m'abandonne,
L'hirondelle en partant ne fera plus l'automne :
Le vingt-e-deux septembre, aujourd'hui, je m'en fou[8].

Dans cet immeuble de standing, froid et sans âme, Brassens, Brel et Peynet apportent ce qui manque le plus au monde moderne : la convivialité. Georges Brassens n'aura pas de mal à convaincre son charmant voisin de dessiner l'affiche de la fondation Perce-Neige de Lino Ventura. Entre gens de cœur on ne se refuse rien. Sophie Duvernoy, entrée au service de Peynet, deviendra l'employée de maison de Brassens quand celui-ci « émigrera » dans le XVe. Le journaliste René Bourdier, qui déjeunait régulièrement chez son ami, entend encore Sophie dire « mon bon maître » à Georges qui l'appelait « ma gouvernante ».

« C'était le plus naturellement du monde que chacun "se tenait" dans son personnage de maître et de servante. Je peux témoigner de la bonhomie du premier et de la déférence (d'un autre siècle) de la seconde[9]. » Sophie Duvernoy est toujours logée par son « bon maître » dans un petit appartement de l'avenue Reille, dans le XIVe, dont elle a l'usufruit. Même chose pour l'amie belge Josée Stroobants, photographe personnelle de Georges qui lui a laissé un deux-pièces, rue Beaunier, également dans le XIVe arrondissement. Par testament, Püppchen, évidemment, a été mise à l'abri du besoin ainsi que son secrétaire Pierre Onteniente et de vieilles personnes de l'impasse Florimont qui termineront leurs jours dans les murs de Brassens. « Le libertaire, poursuit René Bourdier, était, à sa mort, un très important propriétaire immobilier. La pierre le fascinait. Il prétendait tenir ce goût de son père, maçon. Mais il n'était pas capable de manier une truelle [10]. »

Entre Brassens et la Belgique, il existait des liens privilégiés depuis sa virée outre-Quiévrain avec Patachou. Rue Santos-Dumont, il y avait la « chambre du Belge », réservée à André Tillieu [11] quand il descendait de Bruxelles, et la « chambre du curé », occupée par Robert Barrès, lorsqu'il montait à Paris. Pas question qu'ils habitent ailleurs lors de leurs passages dans la capitale. Pour Tillieu, l'athée qui avait foi en Brassens, comme pour le père Barrès, le copain d'enfance de Georges, le pavillon du poète, également propriétaire d'une maison voisine, c'était tout bonnement l'auberge du bon Dieu... Josée Stroobants arrivera jusqu'à Brassens par le biais d'accointances anarchistes. Ce n'était pas pour déplaire à l'ancien trublion du *Libertaire* que la jeune femme, introduite dans les coulisses de Bobino par André Tillieu, se range dans le camp de la « bonne Louise » qui n'a cessé de lutter pour la libération des « damnés de la terre ». Georges, cinéaste amateur et photographe à ses heures, avait trouvé la personne adéquate.

« Brassens confia donc à la Belge tout son magasin de photos, à charge pour elle de lui procurer des copies, des contretypes, des extraits, des agrandissements. Un rude boulot ! Car, pas plus qu'il ne se contentait d'un seul exemplaire des disques de Django Reinhardt ou de Mireille, Georges ne se satisfaisait d'une seule photo. Il lui en fallait dix, douze, parfois plus : pour approvisionner les copains. C'est également Josée qui fut chargée des reportages destinés à immortaliser les gestes de la gloire et les fastes de l'amitié (...) [12]. »

À Bobino, le 19 janvier 1972, à l'occasion d'une émission de télévision de François Chatel consacrée à Georges chantant en direct sur la première chaîne, Josée fera la connaissance de Jean Rault, le facteur qui distribuait le courrier au 9 de l'impasse Florimont. Heureux compromis entre le personnage de François créé par Jacques Tati pour son rôle dans *Jour de fête* et celui de la chanson de Charles Trenet *Quand un facteur s'envole*, Jean Rault, « facteur au pied de la lettre », Fallet *dixit*, est un messager du bonheur pour la photographe. Célibataires l'un et l'autre, leurs cœurs à l'unisson ont fait boum... « Et c'est l'amour qui s'éveille ».

Un couple est né sous le regard malicieux de Brassens qui ne voudra pas se séparer de son facteur attitré du XIVe quand il déménagera du Méridien pour habiter un pavillon dans le XVe arrondissement. C'était aussi un déchirement pour Jean Rault de ne plus pouvoir frapper à la porte de Georges après avoir longtemps trinqué avec Jeanne qui sortait sa bouteille de quinquina à chacun de ses passages. L'administration fit une entorse au règlement et autorisa le préposé à continuer de distribuer le courrier au poète. Celui-ci aura illuminé les dernières années de la vie du facteur solitaire [13] en lui ayant apporté l'amour sur un plateau (de télévision), en l'occurrence la scène du music-hall de la rue de la Gaîté, la bien-nommée.

Entre l'Olympia et Bobino son cœur balançait. Si Georges Brassens fit des infidélités à la salle du boulevard des Capucines et à Bruno Coquatrix pour leur préférer finalement celle de Montparnasse et ses directeurs successifs Félix Vitry et Jean-Claude Dauzonne, c'est d'abord parce qu'il ne quittait pas son cher XIVe arrondissement pour aller au boulot. La vie sociale lui apparaît comme un système d'habitudes. Les tournées qu'il effectue passeront par les mêmes théâtres où il a ses repères. Une nouvelle salle peut lui offrir le double de son cachet, il ne fera pas le détour. Son entourage immédiat ne bougeait pas non plus : Püppchen, Gibraltar, Fallet, l'historiographe de l'épopée brassénienne, Louis Nucéra et André Asséo, les deux inséparables des relations extérieures de Philips, et l'inamovible Pierre Nicolas, son bassiste, surnommé par Georges la Famine car il n'aimait pas, à une table de restaurant, que le service traîne ; il lui arrivait aussi de pousser un coup de gueule quand on lui demandait de jouer gratis dans une émission de radio ou de télévision.

Georges Brassens et Pierre Nicolas pouvaient également se comporter en duettistes : l'auguste et le clown blanc. Ils s'entendaient comme larrons en foire. Cette complicité venait peut-être, mystérieusement, de l'impasse Florimont. Nicolas y était né, ce qui souffla Brassens quand il le lui dit incidemment. En tournée, durant les enregistrements, sur les scènes de l'Olympia et de Bobino, l'accompagnateur, qui faisait mieux que « boum-boum » avec sa contrebasse, deviendra une vedette par la force des choses. En coulisses, les artistes au programme de la première partie appréciaient son sang-froid. Ceux qui avaient visiblement le trac le regardaient en pensant que Brassens, l'air toujours gauche et timide, entrerait à son tour sur la scène « où l'attendent, comme d'habitude, la chaise vide, le piano fermé, le verre d'eau, et Pierre Nicolas, le contrebassiste [14] ».

Parmi les heureux élus qui ont assuré le spectacle avant le show de la vedette, il y avait Bernard Dimey, auteur de chansons à succès (*Syracuse, Mémère, Mon truc en plumes, L'Amour et la Guerre*). Lui aussi mourra d'un cancer le 1er juillet 1981, trois ans après Brel et trois mois avant Georges qui le plaçait très haut mais reprochait à ce poète de boire sans modération, sa chanson *Ivrogne* s'inscrivant dans son œuvre comme une devise tragique.

Ivrogne, c'est un mot que ni les dictionnaires,
Ni les intellectuels, ni les gens du gratin
Ne comprendront jamais... C'est un mot de misère
Qui ressemble à de l'or à cinq heures du matin.
Ivrogne... et pourquoi pas ? (...)

S'il avait quelques cuites à son actif, prises avec les copains ne crachant pas sur la bière, le pastis et le beaujolais, Georges Brassens était un grand consommateur d'eau minérale et de limonade. Pas de quoi, en effet, entraîner Bernard Dimey vers des abîmes de délectables ivresses. Dans ses deux derniers disques intitulés « Testament », suite de poésies et de prose, il avoue avoir trop bu, trop fumé, trop vécu. « Je chante à peu près comme un chaudron ébréché. » Dimey fait également cette confidence : « Ma plus grande joie ? Le jour où, dans sa loge de Bobino, Georges Brassens m'a chanté par cœur *Pour apprendre l'air*, une chanson que personne ne connaît bien qu'elle figure sur le disque dont je suis le plus fier : "Michel Simon chante Bernard Dimey" (...) [15] » Parmi les chansons de son « Bestiaire de nulle part », il y avait *Le Gorille* qui est un magnifique pendant à celui de Brassens.

Au fond de mon œil noir une étincelle brille.
Vous n'allez pas tarder à tomber à genoux.
Car je vois arriver le règne des gorilles...
Je suis enfant de Dieu, je suis plus beau que vous.

25

Dans sa tour d'ivoire

Georges Brassens roi du music-hall. La cour des copains et des amis de circonstance est à ses petits soins. On l'abreuve de compliments. Les « sans-grade » de la chanson s'effacent devant le poète qu'ils admirent. Certains artistes de ses premières parties se sont plaints de l'indifférence qu'il témoignait à leur endroit. Ils auraient aimé recevoir un encouragement, un mot gentil, une visite dans leur loge. Georges est surtout attentif aux alertes d'une crise de coliques néphrétiques. En coulisses, un médecin veille, prêt à lui faire une piqûre.

Dans son livre *Dimey, la blessure de l'ogre,* Yvette Cathiard, qui a partagé pendant quinze ans la vie de l'auteur de *Syracuse,* écrit : « Cette fin d'année 1969, Dimey est heureux. Il partage l'affiche de Bobino avec Brassens et Monique Morelli et se fait une fête de cette réunion d'affinités. Brassens dans les coulisses est entouré de sa cour habituelle, les copains des débuts, ceux qui l'ont connu pauvre et dont il est sûr. La bande est joyeuse et protectrice. Dimey, déçu, s'infiltre mal. Sa verve séduit le public, mais Brassens ne vient toujours pas l'écouter. Le Cupidon à la guitare affûte ses flèches. Enfin, quelques jours avant la dernière, il daigne venir en coulisses derrière le rideau rouge. Bernard attend le jugement qui le démolit :

– Ouais, tu es Anne-Marie Carrière en homme [1].

– Et toi tu es Georges Ier à la fin de son règne. Tout le monde ne peut pas avoir puisé son œuvre dans Paul Fort !

Le jouet est cassé. Morelli et Dimey gouaillent pour se remonter le moral. Bernard lève le coude, gêné aux entournures dans son costume neuf qu'il n'habite pas encore comme une pantoufle. Sa mèche rebelle mouille son front moite. Les éclats de cigarette trouent le pull. Le dernier verre ne dissout pas l'amertume [2]. »

Paulette, l'épouse de Bruno Coquatrix, a apporté son témoignage sur la souffrance de Georges Brassens car elle-même avait été victime de calculs rénaux. « J'avais été opérée du rein par le professeur Couvelaire – le chirurgien personnel du général de Gaulle – et connaissais bien son problème. Avant d'entrer en scène, Georges, qui souffrait horriblement, m'avait demandé s'il pouvait se reposer chez moi. À sa demande, je lui avais montré les toilettes.

– S'il te plaît, Georges, ne t'enferme pas.

J'avais peur, je le voyais si mal en point. Il m'a appelée en gémissant :

– Paulette, j'ai besoin de toi !

Je me revois, devant la lunette des toilettes, soutenant Georges qui montrait le caillou qui venait de sortir. Cela m'a paniquée de le savoir dans cet état, et je l'ai aussitôt fait soigner par le professeur Couvelaire. C'était en décembre 1962.

Il n'est plus jamais passé à l'Olympia. Ensuite, il a préféré Bobino, craignant que chez nous cela ne recommence. Par superstition. Mais, en fait, cela ne l'a plus jamais quitté [3]. »

Simone Cazzani, la sœur de Georges et la mère de Serge, l'unique neveu de Brassens devenu son héritier, s'inquiète de l'état de santé de son « cher Jo » comme l'indique sa lettre du 11 juillet 1957 : « Mon cher Jo, j'ai bien reçu la lettre nous expliquant par le détail ce que tu passes de souffrances pour la pierre, rien de toi aujourd'hui ce qui me fait penser que ça va pour le mieux et que tu as enfin évacué cette dernière ; tiens-nous au courant, je n'ai rien dit à la maison mais, depuis mercredi dernier que nous avons reçu ta lettre, je suis dans des transes.

Tâche de nous écrire car si tu n'écris pas, tout me laissera supposer que tu es en clinique, ce que je ne pense pas et qu'enfin tu auras pu faire ton calcul sans trop de mal (...). Serge est noir comme un pruneau et pas joli, il attend tonton pour aller se baigner à l'étang, car il va à la mer, mais il est bien tranquille. Avec tes reins, je ne pense pas que tu commettes cette année pareille imprudence (tant pis pour les moules, nous en achetons, j'en mange à présent, l'année dernière je les avais goûtées et ça m'avait plu, mais elles ne valent pas celles que tu pêchais)...[4] »

Jean Serge, chargé de la promotion d'Europe 1, la station qui dès sa création, en 1954, passa les disques de Brassens interdits sur les antennes de la radio d'État[5], eut l'idée d'associer la musique classique à la chanson de qualité. Après Jacques Brel et des interprétations des œuvres de Bartok, Debussy, Ravel et Vivaldi, grâce à l'orchestre de Roland Douatte, en avril 1967, Georges Brassens poursuivit l'expérience. Sous un chapiteau, il donna une quinzaine de représentations autour de Paris. Et parce que quatre-vingts pour cent de son public est composé de moins de vingt ans, Mozart a été choisi pour la première partie. C'est dans un silence religieux que les fans de Brassens ont écouté la *Petite Musique de nuit* et le *Concerto pour cor.* Le critique musical Bernard Gavoty ira interviewer Georges Brassens pour les besoins de l'émission de télévision « Panorama ». La tournée, commencée à Cachan le 7 avril, s'arrêtera brusquement à Sceaux un mois plus tard : une nouvelle crise de coliques néphrétiques a terrassé Georges.

Rentré dans son appartement du Méridien, il prend son mal en patience mais la souffrance est vite insupportable. Le 10 mai, Jacques Brel le conduit en urgence à la clinique Jouvenet où le professeur Roger Couvelaire l'opère une deuxième fois. L'année suivante, à la même époque, il aura d'autres crises moins graves. Elles lui serviront de prétexte lorsqu'on l'interrogera sur son silence alors que des artistes chantaient dans les usines pour soutenir le moral des grévistes. Romain Bouteille, Joël Favreau, Pia Colombo, Lenny Escudero et Georges Moustaki étaient parmi les plus actifs. « Que faisiez-vous en Mai 68 ? » osera-t-on demander à Brassens qui répondra finement : « Des calculs ! »

« En réalité, commente le journaliste René Bourdier, il était resté planqué chez lui. "Qu'est-ce qu'ils foutent ?" Cette question revenait toutes les fois qu'il me téléphonait, ou que je trouvais le temps, bien que débordé – je me suis payé seul le numéro spécial des *Lettres françaises* promis par Aragon à Cohn-Bendit ! –, de passer le réconforter, le trouvant à l'écoute d'Europe 1, avide de savoir ce qu'il advenait d'un projet (révolutionnaire) de réforme de la SACEM visant à répartir dorénavant les droits d'auteur entre TOUS les adhérents de la Société, que ceux-ci aient produit ou non dans l'année !

Il en éructait, mon ami Georges :

– Alors, Brassens va toucher quatre sous parce qu'il devra partager ses droits d'auteur, le fruit de son boulot, avec des cons pas même capables d'écrire un semblant de vers ou une note. Et ils vont voter ça, ces cons ! Et c'est quand, ce vote, toi qui sais des choses ? Ah, les fumiers ! Tu vas voir qu'ils vont tout foutre en l'air !

Je le rassurais. Enfin, non, il ne décolérerait pas jusqu'à la fin des événements[6]. »

Au micro de Michel Lancelot, à l'occasion d'un « Campus » spécial, l'émission d'Europe 1 née quelques jours seulement avant les événements de Mai, Georges Brassens parlera de sa réaction du moment : « J'ai eu un peu peur, je dois le dire. J'ai eu un peu peur quand même de ce qui est arrivé et, en outre, j'ai eu un peu peur que des gens soient frappées, tabassés, ce qui n'a pas manqué d'arriver, bien sûr (...) C'est congénital chez moi. Tout petit j'étais déjà comme ça. Je me mettais toujours contre celui qui frappait, toujours. Même si celui qui frappait avait de bonnes raisons de le faire. C'est pas commode quand on est comme ça, de s'engager, de s'embrigader (...). J'étais comme la plupart des gens ; je ne savais pas tellement ce qu'il fallait faire. J'estime aujourd'hui qu'on aurait pu aller plus loin qu'on est allé, mais sans trop de violence – et sans trop casser. Mais sur le moment je me suis senti, comme beaucoup d'autres d'ailleurs, impuissant et désarmé[7]. »

Félix Leclerc que Georges aimait citer en exemple car il avait montré la voie de la simplicité : « Pas de grimaces, voici mes chansons de vous à moi, en copains... », le Québécois, donc, de retour à Bobino où il partageait la tête d'affiche avec Isabelle Aubret, se retrouve au cœur de la tourmente. La première du spectacle a lieu le jeudi 2 mai 1968. Lenny Escudero, tout feu tout flamme, réussit à le convaincre de rejoindre les artistes en grève[8]. La scène de Bobino est devenue une tribune. Jean Ferrat et sa femme Christine Sèvres, qui a sorti son premier album 30 cm le 10 mai, participent à des débats publics[9]. Georges Brassens est dans sa tour d'ivoire, malheureux comme les pierres...

Léo Ferré et Claude Nougaro, interrogés eux aussi par Michel Lancelot, ont évoqué le romantisme de Mai. « C'était une bouffée vers le ciel, un besoin d'absolu, une sorte de romantisme métaphysique », dira Claude qui s'opposera à Léo, tout aussi exalté mais partisan d'un changement radical (« Ce sont les régimes qu'il faut foutre en l'air ! »). Chacun à sa manière, ils ressemblaient à deux jeunes gens qui vécurent ces chaudes journées de printemps avec des tempéraments différents : Renaud et Yves Simon. L'un et l'autre avaient en commun d'aimer Georges Brassens, à la merci d'une crise, continuant de composer au piano avant de transposer ses chansons à la guitare pendant que les émeutiers arrachaient les pavés du quartier Latin pour dresser des barricades.

Renaud a seize ans. Avec son frère aîné Thierry Séchan, il est de toutes les manifs et chante « Crève, salope ! » devant les étudiants de la Sorbonne « occupée » [10]. Le look anar « tendance poulbot », Renaud serait plutôt du côté de Léo Ferré, le rouspéteur en blouson noir, contestataire permanent. Influencé par Bob Dylan, Yves Simon vient de fêter ses vingt-quatre ans et espère en des lendemains qui chantent comme Nougaro. « Utopie d'alors ? Illusion, naïveté ? Oui, tout cela et bien d'autres choses encore. Vivants en tout cas, avec dans nos corps la sensation érotique d'entrer soir et matin dans la moiteur d'une Histoire dont nous avions été cruellement orphelins jusque-là », écrira-t-il à propos de Mai 68 [11].

Renaud n'imaginait pas qu'il serait chanteur et, à plus forte raison, enregistrerait, en 1995, un disque des chansons de Brassens quand il fit sa première rencontre avec le poète dans l'ascenseur de son immeuble de la porte d'Orléans. Georges rendait visite à Marie Dormoy, la secrétaire de Léautaud, qui habitait deux étages au-dessus de l'appartement de la famille Séchan. « Du haut de mes dix ans, j'eus le sentiment de me frotter à un monument, à un géant de la poésie et de la chanson (...) Je me précipitai chez moi, empruntai à mon père le 25 cm de cire noire du “Georges Brassens n° 1” au titre désuet de “Georges Brassens chante les chansons poétiques (et souvent gaillardes) de Georges Brassens”, montai quatre à quatre les deux étages qui me séparaient de mon idole et obtins mon premier autographe [12]. »

La seconde et dernière fois où il lui parlera, c'est vingt ans plus tard, sur un plateau de télévision. « Après m'avoir timidement approché et chaleureusement encouragé à écrire et chanter encore et toujours, il me fit le plus extraordinaire des compliments, puisqu'il me déclara qu'il trouvait mes chansons, je le cite : “merveilleusement bien construites” [13]. »

Georges Brassens sera également sensible au talent

d'Yves Simon qui vient de publier deux romans salués par René Bourdier dans *Les Lettres françaises.* Ce dernier, après avoir écouté ses chansons dont *Les Gauloises bleues,* lui demande une cassette qu'il transmet à Brassens à la recherche de jeunes artistes pour sa première partie à Bobino, renouvelée tous les quinze jours. « Georges m'a répondu en m'envoyant un télégramme. Je m'apprêtais à faire mon premier voyage initiatique aux États-Unis. Avant mon départ, en juin 1972, je suis allé le voir rue Santos-Dumont. Il m'a proposé d'être sa première partie pendant la deuxième quinzaine d'octobre. À Bobino, je le saluais chaque jour dans sa loge. Il m'a appris à accorder une guitare et m'expliqua comment susciter un rappel en sortant de scène pour revenir immédiatement[14]. »

« Faites que le rêve dévore votre vie, afin que la vie ne dévore pas votre rêve. » Cette jolie phrase d'atmosphère soixante-huitarde résume *Émilie jolie,* le conte musical de Philippe Chatel. Ce dernier, en prince charmant débutant, s'était entouré d'interprètes du hit-parade pour donner de la voix à ses héros imaginaires : Georges Brassens (le hérisson), Robert Charlebois (le lapin bleu), Louis Chedid (le raton-laveur rêveur), Julien Clerc (le grand oiseau), Françoise Hardy (la sorcière), Isabelle Mayereau (la baleine de parapluie), Eddy Mitchell (le loup), Henri Salvador (le conteur), Yves Simon (le petit caillou), Alain Souchon (le coq), Sylvie Vartan (l'autruche), Laurent Voulzy (l'âne). Toute la troupe avait été conviée par *Paris-Match* pour une photo de famille. Le jour J de ce mois d'octobre 1979 manquera à l'appel Yves Simon, opéré en urgence de l'appendicite. Quelle ne sera pas sa surprise de voir entrer dans sa chambre de la clinique de l'Alma Charlebois, Souchon, Voulzy et Brassens.

« Ils sont arrivés vers midi trente. La présence de Georges, quel événement ! La nouvelle s'est répandue comme une traînée de poudre. Tout le monde voulait le voir. Sur ma table de nuit, il a aperçu le walkman que j'avais ramené d'une tournée au Japon. Il ne savait pas ce que c'était car, à l'époque, les baladeurs n'existaient pas en France. Féru de nouvelles technologies, il s'est mis à écouter une cassette de musique, manifestant son enthousiasme à la grande surprise des autres. Il était tellement heureux de découvrir le walkman que je le lui ai offert [15]. » Le cadeau d'Yves Simon permettra à Georges Brassens d'épater ses copains. « "Essaye... On se croirait dans un studio... J'y ai mis *La Femme d'Hector*", dit-il à André Tillieu. Je mis les écouteurs et ma surprise fut totale. Georges me les reprit, se les réajusta, puis, après les avoir retirés, me dit : "C'est un chef-d'œuvre." Il en parlait comme s'il se fût agi de la chanson d'un autre. Seul un non-créateur y verra quelque signe de vanité [16]. » À Jacques Charpentreau, il dira d'un ton parfaitement naturel : « Il y a des chansons qui tiennent toutes seules, par le texte et par la musique. D'autres qui ont besoin de sauce autour. Les miennes, elles tiennent toutes seules [17]. »

Quand Charpentreau publie, en 1971, chez Larousse, en collaboration avec France Vernillat, un *Dictionnaire de la chanson française*, c'est la photo de Georges Brassens qui illustre la couverture avec, en médaillon, le troubadour de la tapisserie de la Dame à l'orgue se trouvant au château d'Angers. Brassens a cinquante ans. Il se prépare à enregistrer un 33-tours, « Centenaire de la naissance de Paul Fort », préfacé par Louis Nucéra, pour saluer la mémoire du « prince des poètes [18] » que Georges avait remis en selle en chantant son poème *Le Petit Cheval*. Sans cette chanson se souviendrait-on encore de l'auteur des *Ballades françaises*, malgré « Si tous les gars du monde voulaient s'donner la main... » ? De même qu'il sortit de l'anonymat Antoine Pol, un ingénieur qui taquinait la muse, en mettant en musique son texte *Les Passantes*, extrait d'*Émotions poétiques*, une plaquette dénichée au marché aux puces en 1942. « À la réflexion, dira Brassens, je me demande si ce n'est pas cet inconnu qui m'a influencé [19] ! »

26

Un poète d'aujourd'hui

« Brassens ? c'est un anarchiste pour rire. La vérité c'est que je ne connais pas beaucoup d'hommes aussi cordiaux, aussi humains, aussi sérieux. Certes, c'est un anar, comme on dit, mais son revolver de tête ne tuera jamais personne. » Paul Fort a tenu ce langage en s'adressant à Pierre Béarn à qui Mai 68 emprunta le célèbre slogan « Métro boulot dodo » extrait de son poème *Couleurs d'usine*[1]. L'écrivain, également libraire rue Monsieur-le-Prince, en plein quartier Latin, eut l'occasion d'apprécier la noblesse d'âme de l'auteur du *Gorille*. Après la mort de Paul Fort, à l'âge de quatre-vingt-huit ans, il dédicacera le recueil qu'il lui avait consacré dans la collection « Poètes d'aujourd'hui » chez Seghers.

La séance aura lieu, en mai 1961, à La Closerie des Lilas dont le « prince des poètes » était un familier et où Renaud tiendra ses assises, maintenant les traditions artistiques de l'établissement[2]. Georges Brassens signait de son côté le 45-tours « Hommage à Paul Fort » comprenant quatre chansons : *Le Petit Cheval, Comme hier, La Marine, Si le bon Dieu l'avait voulu.* Figuraient également trois poèmes, *Petit-Verglas, L'Enterrement de Verlaine, Germaine Tourangelle,* que Georges récite « de cette bonne grosse voix amicale et bourrue qui s'avère discrète, simple et d'autant plus émouvante qu'elle refuse tous les effets faciles (...) [3] ».

« J'étais installé à côté de Brassens, raconte Pierre Béarn. Très vite, il constata que je ne vendais rien alors que son disque partait comme des petits pains. À ma grande surprise, il se leva et dit aux gens qui nous entouraient qu'il ne signerait le 45-tours qu'aux acheteurs de mon livre. Il fallut très vite qu'un taxi aille chercher une centaine d'exemplaires du recueil pour répondre à la demande. Voilà comment je suis devenu l'ami de Brassens[4]. »

La journaliste Nicole Zand, dans son article « De Brassens à Paul Fort ou la poésie faite pour être chanson[5] », reproduit un échange de vues entre les deux auteurs à propos de la difficulté à mettre en musique des mots écrits pour être lus.

« Il y a des poèmes que j'ai dû couper, explique Brassens. Parfois la force de pensée ne peut être perçue par l'oreille. (Il prend un ton humble.) J'aurais pu ne pas couper si j'avais été un vrai compositeur...

– Ça va, ça va, intervient Pierre Béarn. Je crois que si Brassens s'accorde si bien avec les poésies de Paul Fort, c'est peut-être parce que c'était un homme qui avait le chant en lui. Il disait que la poésie c'était une chanson... »

Pierre Béarn qui s'est remarié, en mai 2004, avec sa muse Brigitte Egger, quelques semaines avant de fêter ses cent deux ans, rejoindra Georges Brassens et Paul Fort dans la série des « Poètes d'aujourd'hui ». Un volume lui a été consacré en 1972 par Michel Dansel et Jean-Louis Depierris. À l'époque, une nouvelle collection intitulée « Poésie et chansons » avait été créée pour accueillir uniquement les auteurs-compositeurs et interprètes, y compris ceux qui avaient déjà eu les honneurs de la collection « Poètes d'aujourd'hui » comme Léo Ferré, Georges Brassens, Jacques Brel. Ils seront les trois premiers à y figurer, suivis par Charles Aznavour, Charles Trenet, Guy Béart, Anne Sylvestre, Jean-René Caussimon, Barbara, Serge Gainsbourg, Gilles Vigneault, Georges Moustaki, Mouloudji et Béranger. Pierre Seghers, l'auteur de *Merde à*

Vauban, n'avait pas fait l'unanimité en introduisant dans sa collection « Poètes d'aujourd'hui » des gens qualifiés de chansonniers par les amateurs de poésie pure. « Ce déclassement de fait, souligne Robert Belleret, ne sera pas du tout du goût de Léo, même si on lui attribue pour l'occasion le numéro 1. Il ne manquera pas de le faire savoir et obtiendra gain de cause lors des plus récentes rééditions[6]. »

Brassens, qui avait des réponses contradictoires sur sa qualification (homme de lettres, poète, chansonnier), ne s'est jamais plaint ouvertement de ce « déclassement ». Plus d'un an après la mort de Georges, l'écrivain colombien Gabriel García Márquez, qui venait de recevoir le prix Nobel de littérature, a écrit dans *Le Clairon de Buenos Aires* daté du 12 décembre 1982 : « Il y a quelques années, au cours d'une discussion littéraire, quelqu'un demanda quel était le meilleur poète du moment en France. J'ai répondu sans hésitation : Brassens. Certains, qui le sous-estimaient parce qu'il enregistrait des disques plutôt que d'écrire des livres, tinrent pour acquis que je disais cela par provocation. Seuls les compagnons de ma génération savaient que j'avais raison (...). » Les académiciens français étaient majoritairement de cet avis en lui attribuant, le 8 juin 1967, leur Grand Prix de poésie, couronnant aussi Emmanuel Berl, Grand Prix de littérature, qui avait épousé Mireille, en 1937, avec pour témoins Jean Nohain et Sacha Guitry. Messieurs les habits verts n'auront pas manqué d'air !

En tout cas, l'écrivain Alain Bosquet en eut le souffle coupé. Critique littéraire à *Combat,* dans le numéro du 10 juin, il écrit un article venimeux sous le titre « Brassens ? Pourquoi pas Fernandel ? » : « L'Académie française vient de se couvrir de ridicule. C'est là non seulement une décision ahurissante, mais un coup très dur porté au prestige même du lyrisme, tel qu'il ne cesse de se détériorer, en France, aux yeux du grand public (...) J'ai des amis dans cette assemblée respectable (...) il n'est pas possible que ces esprits-là prennent pour de la littérature ces textes qui, une fois débarrassés de la pauvre musique dont Brassens les entoure, sont la banalité et la platitude mêmes... » Dans le palmarès de ce prix fondé en 1957, on trouve parmi les derniers lauréats : Patrice de La Tour du Pin (1961), Marie Noël (1962), Pierre Emmanuel (1963` André Salmon (1964), Pierre Jean Jouve (1966).

Le jeudi 21 décembre 1967, au cours de la séance publique annuelle de l'Académie, le secrétaire perpétuel Maurice Genevoix, supporter de Brassens, comme René Clair, Marcel Pagnol, Marcel Achard, Jean Rostand, Louis Leprince-Ringuet, Louis Armand, André Chamson, Joseph Kessel, terminera ainsi son discours : « S'il n'est pas certain que, dans l'histoire politique, tout finisse par des chansons, c'est par des chansons que commence l'histoire de la poésie. Ainsi, en récompensant un de ceux que jadis on appelait ménestrels, n'avons-nous pas eu le sentiment de céder au caprice d'une mode, mais au contraire de renouer avec une tradition qui remonte aux premiers âges de notre langue. » Jean Mistler, qui succéda à Maurice Genevoix comme secrétaire perpétuel, entra dans une colère noire lorsque Brassens fut distingué. Un an plus tard, elle n'était toujours pas éteinte. « Je me trouvais dans son bureau de la Librairie Hachette, en Mai 68, raconte Joël Schmidt. Situé à l'angle du boulevard Saint-Germain et du boulevard Saint-Michel, on entendait les bruits de l'émeute. Mistler rageait : "Quand je pense qu'on a donné le Grand Prix de poésie de l'Académie à Brassens !" [7] » Détail piquant : sa fille Marie-Dominique était la femme de Michel Lancelot, l'animateur de « Campus ».

Le bruit courut que Georges Brassens avait sa place sous la coupole du quai Conti. « Tu me vois avec une épée et un bicorne ? » s'esclaffait Georges quand un ami l'interrogeait sur son éventuelle candidature. Les copains insistaient. « Foutez-moi la paix avec votre Académie. Est-ce que j'ai une gueule d'académicien ! – C'est pas une question de gueule. Tu y entreras, tu finiras par y entrer. Et on se cotisera pour t'offrir une épée... » Brassens souriait un peu jaune.

Hervé Bazin, de l'académie Goncourt, auteur d'une seule chanson interprétée par Moustaki (*Les derniers sont les premiers*), n'aurait pas été choqué d'y voir Brassens « qui eût été plus décoratif, quai Conti, et plus représentatif de son temps qu'un excès de politiciens[8] ». Dans *Le Canard enchaîné*, Yvan Audouard anticipe en publiant « Le discours de réception de Georges Brassens à l'Académie française ». Audouard a imaginé que le lauréat du Grand Prix de poésie succède à Mgr Tisserant, « battant par 38 voix à 2 le grand poète Alain Bosquet... ». Brassens dans le fauteuil d'un cardinal, doyen du Sacré Collège, c'était une trouvaille mais l'écrivain humoriste de l'hebdomadaire satirique se trompait en faisant dire au récipiendaire : « Moi, des curés j'en ai jamais fréquenté, à part le révérend père Duval, la calotte chantante. Il me laisse dire merde, moi, je lui laisse dire amen. Et j'ai bien l'intention d'en rester là[9]. » Georges, qui avait rendu visite à Yvan Audouard dans sa maison de Fontvieille, près d'Arles, où le vieux moulin provençal a inspiré à Alphonse Daudet ses *Lettres de mon moulin*, omit de lui parler de l'abbé Barrès.

Anticlérical fanatique,
Gros mangeur d'ecclésiastiques,
Cet aveu me coûte beaucoup,
Mais ces hommes d'Église, hélas !
Ne sont pas tous des dégueulasses,
Témoin le curé de chez nous[10].

Le curé de chez nous, petit saint besogneux,
Doute que sa fumée s'élève jusqu'à Dieu.
Qu'est-c' qu'il en sait, le bougre, et qui donc lui a dit
Qu'y a pas de chêne en paradis[11] *?*

En acceptant de dialoguer avec un prêtre, André Sève, rédacteur en chef du mensuel *Panorama chrétien* dont le tirage avoisine les deux cent mille exemplaires, Georges Brassens poursuit sur ce sujet métaphysique qui ne cesse de le préoccuper. Il est, chacun le sait, non croyant, mais le rendez-vous avec la mort et ses mystères le tient dans l'expectative.

« Vous ne pensez jamais que vous allez vous retrouver vivant, mais autrement ? lui demande André Sève.

– Si, j'y pense, puisque je n'ai pas de certitudes, pas plus sur le trou que sur l'autre côté. Je me dis que, si Dieu existe, il n'accueillera pas trop mal Brassens. Je ne vois pas ce qu'il reprocherait à Brassens. Je suis un chrétien dans ce qui est essentiel parce que j'aime vraiment les gens, je suis gentil. Je reste tranquille quand je pense à la mort ; le trou ou autre chose, je reste tranquille, je n'ai jamais voulu faire de la peine à quelqu'un. Je mets la mort dans mes chansons, j'y pense, j'ai été très malade. Il y en a aussi qui m'y font penser. Vous avez vu le titre de *Ici Paris* il y a quelque temps : “On veut tuer Brassens” ? On a tout dit sur moi, que j'étais fini, que j'avais le cancer. Ils s'y entendent pour vous remonter le moral. Heureusement je suis fort, j'ai une grande résistance morale et physique. C'est la résistance des anarchistes. Par tempérament et par réflexion, je suis un anarchiste. Quand j'ai été malade, j'ai envisagé la mort avec beaucoup de sérénité. Mais, dès que la vie revient, on ne pense plus qu'à vivre au jour le jour, on est de nouveau envahi par une foule de détails qui vous empêchent de penser aux choses essentielles. Aujourd'hui, vous me faites penser, j'aime ça, d'ailleurs, j'aimerais en reparler plus longuement avec vous. Mais je suis tellement gentil, je n'aime pas faire de la peine, je voudrais entrer dans vos idées.

– Vous avez lu l'Évangile ?

– Vous voulez rire ? Je ne l'ai pas lu, je le lis, c'est mon livre. Je ne peux pas comprendre les chrétiens, ils ont l'Évangile, et ils ne vivent pas l'Évangile. Moi, je ne ferai jamais du mal consciemment. Comment est-ce possible que des gens mieux renseignés que moi, qui ont l'Évangile, qui ont vu ce qui se passe depuis 1914, aient mis si longtemps à être vraiment contre la guerre ?

– Que pensez-vous de ce qui a été fait au concile[12] ?

– Le concile, c'est un effort. Mais vous faites cet effort avec cinquante ans de retard. Vous auriez dû vous révolter plus tôt contre la religion qu'on vous faisait pratiquer. Vous avez entre les mains le bonheur des hommes : c'est "Aimez-vous les uns les autres". Il n'y a rien de mieux, mais qu'est-ce que vous en avez fait ? Pourquoi les catholiques, en 1914-1918, ne se sont pas révoltés à l'idée de ne pas appliquer l'Évangile ? Ils étaient même heureux de se casser la gueule, entre catholiques. Ceux d'en face avaient mis "Dieu avec nous" sur leur ceinturon.

– Que pensez-vous du pape Jean[13] ?

– C'était un anarchiste. Si vous saviez comme c'est bien d'être anarchiste. Lui, il s'est révolté, il a osé tout bousculer. Pie XII, lui, a pactisé, il a laissé massacrer les gens.

– Il a voulu sauver beaucoup de gens. Il était ardemment pour la paix, mais il était devant des problèmes sans solution.

– Les chrétiens ont trouvé trop de bonnes raisons pour faire accepter la guerre. C'est peut-être finalement pour ça que j'ai quitté les chrétiens. »

Cet entretien de Georges Brassens, paru en octobre 1966, et repris dans le magazine *Lectures pour tous*[14], permit au poète de se faire un nouvel ami chez les religieux. « Je suis venu, dira-t-il à André Sève, parce qu'il m'a semblé qu'il y avait en vous un amour de l'homme, le même que le mien, qui dépasse les credos. Vous ne m'êtes pas suspect. » Jacques Duquesne, à l'époque directeur délégué de *Panorama chrétien*, se souvient que, le dimanche suivant la parution de l'interview, le curé de l'église du Kremlin-Bicêtre avait cité des propos de Brassens au cours de son sermon.

« À la fin de la première messe, il n'y avait plus un seul exemplaire du journal qui était vendu sur place. L'Église des années soixante qui s'ouvrait, avec les encycliques *Mater et magistra*, sur la question sociale et *Pacem in terris* adressée au monde, même non catholique, correspondait à l'esprit fraternel des chansons de Brassens [15]. »

Panorama chrétien appartient à la Maison de la Bonne Presse fondée en 1890. Elle publie vingt-cinq titres, atteignant un tirage mensuel global de sept millions d'exemplaires, auxquels s'ajoute l'édition de livres et de disques. Les rédacteurs en chef des différentes publications sont tous des religieux secondés par des laïcs. André Sève, dépend du R.P. Guichardon, supérieur de la communauté des assomptionnistes de la Bonne Presse. Ce Savoyard, licencié ès lettres et docteur en théologie, a un violon d'Ingres : il écrit des romans policiers sous le pseudonyme de Jacques Ouvrard et il a même obtenu en 1959 le Grand Prix du roman d'aventures. Georges Brassens fut un peu surpris que le milieu de la presse catholique s'intéresse à lui. Quoique méfiant à l'égard des « cathos » qui sont assez accaparants, il se laissa convaincre de poursuivre sa conversation avec le père Sève à travers un livre. « J'avais eu l'idée de lancer une collection d'interviews aux éditions du Centurion, explique Jacques Duquesne. André Sève – Frère André, comme l'appelait Brassens – a donc fait ce livre qui a eu plusieurs éditions. Lors de sa sortie, on fêta l'événement par une réception à la Maison de la Bonne Presse, rue Bayard. D'éminents représentants du clergé français ont pu discuter avec Brassens qui était ravi de les rencontrer [16]. »

Après la disparition des *Lettres françaises*, qu'Aragon dirigea jusqu'en 1972, René Bourdier proposa à la troisième chaîne de télévision une série de « Rencontres impossibles ». La première était une belle affiche : Brassens-Mgr Marty, cardinal-archevêque de Paris. « La chaîne me donne son accord. Il me reste à en parler à Georges (je suis sûr pour Marty).

– Ah non, René, c'est impossible. Tu te rends pas compte de ce qu'on dirait de me voir discuter avec un archevêque.

J'essaie de ne pas lui montrer ma déception. Il bourre sa pipe, l'allume.

– À moins que ça te rende service...

Bien sûr qu'il sait d'avance que je n'insisterai pas. De quoi ai-je eu l'air quand je suis retourné rendre mon projet de contrat ? D'un con, aurait dit mon ami Georges [17]. »

27

Bretagne et Languedoc

Dans les coulisses de Bobino, un homme discret au milieu du va-et-vient des amis : c'est le père Cocagnac. Il est venu saluer Georges Brassens après son tour de chant et celui de Mireille, en vedette américaine. Ce dominicain a une petite notoriété en tant qu'auteur-compositeur et interprète. Comme Georges, le père Duval ou sœur Sourire, il s'accompagne à la guitare. Sa robe blanche est son costume de scène. Dans *Les Informations catholiques internationales*, on a pu lire à son sujet : « Les mélodies à notre goût ne se renouvellent pas suffisamment » ou encore : « Parmi la quinzaine de chansons du P. Cocagnac enregistrées jusqu'à ce jour, on relève de nombreuses similitudes de thèmes »[1]. Le R.P. Pierre-Marie Hoog, dans *L'Église qui chante*, rappelle que l'encyclique *Musicale Sacra Disciplina* a souhaité que les fidèles reprennent les cantiques populaires en famille, pour l'enseignement catéchistique. « Mais qu'ils n'hésitent pas, ajoute-t-il, hors de l'assemblée liturgique proprement dite, à exprimer leur foi par des chansons. »

Originaire de Tarbes, Maurice Cocagnac doit à sa mère musicienne, qui avait une jolie voix, ses dons de compositeur et d'interprète. « Brassens m'a reçu très gentiment. J'admirais ses chansons. Même les plus grivoises. En tant qu'ancien élève de l'École des beaux-arts en architecture, il en fallait beaucoup pour me scandaliser. Nous avons surtout parlé de sa chanson *Auprès de mon arbre.* Il m'a dit : "Je ne me vois pas planté au pied d'un arbre. Mais ça fait une belle chanson."[2] »

Mais, toi, tu manques à l'appel
Ma vieill' branche de campagne
Mon seul arbre de Noël
Mon mât de cocagne[3].

« Brassens, poursuit le père Cocagnac, ne se sentait pas concerné par la démarche chrétienne. Mais il avait une générosité que je souhaite chez beaucoup de chrétiens. Il voyait les choses en profondeur[4]. » Hormis un récital à la salle Gaveau et quelques passages en province, le dominicain a connu le succès en Allemagne. « Très tôt j'ai œuvré pour la réconciliation des deux peuples. Mon père était parmi les gazés de 14-18. J'ai fait de la Résistance durant la dernière guerre. N'ayant pas l'esprit revanchard, je suis allé chanter outre-Rhin pour que Français et Allemands s'avancent dans le chemin de la vie d'un même pas fraternel[5]. » Une des strophes de la chanson *Les Deux Oncles* illustre les propos du dominicain âgé aujourd'hui de quatre-vingts ans et vivant au couvent des Tanneries, dans le XIIIe arrondissement.

Que vos filles et vos fils vont la main dans la main
Faire l'amour ensemble et l'Europ' de demain
Qu'ils se soucient de vos batailles presque autant
Que l'on se souciait des guerres de Cent Ans[6].

Dans son livre sur les symboles bibliques, *La Parole et son miroir,* le père Cocagnac fait référence à l'art des mots, ce sortilège du verbe qui caractérise les chansons de Georges Brassens : « Cet enchantement, écrit-il, est le ressort de toute poésie, mais le poème, voué à l'inventaire de l'intérieur des choses, peut être, lui aussi, animé par un souffle divin. D'humbles réalités, en découvrant leur cœur, conduisent le contemplatif au seuil du mystère de Dieu [7]. » Le pouvoir de l'écriture biblique se retrouve dans l'affirmation de Jésus aux incroyants qui l'entourent : « En vérité, je vous le dis, les publicains et les prostituées arrivent avant vous au Royaume de Dieu. En effet, Jean est venu à vous dans la voie de la justice, et vous n'avez pas cru en lui » (saint Matthieu, 21, 31-32).

Écoutons la chanson *La Complainte des filles de joie* qui s'élève contre les abus de la prostitution.

Bien que ces vaches de bourgeois
Les appellent des filles de joie
C'est pas tous les jours qu'elles rigolent
Parole Parole
C'est pas tous les jours qu'elles rigolent [8].

Lorsque les « filles de joie » manifesteront pour leur liberté de travail, dénonçant l'esclavagisme des souteneurs, le collectif des prostituées de Paris se souviendra de Brassens, dans une lettre datée du 16 juin 1976 : « Cher Georges Brassens, nous les putains en lutte vous disons merci pour vos si belles chansons qui nous aident à vivre... Malheureusement nous n'avons eu votre adresse que très tard. Voici une invitation. Nous vous embrassons toutes. Vos copines du collectif, de tout cœur avec vous, toujours. »

« Si je n'avais pas réussi dans la chanson, je me serais fait gigolo ou voleur », confiait Brassens. Gigolo ? Son terrain de chasse – le XIVe – fixait une sérieuse limite à cette ambition. Par ailleurs, il n'était pas du genre à aborder une femme. « Dans les années cinquante, raconte René Bourdier, alors qu'il parcourait les Champs-Élysées en compagnie de Püppchen, il avait entendu cette réflexion d'une fille à une copine : "C'est Brassens ! Qu'est-ce qu'il est moche !"

Une remarque pas faite pour le guérir de sa timidité. Car il n'était vraiment pas entreprenant. Séduit lui-même par Brigitte Bardot, et sans doute flatté par la "commande" d'une chanson, il n'avait jamais compris la raison qui avait poussé la star à refuser son œuvre. Une mauvaise manière qu'elle lui avait faite là[9]... »

BB se rattrapera par une lettre reproduite dans la revue *Les Amis de Georges*. Elle écrit en juillet 1999 : « Il a accompagné ma vie et fait rêver toute ma génération. Je ne l'ai vu qu'une fois ! Nous partagions l'amour de la nature, de la campagne, de la vie simple, rustique. Nous aimions l'amitié, les copains, la musique, la guitare. Mais surtout les animaux ! L'immense pitié que nous inspirait leur sort... Une haine farouche du chasseur. Il a chanté leur humble misère. C'est en hommage à "la petite marguerite" que cette fleur si simple et si discrète est devenue mon symbole. J'aime Brassens, il est unique, irremplaçable. Il est entré dans l'immortalité par la grâce de son authenticité[10]. »

Brassens n'était pas Gainsbourg. Entre l'auteur du *Gorille* et la belle, il n'y a jamais eu de « Je t'aime moi non plus ». Malgré leur amour commun des animaux, Georges n'était pas dans le ton des soupirs de Brigitte qui incarnait l'image de la fille sensuelle et libérée. Son univers n'avait rien de tropézien. Impasse Florimont, Jeanne continuait de régner en maîtresse femme. Avec son petit julot plus jeune qu'elle de trente-sept ans, la Bretonne faisait de la peine à Brassens qui n'admettait pas ce mariage. « Georges ne peut pas comprendre, lui qui n'a pas de tempérament », confiait-elle[11]. Réaction d'ancienne amante toujours jalouse de Joha Heiman, dont Brassens disait dans l'intimité : « Entre Püppchen et moi, c'est une question de peau[12]... »

Jeanne est morte le 24 octobre 1968, à l'hôpital Saint-Joseph, à Paris. « J'étais avec Georges à l'hôpital, ce foutu soir, a raconté René Fallet. Calamity Jane, Grobidon, ainsi qu'il la surnommait, ne rentrerait plus à l'impasse. Aux côtés de mon "pote" Brassens, je savais qu'il avait perdu, en la perdant, bien des choses, et sa jeunesse, entre autres. » En revanche il n'avait pas perdu son sens de l'humour et de la repartie.

Au retour de Fallet et de Brassens, Püppchen s'exclama :

« Elle est vraiment morte, vous en êtes sûrs ?

– Si ce n'est pas vrai, c'est drôlement bien imité », répondit Georges du tac au tac.

De même avait-il eu ce mot qui n'était pas encore celui de sa fin quand une dépêche de l'agence France-Presse annonça prématurément sa mort, néanmoins au conditionnel : « Ça me semble nettement exagéré », dit-il à l'omniprésent René Fallet qui venait de lui communiquer la nouvelle !

Jeanne sera enterrée au cimetière de Bagneux. René Fallet, Jean-Pierre Chabrol et le second mari, Georges Sanjak, entourent Georges Brassens comme le montre une photo de *France-Soir* du 29 octobre. Jeanne Planche, née Le Bonniec, la Jeanne de Brassens[13], était entrée dans cette immortalité que donne une belle chanson :

Toi l'hôtesse quand tu mourras
Quand le croqu'-mort t'emportera
Qu'il te conduise à travers ciel
Au Père éternel[14].

Pour la petite histoire, on raconte que Jeanne, après son remariage, était partie en voyage de noces à Mobylette dans les Côtes-du-Nord, son département d'origine devenu Côtes-d'Armor. Elle retrouvait l'air marin de sa jeunesse qui lui fouettait le sang et des paysages que Brassens découvrit, dès 1956, en allant chez Michel Le Bonniec, le neveu de Jeanne qui lui servit de guide. Ce dernier lui dénichera une maison à Lézardrieux, près de Paimpol. Elle s'appelle Kerflandry, avec une petite plage en contrebas. « L'été 1971 marque son premier séjour, a écrit Pierre Berruer, journaliste à *Ouest-France*. Ouvrier de la chanson, il s'est mêlé à la cohue pour arriver le 1er juillet. Ce qui amuse énormément René Fallet : "Des fois qu'il manquerait un embouteillage !"

Aussitôt, il envisage des transformations dans la maison comme dans le jardin où il plantera des hortensias. Et il fait aménager, au premier étage, un bureau pour travailler. Il le dotera d'un orgue électrique et d'un mini-studio pour enregistrer ses musiques. Ici, il ne gênera personne[15]. » Comme à Crespières, les amis seront les bienvenus. Pierre Tchernia, en villégiature dans le Finistère, Yves Duteil, Joël Favreau, la veuve de Paul Fort, René Fallet, Louis Nucéra, Mario Poletti, Henri Delpont, Éric Battista arrivant de Sète avec son matériel d'artiste peintre, Fred Mella, le soliste des Compagnons de la Chanson, Marcel Amont qui vient aux commandes de son avion. Au programme : promenades, copieux déjeuners, navigation à l'embouchure de la rivière le Trieux à bord du canot pneumatique *Bombard*, discussions avec des autochtones tels que Pierre Mulot, professeur de dessin industriel, et André Gégou, directeur de collège. Püppchen envoie Georges faire des courses à Lézardrieux. C'est le seul moment de l'année où ils vivent ensemble et se comportent en mari et femme sous le regard du caniche Kafka. Brassens l'avait hérité de Jeanne comme le perroquet Jacquot qui se révélera être une Jacquote, le jour où il pondit un œuf !

À son départ du Méridien, il donna le perroquet gris cendré aux gérants de l'immeuble M. et Mme Thébault. À son répertoire : l'air siffloté des *Copains d'abord* mais seulement si « ça lui chantait ». En revanche, c'est sans se faire prier que le soir, au moment d'entrer dans sa cage, Jacquote lançait : « Dodo, Georges ! » Nous en parlons au passé car l'oiseau est mort en atteignant la soixantaine. Mme Thébault, ayant du mal à s'en séparer, l'a fait empailler et a offert sa cage à l'Espace Georges-Brassens de Sète...

Brassens, tombé amoureux de son coin de Bretagne, n'a

pas oublié pour autant sa ville natale. Il revient régulièrement, pendant les vacances, sur les bords de la Méditerranée voir sa sœur Simone, son jeune neveu Serge, son cousin et également filleul Georges Granier dit Cocotte parce que c'est un bavard invétéré[16], quelques amis comme Henri Delpont ou Laurent Spinozi que tout le monde appelle Lolo. Ce Raboliot de la mer construisait des cabanes et passait l'été à l'écart du flux touristique avec sa fiancée Édith, une richissime Allemande rencontrée à Ibiza, qui quittait son château pour une robinsonnade languedocienne. Les refuges de Lolo étaient l'endroit idéal pour Georges et Püppchen. En allant se planquer chez leur copain pêcheur dont la cabane itinérante autour de l'étang de Thau se repérait difficilement, ils évitaient les regards indiscrets et se sentaient loin de l'envahissante civilisation des loisirs.

Brassens voulait aussi fuir certains Sétois qui le dérangeraient à tout bout de champ. Gilbert Fourcaud, ancien médecin à l'hôpital, a des souvenirs précis d'« emmerdeurs » l'apostrophant lorsqu'il circulait sur sa Vespa dans les rues de la ville. Passager du tansad, il se rappelle, en effet, que Georges n'appréciait pas toujours ce genre de manifestation intempestive. Interrogé par le journaliste François Charcellay, il évoquera les visites du chanteur venu voir sa mère hospitalisée durant l'été 1955. « Pour être près d'elle, il avait annulé une tournée prévue dans la Manche. Il se montrait un fils exemplaire et très attentif. Il prenait tous ses repas de midi avec nous, mais avait posé comme condition qu'on ne lui demande pas de chanter[17]. »

À l'époque, l'hôpital de Sète, situé à l'emplacement de l'actuelle médiathèque, avait un personnel composé en partie de religieuses. Brassens était leur chouchou. « Elles l'aimaient beaucoup, poursuit Gilbert Fourcaud. Georges possédait une traction Citroën 15 et plusieurs fois, pour leur rendre service, il les emmena à la baraquette. Pour plaisanter, je le menaçais de le photographier en leur compagnie, lui le bouffeur de curé. Il prenait toujours cela avec le sourire [18]. »

Tous les cœurs se rallient à sa blanche cornette,
Si le chrétien succombe à son charme insidieux,
Le païen le plus sûr, l'athé' le plus honnête
Se laisseraient aller parfois à croire en Dieu.
Et les enfants de chœur font tinter leur sonnette... [19]

Après avoir raté la vente d'une maison à Bouzigues, sur l'étang de Thau, Georges Brassens acheta, en 1977, un appartement sur le quai Adolphe-Merle à Sète. Cet emménagement a lieu l'année de son dernier passage à Bobino qui sera son ultime apparition sur une scène [20]. Georges, qui a facilement le mal de mer [21], se montre un navigateur prudent. Il s'installera d'abord à la barre du *Sauve-qui-peut*, un petit voilier en bois de cinq mètres quarante qui continue de voguer comme un bateau fantôme dans sa chanson *Supplique pour être enterré à la plage de Sète.*

C'est une plage où même à ses moments furieux
Neptune ne se prend jamais trop au sérieux
Où quand un bateau fait naufrage
Le capitaine crie « Je suis le maître à bord
Sauve qui peut le vin et le pastis d'abord
Chacun sa bonbonne et courage » [22].

Après le *Sauve-qui-peut* qui sera exposé au musée Paul-Valéry et aura droit à un lifting à l'initiative de collégiens sétois, Georges Brassens fit construire par le chantier d'André Aversa une barque de sept mètres avec une cabine. Elle a été baptisée *GYSS* à partir des premières lettres de Georges, Yves, son beau-frère, Simone, sa sœur, et Serge, son neveu. Ce dernier en est aujourd'hui le propriétaire. Le bateau qu'il a fait rénover, propre comme un sou neuf, est amarré près de la berge d'un des canaux du centre-ville où s'affrontent les jouteurs, vêtus de blanc, lors des festivités de la Saint-Louis. Georges offrira à Vincent Stento, l'un des champions sétois, un pavois de bronze, réplique du bouclier de bois avec lequel, lance au poing, se défient les adversaires sur des barques propulsées par dix rameurs. C'était pour le remercier de son travail d'artisan car il avait installé les sanitaires de l'appartement du quai Adolphe-Merle.

René Iskin, le copain de Basdorf, habile à travailler le cuivre, confectionna des mini-pavois que Georges distribuait à ses amis sétois. Mais le cadeau qui en laissait pantois plus d'un, c'est quand il se séparait d'une de ses guitares. En 1957, il donna à Henri Delpont, pour son fils François qui voulait apprendre à en jouer, celle que lui avait offerte Jacques Grello en 1951. René Iskin en possède une ainsi qu'Éric Battista. L'ancien recordman de France du triple saut était l'athlète de la bande à Brassens. Devenu kinésithérapeute, il lui arrivait de masser Georges à sa sortie de scène. Le chanteur qui, dans sa jeunesse, avait été un bon nageur et sera tenté par la boxe entretenait sa musculature en soulevant des haltères et en tirant sur des extenseurs. Mais c'est le vélo qu'il a toujours préféré comme sport[23]. Son père lui acheta sa première bicyclette à onze ans.

« Un vélo d'homme. J'avais rabaissé le guidon et la selle. Tous les matins j'avais le cul sur la selle. Deux fois par semaine je faisais le tour de l'étang de Thau », racontera-t-il à Christian Montaignac[24]. Les coureurs du Tour de France, qu'il allait voir passer à Montpellier, le fascinaient. Il se rappelle toutes les villes-étapes des années trente. Il fredonne une chanson de l'époque : « Archambaud, Speicher, Lapébie sont partis tous trois de Paris pour tenter leur chance dans le Tour de France... » « Le sportif, il faut qu'il gagne, c'est cela qui est terrible. On ne peut pas faire la comparaison avec nous. Le public ne vient pas pour nous voir perdre. On ne me sifflera pas pour une fausse note (...) [25]. »

28

« J'ai perdu la foi »

Dans l'entourage de Georges Brassens, personne ne doutait de sa postérité. L'auteur du *Gorille* était considéré comme un véritable monument du patrimoine artistique français. Alphonse Bonnafé avait vu juste en écrivant de son ancien élève : « Voilà longtemps (depuis Hugo ou Rimbaud) qu'un poète n'avait pas pris les proportions d'un mythe. Il serait plaisant que celui-ci y parvienne[1]. » Certaines chansons de Brassens sont devenues des classiques qu'on étudie sur les bancs d'école. Ses manuscrits se retrouvent dans les ventes aux enchères. Le jeudi 4 mars 2004, le jour de la mort de Claude Nougaro, le marteau du commissaire-priseur de l'hôtel des ventes de Neuilly frappait la cadence. Quinze textes autographes de Georges se sont envolés.

Des chansons qui n'avaient pas de prix en ont obtenu un, indiscutablement. *Je me suis fait tout petit*, cinq strophes écrites sur quatre pages de format 21 x 27 cm : 1 200 euros. *Les Croquants*, quatre strophes écrites sur une feuille de papier quadrillé de format 21 x 27 cm, corrections au crayon sur plusieurs mots : 1 200 euros. *La Femme d'Hector*, huit strophes écrites, recto-verso, sur une feuille de papier quadrillé de format 21 x 27, provenant d'un classeur à trous, les quatre premiers vers soulignés et segmentés au crayon de couleur rouge : 1 200 euros. *Le Vieux Léon*, quarante-huit vers de quatre pieds se succédant au recto et au verso d'une feuille de papier quadrillé de format 21 x 27 cm, provenant d'un classeur à trous : 1 700 euros. Etc.

La vente se déroulant par ordre alphabétique, après Georges Brassens, ce fut au tour de Georges Clemenceau. Deux lignes autographes : « On les a ! G. Clemenceau », tracées, en grand et en diagonale, sur un programme pour une « Soirée récréative » donnée au Cercle des tirailleurs algériens, le 3 novembre 1918 : 100 euros ! Réaction de l'expert : « C'est pas facile de vendre Clemenceau après Brassens ! » De quoi faire marrer Nougaro parti « swinguer avec les anges ».

À bras-le-corps Brassens
À bras-le-corps de l'arbre
Où la vie et la mort
Entrelacent leur loi
Avant de replonger
Dans le torrent de barbe
Qui coule du menton
D'un Jupiter gaulois[2].

En 1968, le jeune chanteur Georges Sampa avait enregistré un 33-tours avec une chanson sur Brassens. De son vivant, il l'invitait à rejoindre la sainte élite au paradis. En référence à *La Prière* qui lui permit, en 1955, de gagner le crochet radiophonique de la RTF, Sampa intitula sa chanson iconoclaste *Je vous salue Brassens* :

Monsieur Brassens, bon père Noël,
Quand vous viendrez au paradis
Diable que la mort sera belle
On n' chantera plus j' m'emmerde ici[3]...

Georges Brassens, qui noircissait des dizaines de feuilles de papier avant que sa chanson ne trouve sa forme définitive, finira par s'étonner de la disparition de ses brouillons. Autour de lui, des copains bien intentionnés récupéraient les ébauches de textes. René Fallet, que Georges s'obstinera à appeler de son nom, était un de ces ramasseurs de « feuilles mortes ». « Au fond, remarque René Bourdier, je devais être son seul René. L'autre avait pour habitude ou manie de vider les corbeilles chez Georges et d'empocher tout débris de phrases, ou de vers, de l'écriture de Brassens. Il fut, c'est tout à fait certain, le plus grand collectionneur de manuscrits du "Gros" [4]. »

Georges demanda à Mario Poletti de lui procurer une malle dans laquelle il mettrait à l'abri ses notes et des objets divers qui avaient aussi tendance à se volatiliser. Il lui précisa qu'elle devait être fermée par un cadenas à chiffres et non pas à clef. « Il savait que l'on fouillait dans ses affaires. À la livraison, Pierre Onteniente était présent. Aussitôt, Georges manipule le fermoir et nous dit : "La combinaison sera 1881, date de naissance du vieil ours, mon père. À ce jour, nous sommes trois à connaître le code " [5] »

Brassens n'était pas dupe. Il savait que sa gloire posthume était un sujet qui revenait sur le tapis. Il n'ignorait pas non plus que Battista tenait un journal dans lequel il transcrivait le moindre de ses propos [6]. « À la manière dont se présente l'affaire, tes chansons semblent devoir te survivre. Il faudra auparavant que tu casses ta pipe : c'est la mort qui enfante l'immortalité ! J'espère être encore de ce monde pour assister à cette apothéose », disait Éric Battista [7]. « N'y compte pas ! lui répondait Brassens. Je t'enterrerai avant, comme promis. À t'entendre, il suffira donc que je quitte la terre pour devenir génie ? Je me tue à te le rabâcher : je n'aspire pas à cette renommée posthume que tu as le mauvais goût de me prédire. Le souci de la postérité est une aberration de vivant. J'ai bien des orgueils, excepté celui de ne pas mourir. Si j'avais voulu me prolonger, j'aurais procréé des rejetons, comme les boucs de votre espèce. J'aurais laissé une descendance : j'en connais la recette[8]. »

Contradicteur courtois, Éric Battista tirait alors de sa poche un quatrain du poète destiné à lui clouer le bec :

Du train où nous allons tout porte à croire, tout
Que la postérité sera plus con que nous.
En ce cas, à coup sûr, moi poète mineur
D'elle je recevrai les posthumes honneurs.

Ces quatre vers laissèrent Brassens perplexe : « Tu es certain qu'ils sont de moi ? Où es-tu encore allé pêcher ces raclures ? Dans ma boîte à ordures...[9] »

« Brassens (Georges), chanteur français, né à Sète en 1921, auteur de chansons poétiques, pleines de verve et de non-conformisme. » En faisant son entrée dans le *Petit Larousse* millésimé 1974, paru pour la rentrée scolaire 1973-1974, il rejoignait des personnalités triées sur le volet d'une immortalité plus sûre que celle de l'Académie française. Léo Ferré eut droit lui aussi à cet honneur. Charles Trenet attendit l'année suivante. Jacques Brel ne bénéficiera de cette reconnaissance qu'en 1980, en même temps que les Beatles et Ella Fitzgerald. Jean-Noël Nouteau, responsable depuis 1967 du service de presse et des relations publiques de Larousse, rencontrait les personnalités françaises les plus marquantes qui avaient été distinguées. Rendez-vous fut pris avec Georges Brassens par l'intermédiaire de Gibraltar. « Il nous a reçus très cordialement dans le salon de sa maison de la rue Santos-Dumont. J'étais accompagné d'une petite équipe de tournage de trois personnes dirigée par Guy Motté, responsable du studio photo. Brassens l'avait rencontré chez Larousse, à Montparnasse, pour les prises de vues du *Dictionnaire de la chanson française*[10]. »

Jean-Noël Nouteau demanda à Brassens ce que représentait pour lui d'entrer dans le *Petit Larousse*. « Ah ! c'est beaucoup d'honneur pour un seul homme. Je n'en espérais pas tant. Je ne pensais pas qu'en écrivant mes chansons on me ferait un jour cet honneur. Je regrette que ma mère soit morte car c'est à elle surtout que ça aurait fait plaisir... enfin, ça me fait plaisir aussi, bien sûr. Mais il est possible qu'un jour on m'en retire du dictionnaire parce que c'est déjà arrivé [11]. » Le chanteur parla ensuite de son travail et de l'aide apportée par le dictionnaire de référence. « Comme ma science n'est pas très grande, j'ai souvent besoin du *Larousse*, plutôt du grand, du reste, car il est quand même plus complet. Je le consulte très souvent. Et plus je le consulte, plus je m'aperçois que je ne sais rien. Heureusement qu'il est là [12] ! »

José Artur, l'animateur du « Pop Club » au Bar noir de la Maison de la radio, invita Georges Brassens pour son émission réalisée en direct. « J'ai le souvenir d'une soirée enfumée et surpeuplée, raconte Nouteau. Nous étions si serrés que, de temps à autre, le coude droit de Pierre Nicolas, à la basse, venait interrompre sa course dans mes côtes... [13] » La complicité entre Georges Brassens et José Artur, qui l'avait entendu chanter pour la première fois chez Patachou, en 1952, permettait des discussions sans entraves. Une phrase d'Artur le faisait rire : « Mourir pour le peuple, oui, vivre avec lui, non ! » Lorsqu'on interroge le fondateur du « Pop Club », une institution radiophonique, sur l'œuvre de Georges, il dit : « Brassens n'aimait pas ce terme. “Ça sent le monument”, marmonnait-il. Quoi qu'il en soit, elle est intemporelle. Elle est en droit de concourir pour la postérité. Héritier de Villon, Brassens aurait mérité d'être pendu au Moyen Âge [14]. »

Antoine Pol, l'auteur des *Passantes*, était le seul des « paroliers » de Georges Brassens qui ne soit pas dans le *Petit Larousse*. Georges rejoignait ainsi Louis Aragon, l'auteur d'« Il n'y a pas d'amour heureux » dont la musique était toute trouvée puisqu'elle avait servi d'accompagnement à

« La Prière » de Francis Jammes. Ce n'est pas très flatteur pour le poète qui n'aura pas droit à une musique originale. Il faut dire que Brassens détestait l'homme communiste. Un mépris entretenu par René Fallet, un véritable anar, lui, qui vouait aux gémonies les marxistes. Ayant accepté de mauvaise grâce de lire Aragon, Georges Brassens fut sidéré en découvrant que ce haïssable membre du parti stalinien était un grand poète. Il faudra que René Bourdier use de sa petite influence pour que leurs relations s'améliorent.

« Bien avant qu'il n'ait conscience de notre amitié, raconte l'ancien secrétaire général des *Lettres françaises*, Louis, en réunion de rédaction, avait descendu en flammes ce “type qui vous expédie sa sueur dans la figure”. Ça s'était produit à l'Olympia, Elsa Triolet et lui placés au premier rang. Georges, plus tard, me mimera le jet de sueur en avançant sa lèvre inférieure, et a su, par moi, qu'il avait fait mouche [15]. »

À chaque première des spectacles de Georges Brassens, parmi les invités figurait aussi Georges Hourdin, le directeur de l'hebdomadaire *La Vie catholique illustrée*. Grand amateur de chanson, il avait découvert Brassens aux Trois Baudets et s'était tout de suite intéressé à sa personnalité rebelle. Auteur de plusieurs ouvrages consacrés notamment à Mauriac, à Françoise Sagan, à Bernard Buffet, il est à la tête d'un journal qui tire à 470 000 exemplaires lorsqu'il décide, en mars 1967, de mettre Georges Brassens en couverture avec ce titre « À l'ombre du cœur de Brassens ». Le chanteur a déjà vendu quatre millions de disques, et son spectacle au Théâtre national populaire, en compagnie de Juliette Gréco, avait été un triomphe. Vingt chansons chacun pendant vingt-sept soirées et cinq matinées, du 16 septembre au 22 octobre 1966.

« C'est Brassens qui a fait l'affiche du TNP, a raconté Gréco à Bertrand Dicale, son biographe. Il a dit à Canetti : “Tu mets Gréco en haut et moi en bas.” Je n'étais pas la vedette du spectacle, mais il voulait que ce soit à parts égales. Il venait me voir jouer. Quelques mots : “Ça va ? – Oui, et toi ?” Tout ça avec ce regard qu'il avait, un regard très, très chargé. Puis je l'écoutais, le soir. C'était inexplicable : on reçoit une douche de beauté, de bonheur, de rires, de larmes, une douche de vie et de don de soi [16]. »

Cette forte impression d'humanité que Georges Hourdin ressent chaque fois que Brassens entre en scène symbolise à ses yeux ce que le pape Jean XXIII a déclaré : « Il vaut mieux être chrétien sans le dire que le dire sans l'être. » Lorsque Bernard Langlois, un de ses jeunes journalistes, lui propose d'interviewer le chanteur, il donne aussitôt son feu vert. « À l'époque, Brassens était quelqu'un qui pouvait encore choquer le lectorat de *La Vie catholique.* Il m'a reçu dans sa loge de Bobino, pendant la première partie. Nous avons discuté une bonne heure. Quand on frappait à sa porte il ne répondait pas. Il était très attentif, d'une grande modestie. L'entretien a fait pas mal de remous. Il y a eu des protestations et même des désabonnements [17]. »

Présenté comme un « entretien avec un grand poète », il occupe trois pages du journal. « Il prête à mes questions une attention sans faille, répond longuement, cherchant le mot juste, avec un souci de ne rien laisser dans l'ombre, d'aller plus profond », écrit Bernard Langlois en introduction. « J'ai perdu la foi en cours de route, souligne Brassens. Je ne dis pas que j'ai raison de ne pas avoir la foi, mais je ne l'ai pas ! Alors je ne peux rien dire d'autre. Mais je suis un homme qui vit dans un certain monde, dans un certain milieu, avec des gens qui croient, d'autres qui ne croient pas, d'autres qui ne croient plus et d'autres qui se mettent à recroire. Alors je parle de Dieu dans mes chansons... certains s'en sont étonnés, puisque je ne crois pas. Pourquoi ? Mais parce que je suis imprégné de l'idée de Dieu, les gens qui m'entourent sont imprégnés de l'idée de Dieu, de la morale chrétienne.

Et puis, il y a dans la morale chrétienne, qui a été la

mienne longtemps, beaucoup de choses que j'approuve. J'ai une morale qui emprunte un peu à la morale chrétienne, un peu à la morale anarchique... J'ai pris un peu tout ce qui m'a semblé être valable pour moi dans les différentes morales que j'ai rencontrées. Ça ne veut pas dire qu'il faille suivre mon chemin... C'est mon chemin, ma façon de voir des choses, avec mes imperfections, mes défauts, comme tout le monde du reste (...) [18]. »

Sa nouvelle chanson *Le Pluriel*, qu'il interprétera sur la scène du TNP, est une façon de voir les choses qui ne plaît pas aux militants. « Alors, c'est pour quand, la manif ? » (Aragon). Brassens a trouvé la réponse avec ce refrain contestataire :

Le pluriel ne vaut rien à l'homme et sitôt qu'on
Est plus de quatre on est une bande de cons [19].

Cette profession de foi individualiste lui vaudra une réplique cinglante de Jean Ferrat avec sa chanson *En groupe, en ligue, en procession* : « Je n'ai qu'une seule consolation/ C'est qu'on peut être seul et con/ Et que dans ce cas on le reste. » Brassens n'a pas l'ombre d'un atome crochu avec Ferrat, compagnon de route du PC, même s'il ne peut ignorer l'admiration que ce dernier lui porte. Georges a été sensible à la chanson *À Brassens* écrite par l'auteur de *Nuit et Brouillard* qui figure sur le même disque super-45-tours sorti en janvier 1964. Il ne peut pas nier non plus le talent de l'interprète avec lequel il débattra à « L'invité du dimanche », sur la deuxième chaîne de télévision, le dimanche 16 mars 1969. Jean-Pierre Chabrol avait eu carte blanche pour réunir un plateau prestigieux composé d'amis tels que Ferrat, Brassens, Brel, Francis Lemarque, le guitariste Sébastien Maroto, Arthur London, qui a publié *L'Aveu* adapté au cinéma par Costa-Gavras. Les propos de Jean Ferrat vont scandaliser le directeur de la chaîne qui les juge carrément subversifs. Il fait parvenir un mot à Chabrol sur le plateau : « Que Ferrat chante, soit, mais surtout qu'il ne parle pas[20]. »

À la fin de l'émission diffusée en direct, le directeur, furieux, déboulera au milieu des invités. Francis Lemarque a évoqué l'incident dans son livre de souvenirs : « Courageusement, il s'abstint de s'en prendre à Brassens, à London, à Chabrol et à Brel. Sa hargne se déversa sur moi avec une telle haine, que j'aurais pu la toucher du doigt : "Quant à vous, vous ne ferez plus jamais de télévision. J'en fais le serment !"[21] »

29

« Je ne crains pas la mort »

De retour de Chine où il était allé chanter, en septembre 1954, à l'initiative de l'écrivain Claude Roy et par l'intermédiaire des Amitiés franco-chinoises, Francis Lemarque, futur créateur de *Mon copain de Pékin*, pensa au copain Brassens. Pourquoi ne pas l'inviter à faire une tournée dans les grandes villes de l'ancien empire du Milieu ? Il lui écrivit pour lui proposer ce voyage au pays de Mao. Pas de réponse de Georges. Deux semaines s'écoulent lorsque Brassens, accompagné de Püppchen, vient sonner à la porte du pavillon de banlieue de Lemarque.

« J'ai préféré passer chez toi t'expliquer cela moi-même. Ta lettre valait mieux qu'un coup de fil, je te remercie d'avoir pris la peine de me l'écrire, mais je dois décliner ton invitation, les longs voyages et moi ne faisons pas bon ménage[1]. »

Georges Brassens s'est rarement produit à l'étranger, surtout lorsque le déplacement se comptait en longues heures d'avion. Il acceptera pourtant de se rendre au Québec en 1961, accueilli à sa descente d'avion par Félix Leclerc. Il chantera à Montréal, Ottawa, Trois-Rivières, Québec. Un public chaleureux l'ovationne. Son indéniable charisme a conquis les bien-pensants qui auraient pu être choqués par la gauloiserie de certains textes. Félix Leclerc, qui a veillé à la bonne marche de la tournée, aimait converser avec son ami. Un de leurs sujets de prédilection : la Camarde. Georges Brassens était fasciné par les histoires d'embaumeur de Félix qui avait exercé ce métier pendant quelques semaines. Travestir la mort pour qu'elle soit présentable aux vivants, quelle aventure ! Il ne se lassait jamais de l'entendre racontée par le poète du Québec.

« Sur une photo, on voit Brassens, les yeux exorbités, qui écoute les anecdotes macabres de Félix Leclerc comme le type coupé en deux par un train ou le cadavre gelé par le froid qui s'est ramolli et est tombé sur Félix[2] », se souvient Jean Dufour, ancien imprésario du chanteur. Les deux amis parlaient également de leurs croyances, du poids de l'Église dans la société. Félix Leclerc avait fait part à Georges de sa tristesse et de sa colère après son entretien à Paris avec Mgr Léger, l'évêque de Montréal. En plein désarroi conjugal, l'auteur de *Moi, mes souliers* voulait être réconforté par l'évêque qui, au contraire, lui fit une leçon de morale. Imprégné, comme Brassens, par une éducation catholique, il sortit de cette rencontre avec la rage au cœur. « Ils n'ont pas évolué depuis le Moyen Âge. La femme est toujours l'incarnation du péché. Il faut se soumettre... avancer dans les ténèbres. »

Lors de son séjour au Canada, on proposa à Brassens de faire un saut à New York où avaient émigré plusieurs de ses ancêtres italiens. Il déclina l'invitation alors que Püppchen, qui l'accompagnait, aurait volontiers visité la mégapole américaine. Georges ne pensait plus qu'à retrouver l'impasse Florimont et remettre les pieds dans ses pantoufles. Ses habitudes casanières avaient repris le dessus. Il faudra qu'un jeune professeur de l'université de Cardiff, Colin Evans, ayant le projet d'écrire un livre sur la chanson française, aille le voir rue Santos-Dumont pour que Georges envisage un voyage au pays de Galles avec Püppchen. Un mois plus tard, Colin Evans les retrouvait à l'aéroport de Cardiff. « Sur la route reliant l'aéroport à mon domicile, il remarque les maisons : "Bow-windows", fait-il, se souvenant soudain de ses cours d'anglais à Sète ! On joua les touristes : du magnifique château fort normand de Caerphilly où Georges fut surtout frappé par les petits canards sur l'eau, aux rues de Cardiff où Georges se promenait sans que personne ne le remarquât – ce qu'il n'avait pu faire depuis des années [3] ! »

Deux ans plus tard, en 1973, Georges Brassens accepta une seconde invitation de Colin Evans qui lui proposait d'inaugurer le nouveau théâtre de l'université de Cardiff. « Cette fois nous nous retrouvâmes à Heathrow. J'étais accompagné par Jake Thackray, auteur-compositeur-interprète assurant la première partie. Jake est l'auteur de merveilleuses traductions de Georges en anglais (notamment *Brother Gorilla*). Comme il l'a dit plusieurs fois en public depuis, pour lui, qui adorait Georges, cette expérience l'élevait au pinacle ! Apprenant à sa grande surprise que Georges Brassens venait en Angleterre, l'imprésario de Jake lui prête sa Rolls Royce avec chauffeur, et c'est ainsi que Georges et Püppchen découvrirent Londres en Rolls, de nuit, émerveillés par tout, heureux comme des enfants. Nous descendons dans un vieil hôtel traditionnel de Mayfair, Brown's, et le soir, invités par Jake au célèbre club de jazz Ronnie Scott's, nous allons applaudir la vedette de la soirée : Stéphane Grappelli, Grappelli, apprenant à l'entracte la présence de Georges dans la salle, croit à une blague, vient voir quand même, puis tombe dans les bras de Georges, les larmes aux yeux [4]. »

Le 28 octobre 1973, Georges Brassens, avec Pierre Nicolas à la contrebasse, chantait ses plus grands succès sur la scène du Théâtre Sherman de l'université de Cardiff. Le concert sera filmé par Karl Francis, un cinéaste gallois qui travaille pour BBC2. Il existe aussi un disque *live* qu'a produit Philips : « Georges Brassens in Great Britain » avec cette présentation : « France's most popular singer in concert, Cardiff 1973 ».

En fait, quand il voulait faire des rêves d'évasion et

voyager dans le temps et l'espace, Georges Brassens n'avait qu'à rendre visite à Pierre Mac Orlan, l'aventurier immobile de Saint-Cyr-sur-Morin. Excellent conteur, le vieil académicien Goncourt, auteur du *Quai des brumes*, de *L'Ancre de miséricorde*, de chansons envoûtantes comme *La Fille de Londres* ou *La Chanson de Margaret*, avait la capacité, sans quitter son fauteuil, de transporter son auditoire vers des horizons insoupçonnés. C'était aussi l'occasion pour Georges Brassens de bavarder avec Jean-Pierre Chabrol, voisin de Mac Orlan, dont l'improvisation orale valait le détour. « Merci, Jean-Pierre, écrira Brassens. Tu nous as appris le sens de ces mots magiques "Il était une fois" qui pour nous autres ne voulaient plus dire grand-chose (...) [5]. »

« La seule chose dont je suis sûr, c'est d'être né à Péronne, le 26 février 1882... », disait Pierre Mac Orlan dont le véritable patronyme était Pierre Dumarchey. L'écrivain, hanté lui aussi par l'ombre géniale de François Villon, avait trouvé en Brassens un créateur dont les chansons appartiennent à la littérature. En 1967, pour le quatre-vingt-cinquième anniversaire du romancier, René Bourdier demandera à Brassens et à Brel, suivi de son secrétaire Georges Pasquier, de venir à Saint-Cyr fêter l'événement.

Après l'arrivée de Monique Morelli, une des grandes interprètes des chansons de Mac Orlan, de Jean-Pierre Chabrol et de sa femme Noëlle, tout le monde se retrouva autour d'une table à l'hôtel Moderne, chez les frères Guibert. Le curé du village Marc Lenoir participe également aux agapes.

« Bonjour, monsieur le curé ! s'exclame Brel.

– Appelez-moi Marc.

– Je suis vraiment devenu anticlérical à outrance, poursuit Brel. Pas antireligieux. Il y a dans la religion un côté folklorique. »

Mac Orlan intervient : « Marc est peintre. Si Dieu et Van Gogh venaient en même temps sonner à sa porte, je suis sûr qu'il ferait d'abord entrer Van Gogh et dirait à Dieu d'attendre une dizaine de minutes. » Brassens, qui connaît bien Marc Lenoir, s'amuse de l'échange entre le curé et l'abbé Brel !

La jeunesse actuelle est évoquée. « Elle a besoin de bonté », dit Mac Orlan. « Souvent des gars viennent me voir, enchaîne Brassens. “On aimerait être copain avec vous, mais comment on fait pour être copain avec vous ?” Je dis que je n'en sais rien. Et aussi que je connais beaucoup de monde. Je ne peux donc être ami avec tous, je suis limité dans le temps. L'amitié, l'amour, tous les sentiments humains demandent du temps, du silence, et ça c'est un drame. Parce que c'est vrai, sur la terre il y a plein d'êtres qui valent mieux que nous, et qu'on aimerait connaître, qu'on voudrait aimer. J'en souffre de ça. De n'avoir pas le temps... [6] »

Devenir le copain de Brassens en allant hanter les coulisses de Bobino, c'est ce qui arriva au jeune journaliste Claude Villers, un de ses fans en cette année 1963. Il approcha Georges en fréquentant assidûment le music-hall de Félix Vitry pour lequel il écrivait les notules biographiques de la brochure vendue par les ouvreuses. « Il régnait alors à Bobino une ambiance bon enfant, familiale sans démagogie, sans paternalisme. C'est sans doute ce qui séduisait Georges. J'étais alors trop jeune pour apprécier la chance que j'avais d'évoluer près de lui. Trop jeune aussi pour prétendre appartenir à ses (nombreux) amis. Mais dès le début il m'avait accepté, je faisais partie de la maison et ça l'amusait de me voir jouer au “petit” grand reporter [7]. » Presque chaque soir, Claude Villers, depuis les coulisses, près du régisseur et du pompier de service, suivait le spectacle avec émerveillement. « Si bien que j'ai surtout de lui un souvenir “de profil”. De demi-moustache. Le seul moment où je le voyais de face, c'était après, dans sa loge ou pour prendre un pot, au bistrot, de l'autre côté de la rue, “chez la belle Polonaise” [8]. »

Serge Cazzani avait une dizaine d'années quand il entra vraiment dans la vie du poète qu'il considérera comme un second père. L'héritier de Georges lui doit d'inoubliables moments de bonheur quand il l'emmenait sur son bateau ou en balade à scooter dans l'arrière-pays. « N'ayant pas le droit de sortir à cause de ma mère, j'attendais avec impatience l'arrivée de mon oncle. Avec lui, j'étais enfin un gosse comme les autres. Il m'a beaucoup influencé. Je suis devenu un individualiste forcené et libertaire [9]. » Passionné d'automobile, ancien pilote de rallye, créateur d'écoles de conduite, il découvrit avec Georges la griserie de la vitesse. « Mon oncle avait acheté une Willis Auverland, genre Jeep, et une 15 CV Citroën, six cylindres, dont le compteur ne marchait qu'à partir de 150 kilomètres-heure. "Tu viens ? On va débloquer le compteur sur la route d'Agde", me disait-il avec un sourire complice [10]. »

Serge Cazzani se manifeste rarement, préférant rester dans l'ombre nostalgique de Brassens. En octobre 2001, à l'occasion du vingtième anniversaire de la mort du chanteur dont il eut du mal à accepter l'héritage, il déclara au journaliste Olivier Schlama : « Souvent, je m'allonge sur le tapis de la salle à manger et j'écoute ses disques en boucle... » Il ajouta : « Je ne suis pas heureux. On n'est jamais heureux, à cause de la mort. J'ai des moments de bonheur. Mais je ne suis pas fondamentalement heureux. Ce serait mieux d'être immortel... [11] »

Les coliques néphrétiques à répétition serviront de rideau de fumée à la maladie qui emportera Georges Brassens. Il préférait croire que ses calculs étaient à l'origine de ses douleurs abdominales. Comme sa mère, il mourra d'un cancer du côlon qui s'est généralisé. Brassens avait l'habitude de consulter le docteur Giacometti, installé rue Decrès, dans le XIVe. C'était le médecin de Jeanne et Marcel Planche. « Georges avait une confiance aveugle en lui », dit Pierre Onteniente [12]. Il l'enverra dans une clinique parisienne subir un check-up mais aucun signe de cancer ne sera décelé. C'est en septembre 1980, de retour de Lézardrieux, que Georges Brassens va commencer à s'inquiéter. La mort, en décembre, de son vieil ami Henri Delpont, victime du cancer, le poussera enfin à se soigner vraiment.

Le professeur Léon Schwartzenberg, qu'il a connu aux Trois Baudets, le fait hospitaliser pour un examen approfondi. Les analyses sont inquiétantes. Il propose à Georges une chimiothérapie que celui-ci refuse. « Ça y est, ils savent ce que j'ai. C'est un petit cancer. Mais rassurez vous, je vais continuer à écrire des chansons », confie-t-il à René Iskin et à sa femme Michou au téléphone. Avant de raccrocher, il ajoute : « Vous ne dites rien à personne, même pas à vos filles[13]. » Au début de l'année 1981, il est opéré à l'hôpital américain de Neuilly. Fatigué, amaigri, il rentre rue Santos-Dumont où il reçoit à nouveau les copains. « Victor Laville se souvient d'un après-midi où Georges était assis sur le divan, en face de la télévision. On venait de lui faire une piqûre : "Tu vois où j'en suis, Victor, je ne peux même plus me lever." Il raccompagne cependant son ami jusqu'à la porte : "Tu sais, cette fois c'est sérieux, pas comme les coliques néphrétiques."[14] »

De son côté, René Bourdier avait été bizarrement alerté par Aragon qui ne pressentait rien de bon pour « ton ami Brassens ». « Par cette remarque, Louis me témoignait son amitié en me prévenant contre la mauvaise surprise qu'il appréhendait pour moi. J'ai senti passer dans sa voix la pitié pour l'homme condamné[15]. »

Le père Christian Doumairon ne se doutait pas du mal qui minait Georges Brassens quand il le rencontra chez lui, à Sète, grâce au père Barrès. Cet entretien de deux heures eut lieu un après-midi d'avril 1980. Il était destiné au Centre diocésain d'information de Montpellier qui lançait, en collaboration avec FR3 Languedoc-Roussillon et les journaux régionaux, une enquête sur « La mort aujourd'hui ». « Comme le thème de la mort est fréquent dans ses chansons, j'avais souhaité en parler avec lui. Je suis arrivé avec un Nagra de Radio-France mais sans technicien. Voyant que je mettais la bande à l'envers c'est Brassens qui m'a expliqué le fonctionnement de l'appareil. J'ai trouvé un homme discret, chaleureux et vrai. Ce qui l'inquiétait beaucoup c'est la souffrance inutile. J'étais accompagné de Robert Barrès et du père Sautereau, le secrétaire particulier de l'évêque Mgr Boffet qui n'avait pas pu venir. Mais avant d'aller à mon rendez-vous il m'avait déclaré : "Vous avez une chance terrible de rencontrer cet homme." Brassens avait une délicatesse d'âme incontestable. Tout ce qui touchait l'homme le touchait. Il était persuadé que seul l'amour pouvait sauver le monde : "Si les gens s'occupaient un peu plus des autres, la terre luirait comme un soleil." Ce sens du prochain c'est pour nous le fondement de l'Évangile. Lorsque nous nous sommes quittés, il m'a dit : "Maintenant, on n'est plus des étrangers." [16] »

Interrogé sur la mort, il déclara : « Ce que je peux vous dire, c'est que je ne la crains pas. Contrairement à ce que beaucoup de gens pensent. Quand j'écris des chansons où je blague, j'ironise sur elle, ils pensent que je la crains. Je ne la crains pas, la mort, parce que la mort, si l'on croit en Dieu, bon, ce n'est pas grave, et si on ne croit pas en Dieu, ce n'est pas grave non plus : on disparaît complètement et c'est fini. Je ne la crains pas. À présent, dire ce que je sais de la mort, ce que j'en pense, je n'en pense rien. Plus j'avance en âge et moins je sais ce que c'est. Je m'aperçois que la mort existe chaque fois que quelqu'un que j'aime disparaît, quoi !

– Vous y pensez souvent ?

– Non, j'y pense que quand elle frappe, quoi ! Quand elle me frappe indirectement, quand quelqu'un meurt à côté de moi. Dernièrement, j'ai enterré Albert Simonin au cimetière de Montrouge. Je suivais son corbillard et je me disais : un jour viendra où on suivra mon corbillard ; je sais très bien qu'un corbillard c'est rien, qu'un cimetière c'est rien. J'y pensais là, et puis, quand je sortais de là je n'y pensais plus. Non, je ne pense pas très souvent à la mort, j'y pensais plus étant jeune que maintenant.

– Votre chanson sur le désir d'être enterré sur la plage de Sète ?

– Oui.

– Est-ce qu'il n'y a pas là le désir de rester avec ses amis ou de les retrouver ?

– Oui, enfin, j'ai des amis à Sète, et nombreux, et j'ai des amis partout. Tous les pays sont les miens. Tous les Français sont des Sétois pour moi. Non, je ne sais pas, j'ai fait ça pour m'amuser quand même.

Bien sûr, je vais revenir à Sète, enfin je ne sais pas si c'est tellement important d'être enterré à Sète ou au Père-Lachaise ou au cimetière Montparnasse. Je pense que vous n'êtes pas partisan de l'incinération ; être ou ne pas être incinéré... enfin je ne sais pas si c'est important ça, je crois que c'est important pour les vivants mais pour les morts, non. C'est quand même un sujet, un thème difficile – la mort – que j'ai pris, d'aucuns ont dit, pour l'exorciser. Moi j'ai pris ça pour rigoler quoi, pour m'amuser, pour en parler peut-être parce que c'est un thème comme les autres, je vous dis ; tous les poètes parlent beaucoup de la mort, pourquoi n'en parlerais-je pas ? À vrai dire, ça ne me préoccupe pas beaucoup ; le jour où la mort viendra, si elle n'est pas précédée de grandes souffrances, que je connais bien puisque je suis assez malade, non, la mort ce sera rien du tout ; alors pour moi qui suis, enfin qui crois être athée, qui crois ne pas croire, je pense que la mort est la cessation de la vie et que je rentrerai dans le néant où j'étais pendant la guerre de 14 ou pendant la guerre de 70, où j'étais en 1515, je crois que j'entrerai là-dedans, quoi ; parce que, quand même, bien des siècles se sont écoulés avant que je n'eusse la moindre idée de ce qui se passait dans le monde, je pense qu'il en sera de même quand je serai mort (...).

– Est-ce que vous souhaiteriez être prévenu en cas de maladie grave, d'une issue fatale ?

– Oui, mais je suis prévenu d'ailleurs d'une issue fatale, j'entre dans la cinquante-neuvième année ; je suis prévenu d'une issue fatale.

– On l'est tous.

– Oui, depuis très longtemps je sais que ça peut arriver du jour au lendemain ; oui, je pense que j'aimerais mieux être prévenu ; mais un médecin, le docteur Giacometti qui m'a soigné – j'ai toujours eu des difficultés moi, depuis l'âge de vingt-cinq ans, j'ai des ennuis avec mes pierres, je suis toujours en danger de mort à cause de cela, parce que j'ai les deux reins très abîmés – et j'avais demandé au docteur Giacometti, puisque des bruits ont couru à propos d'un cancer pour moi, et je lui avais dit : "Docteur" – il était beaucoup plus âgé que moi, on était de vieux amis mais je le vouvoyais vu qu'il avait vingt-cinq ans de plus que moi –, je lui disais : "Docteur, si j'avais un cancer – parce que je pouvais l'avoir puisqu'on le disait dans la presse et que je lisais dans les journaux et je l'entendais à la télé – si j'avais vraiment un cancer, est-ce que vous me le diriez ?" et le docteur Giacometti me disait : "Non, je ne vous le dirais pas", et je lui demandais pourquoi, il me répondait : "Peut-être que ça pourrait jouer sur votre moral et qu'il vaut peut-être mieux ne pas le dire." Moi je pense qu'il vaut mieux le dire, mais cela est très subjectif, en ce qui me concerne, j'aimerais mieux savoir, j'aimerais mieux que l'on vienne me dire : "Bon, tu n'en as que pour six mois, tu es cuit, c'est pas très grave, c'est tous les jours que dans le monde on fusille des gens qui savent qu'on va les fusiller (...) ils le savent... pourquoi pas nous ?"

Intervention de Robert Barrès : – Lorsqu'un de tes amis avait donné son corps à la médecine ça t'avait choqué à ce moment-là, je me souviens, tu avais dit : "Quand je pense qu'on va le disséquer !"

– Choqué... ça ne m'avait pas choqué, ça m'avait

inquiété parce que, c'est vrai, je l'aimais beaucoup et je ne savais pas ce qu'il allait advenir de son corps ; ça ne m'avait pas choqué : je ne suis ni contre ni tout à fait pour. En fait je ne suis ni contre ni pour rien, je dis ça parce que plus j'avance en âge et moins j'ai de certitudes (...). »

Épilogue

Il était 23 h 14...

Georges Brassens est mort dans la nuit du jeudi 29 octobre 1981, à Saint-Gély-du-Fesc, commune des environs de Montpellier. Püppchen était auprès de lui. La nouvelle sera rendue publique le lendemain par un correspondant anonyme qui a téléphoné à Europe 1 et presque au même moment par un flash de l'AFP qui tombe à 17 h 50. Le soir du 30 octobre, Barbara, qui chante à l'hippodrome de Pantin, est informée à l'entracte. « Ça ne lui aurait pas plus qu'on pleure », lance-t-elle au public saisi par l'émotion. Avant d'entrer en scène à l'Olympia, Yves Montand déclare : « Georges Brassens nous a fait une blague. Il est parti en voyage. Certains disent qu'il est mort. Mort ? Qu'est-ce que ça veut dire, mort ? Comme si Brassens, Prévert ou Brel pouvaient mourir. » À Bobino, Maxime Le Forestier, qui s'apprête à chanter *Dans l'eau de la claire fontaine,* remarque : « Ce soir le théâtre de la chanson et du rire a du chagrin, pas beaucoup de rire, mais Bonhomme a laissé des chansons. »

Mourir à Saint-Gély-du-Fesc et non pas chez lui à Sète, sauf pour les proches c'est une surprise. À tel point que le *Petit Larousse,* dans plusieurs éditions successives, indiquera Sète comme ultime étape lors du grand saut. Georges Brassens avait accepté la proposition du docteur Maurice Bousquet, un ami d'Éric Battista, de venir s'installer dans sa maison de Saint-Gély pour y être soigné en toute discrétion au sein d'une famille heureuse de l'accueillir. Un jour d'avril 1981, il débarque chez les Bousquet, Maurice, chirurgien, sa femme Monique, infirmière, les quatre enfants Anne, Sophie, Françoise et Jacques, six chiens, un chat, un lapin nain et des poissons rouges.

Le docteur Bousquet l'opère pour la première fois le 5 juin. « Il est allé au bloc avec une décontraction qui frisait l'inconscience. S'agissant d'une intervention lourde où l'attention et la sérénité de chacun étaient nécessaires, j'ai dû mettre un bémol à ses exubérances (...). Je suis intervenu de nuit, faisant pénétrer mon patient non par l'entrée des artistes, comme il lui était coutumier, mais par celle de service, et en rasant les murs. Seuls mes collaborateurs étaient obligatoirement dans la confidence, sœur Josèphe assurant l'intendance comme en secret de confession[1]. »

En période de rémission, donnant l'impression d'être en forme, bronzé, il s'autorise des sorties, se rend même à Paris et en Bretagne en juillet et en août en compagnie du couple Bousquet qui veille au grain. Visite en septembre du professeur Léon Schwartzenberg, rue Santos-Dumont. « Georges s'étant absenté, nous nous opposons sur l'opportunité de dire au malade toute la vérité sur son devenir. Il est pour, je suis contre. Comme toujours dans ces discussions qui se veulent philosophiques, chacun campe sur ses positions. Il ne dira rien[2]. » Le 7 octobre, Georges Brassens téléphone à Maurice Bousquet reparti à Saint-Gély : « Viens me chercher. » Le 10, le docteur est à Paris avec Éric Battista. Ils repartent avec Georges le lendemain.

Le chirurgien l'opère à nouveau la nuit, sans hospitalisation préalable. Quelques jours avant sa mort, Brassens lui dit : « Quand le moment sera venu, tu me feras traverser Sète ventre à terre et veille à ce que l'on ne me fasse pas arrêter à l'église comme ils l'ont fait pour mon père. » Les religieuses de la clinique lui font parvenir un message par l'intermédiaire du docteur Bousquet : « Vous direz à M. Brassens qu'hier nous avons prié pour lui. » Georges a les larmes aux yeux : « Tu sais, je ne suis pas un mécréant, comme certains disent », confie-t-il à Monique. Le 22 octobre, Georges Brassens a soixante ans : champagne et gâteau d'anniversaire malgré tout. Sa guitare est à portée de la main, la dernière chanson qu'il fredonne à ses amis est *Maman... papa...* Vint le 29 octobre.

« Il nous était devenu évident que l'évolution arrivait à son terme. La journée fut difficile ; j'attaquais les symptômes au coup par coup, mais sans grands résultats et sans plus aucune conviction. Affreux. (...) Vers vingt heures, la respiration devenant plus courte, j'appelai un ami cardiologue qui suggéra qu'une ponction pouvait être provisoirement bénéfique. Pendant que j'opérais, Georges, assis au bord du lit, courbé en avant, solidement agrippé aux épaules de "mon cher confrère", jugea tout le drôle de la situation. "Vous savez, docteur, c'est la première fois que je me couche sur un homme. Parole." Ce fut la dernière pirouette du bon maître. Ensuite, tout alla très vite et nous assistâmes avec Monique au départ heureusement inconscient vers la "fosse commune du temps". Il était 23 h 14[3]. »

Dans un village voisin de Saint-Gély-du-Fesc, Richard Parreau est abasourdi : Brassens vient de casser sa pipe à deux pas de son domicile. La première chanson de Georges qu'il entendit, *Fernande*, lui donna ce frisson sacré qui ne s'oublie pas. Il avait douze ans à l'époque. Il écouta les autres chansons avec autant d'enthousiasme et s'acheta une guitare. Le poète lui traçait le chemin : chanter Brassens envers et contre tout. Richard se fit la promesse que, le jour de ses dix-huit ans, il essaierait de rencontrer son idole. Sa date anniversaire arriva enfin : le 29 octobre 1981. « Il est mort à cinq kilomètres de chez moi. J'attendais ma majorité pour conduire ma voiture et aller à Sète. Dire qu'il suffisait d'un vélo pour lui rendre visite à Saint-Gély[4]... » Richard Parreau a enregistré son premier CD

« Chante Brassens » en 1996 et tourne un peu partout en France.

Pour Jean Bernard, sa scène sera le métro parisien où il a chanté Brassens de 1991 à 1996. Il obtiendra un certain succès qu'il analyse ainsi : « Les textes ne prennent pas les gens pour des idiots et c'est finalement ce que réclame le public de la rue qui est le seul valable puisqu'il n'a aucune pitié, aucune indulgence. Vous passez ou non. Le rythme jazzy inspiré par le swing, frappé tout du long par une guitare sèche, se prête admirablement au voyage, presque au mouvement du train, des portes qui se ferment. Les meilleures chansons pour cela : *Oncle Archibald, Le Vieux Léon, Auprès de mon arbre, Les Croquants.* D'autre part, il y a dans les chansons de Brassens une philosophie bien adaptée. Elles fuient l'aliénation du monde moderne, retournent aux sources naturelles et dans le métro (boulot dodo) apportaient une compensation, une évasion de quelques minutes qui touchaient un public troupeau malgré lui[5]. »

Lorsqu'il n'était pas toujours fidèle avec le texte, les gens ne manquaient pas de le lui faire remarquer. *Les Patriotes* lui valut cette réaction d'une jeune femme : « Voilà une chanson plus efficace que l'ONU, Greenpeace et toutes les manifs réunies ! »

Les invalid's chez nous, l' revers de leur médaille
C'est pas d'être hors d'état de suivr' les fill's, crénom de nom
Mais de ne plus pouvoir retourner au champ de bataille
Le rameau d'olivier n'est pas notre symbole, non[6] *!*

Début novembre 2002, la Foire du livre de Brive-la-Gaillarde battait son plein. Dans la cité corrézienne que le poète a fait entrer dans son répertoire légendaire avec sa chanson *Hécatombe,* un petit homme en noir, coiffé d'un béret, perdu dans ses pensées, n'intéressait que de rares visiteurs au stand des ouvrages religieux. L'abbé Pierre est passé quasi inaperçu sous la halle Georges-Brassens.

Trompettes
De la Renommée
Vous êtes
Bien mal embouchées[7] *!*

Notes

Chapitre 1. Un beau sourire d'homme

1. *Paris-Match*, 13 novembre 1981.
2. *Idem.*
3. *Supplique pour être enterré à la plage de Sète*, 1966, Éditions musicales 57.
4. Témoignage de René Bureau à l'auteur.
5. *Idem.*
6. *Idem.*
7. Témoignage de Roger Abat paru dans la revue de poésie *Vagabondage*, n° 59, avril/mai/juin 1985 consacré à Georges Brassens.
8. *Une chanson qui nous ressemble*, Jean-Marie Planes, Éditions Confluences, Bordeaux, 2001.
9. Témoignage de Bernard Clavel dans *Monsieur Brassens*, Maurice Bousquet, Éditions de l'Équinoxe, 1991.
10. *Je me souviens de Georges...*, Pierre Cordier, photographies et souvenirs, Arthémus, les Éditions d'Imprim'art, 1998.
11. Gainsbourg aurait dit à Jane Birkin : « Maintenant il ne reste plus que moi. » *Gainsbourg*, Gilles Verlant, Albin Michel, 2000.
12. *Je me souviens de Georges..., op. cit.*
13. *Le Rêveur blessé*, Christian de la Mazière, Éditions de Fallois, 2003.
14. *Une chanson qui nous ressemble, op. cit.*
15. *Jacques Brel, une vie*, Olivier Todd, Robert Laffont, 1984 ; réédition septembre 1998.
16. Témoignage de Joël Favreau paru dans la revue *Signes*, Nantes, n° 15, mars 1992.
17. Mot de René Fallet à Jacques Caillard, P-DG de Philips, 17 février 1982.

18. *La Mort*, Vladimir Jankélévitch, Flammarion, 1977.
19. *Le Mécréant*, 1960, Éditions musicales 57.
20. *Chanson pour l'Auvergnat*, 1954, Éditions Ray Ventura.
21. Témoignage de René Iskin à l'auteur.
22. *Idem.*
23. Témoignage de Patachou à l'auteur
24. *Idem.*

Chapitre 2. Une force spirituelle

1. En 1928, par arrêté ministériel, Cette prendra officiellement le nom de Sète.
2. C'est la dernière émission de télévision de Georges Brassens. Elle sera rediffusée sur TF1, le vendredi 30 octobre 1981, après l'annonce de sa disparition.
3. Témoignage de Régine Monpays à l'auteur
4. Témoignage de Victor Laville à l'auteur.
5. Témoignage du cardinal Paul Poupard à l'auteur.
6. *Idem.*
7. *Idem.*
8. *Conseils à un jeune poète.*
9. Préface au livre de Marc Andry, *Charles Trenet*, Paris, Calmann-Lévy, 1953, coll. Masques et Visages.
10. *Boum*, Paris, Vianelly, 1938.
11. Il avait tourné dans le film de René Clair *Porte des Lilas* où joue Georges Brassens. À Vernouillet, en 1962, Georges participa en compagnie d'Alain Bouvette à l'émission « Intervilles » organisée par le quotidien *Le Parisien libéré.*
12. Témoignage de Zappy Max à l'auteur.

Chapitre 3. Une histoire d'amitié

1. *Moustache tambour battant*, propos recueillis par Guillaume Hanoteau, Julliard, 1975.
2. Témoignage du photographe Francis Clément à l'auteur
3. *Le Fossoyeur*, Éditions Ray Ventura, 1953.
4. « Rosaire » termine « L'Église habillée de feuilles », dernière section du recueil *Clairières dans le Ciel* paru en 1906, peu après la conversion de Francis Jammes.

5. *Francis Jammes, le Ciel retrouvé,* abbé Joseph Zabalo, Éditions du Carmel, coll. Témoins de vie, 2001.

6. Le père Kaelin de Fribourg (Suisse) a arrangé pour chœur l'œuvre de Brassens. Le père Emmanuel, de l'abbaye bénédictine de Belloc (Pyrénées-Atlantiques), a fait une adaptation de l'ensemble du « Rosaire ».

7. Georges Brassens a modifié le vers « Murmurent sous la pierre » qui devient « Semblent dire sous la pierre ».

8. *L'Entre-Trois-Guerres de Paul Valéry,* François Valéry, Éditions Jacqueline Chambon, Nîmes, 1994.

9. *Idem.*

10. Lettre datée du 27 août 1948. Elle figurait, avec plusieurs autres, dans la partie de l'exposition consacrée aux liens de Georges Brassens avec Joha Heiman, Espace Georges-Brassens, 2003.

11. *Georges Brassens, entretiens et souvenirs intimes,* Éric Battista, Éditions Équinoxe, 2001. Né à Sète, Éric Battista, ancien champion de France et recordman de France du triple saut, avait été surnommé le Sauteur par Georges Brassens.

12. Témoignage du père Robert Barrès à l'auteur.

13. *Idem.*

14. « Le pseudo-mécréant et l'ami curé », dans « 20 ans déjà », spécial Brassens du *Midi libre,* jeudi 25 octobre 2001.

15. *Toute une vie pour la chanson,* Éditions du Centurion, 1975.

16. *La Croix,* 3 novembre 1981.

17. Témoignage de Raymond Devos à l'auteur.

18. « L'élixir d'un sage », dans *Propos sur le bonheur,* La Bibliothèque du XXe siècle, France Loisirs, 1989.

Chapitre 4. « Je vous salue, Marie »

1. Œuvre des pénitents blancs en 1718, elle devient salle de réunion sous la Révolution, puis église Saint-Joseph en 1803. Les orgues du facteur Puget de Toulouse y ont été installées en 1862.

2. *Tempête dans un bénitier,* 1976, Éditions musicales 57.

3. *Paroles de Brassens,* avec Jean-Pierre Chabrol et Jean Lhote.

4. *Georges Brassens,* Alphonse Bonnafé, Seghers, coll. Poètes d'aujourd'hui, 1964.

5. Le prénom Georges fut choisi en souvenir de Georges Brassens, le frère de Jean-Louis Brassens, mort à vingt-trois ans d'une pleurésie. « Il y a donc eu, avant moi, enterré à Sète, un Georges Brassens. On n'est jamais le premier nulle part... », constatera Brassens dans *Georges Brassens, entretiens et souvenirs intimes, op. cit.*

6. *Paroles de Brassens, op. cit.*
7. *Le Pornographe*, 1958, Éditions musicales 57.
8. Renseignements communiqués à l'auteur par l'écrivain Gilles Henry, spécialiste de généalogie.
9. Témoignage de Catherine Lopez à l'auteur.
10. *De Cette à Sète*, Paul-René Di Nitto, préface Jean Sagnes, Éditions Espace Sud, Lunel-Viel, 1997. Pendant l'entre-deux-guerres, une nouvelle vague d'immigrants italiens et espagnols va s'implanter à Sète.
11. *De Cette à Sète, op. cit.*
12. *Jeanne Martin*, 1985, Éditions musicales 57.
13. Il obtint le prix Goncourt en 1916 pour *Le Feu, journal d'une escouade*, paru aux Éditions Flammarion.
14. Georges Brassens se produisit à Dijon en 1955, 1958, 1964, 1966 et 1969. Le pittoresque chanoine Kir, député-maire de la ville, fut reçu au Kremlin par l'autre M. K., le 9 septembre 1964.
15. Jacques Brel s'expliqua sur son surnom dans une émission diffusée sur Europe 1, le 13 juin 1962 : « On m'a surnommé l'abbé Brel parce qu'il y a un côté mystique dans certaines chansons, dans certaines musiques aussi. »
16. La colline de Saint-Clair, vue de la haute mer, fait penser à une baleine, *cetius* en latin. C'est probablement l'origine de l'ancien nom « Cette ». Les matelots phéniciens y voyaient plutôt un lion allongé, *settim* dans leur langue, « Sète » de nos jours.
17. Pareille à une guinguette, la baraquette, construite en pierres et en bois, avec une tonnelle rustique, fleurissait autrefois sur les pentes de la colline. On y dansait en buvant le vin du pays.
18. *Sète et le mont Saint-Clair*, Charles Groc de Salmiech, Domens imprimeur-éditeur à Pézenas, 1995.
19. *La Prière* a été enregistrée le 17 novembre 1954, disque 78-tours, Polydor 560.492. Figure également la chanson *Gastibelza*, d'après Victor Hugo.
20. *Georges Brassens, op. cit.*

Chapitre 5. Hommage aux ancêtres

1. *La Mauvaise Réputation*, 1952, Éditions Ray Ventura.
2. *La Guerre de 14-18*, 1962, Éditions musicales 57.
3. *Brassens avant Brassens*, Émile Miramont, L'Archipel, 1993, édition complétée et mise à jour en 2001.
4. *Grand-Père*, 1957, Éditions musicales 57.
5. *Auprès de mon arbre*, 1955, Éditions Ray Ventura.

6. Lettre de Georges Brassens, datant de 1966, communiquée par Gilles Henry à l'auteur.
7. Témoignage de Gilles Henry à l'auteur.
8. *Le Petit Joueur de flûteau*, 1963, Éditions musicales 57.
9. *Le Livre d'or de la poésie française*, Pierre Seghers, seconde partie (tome 1) : « De 1940 à 1960 », Marabout, 1969.
10. *Idem.*
11. Lettre à Roger Toussenot datée du 6 mai 1949.
12. *Les Copains d'abord*, 1966, Éditions musicales 57.
13. *Le Testament*, 1955, Éditions Ray Ventura.
14. *Toute une vie pour la chanson, op. cit.*
15. *Maman... papa...*, 1953, Éditions Ray Ventura.
16. Témoignage de René Iskin à l'auteur.
17. *Idem.*

Chapitre 6. Le temps du STO

1. *De Cette à Sète, op. cit.*
2. Texte de Pierre Mac Orlan pour le programme du récital de Brassens à Bobino en 1962.
3. Préface de Jean-Jacques Gautier au microsillon 33,5 tours « Georges Brassens chante les chansons poétiques (... et souvent gaillardes) de... Georges Brassens », LP 530.011 et LP 530.024, Polydor 1953-1954.
4. Texte de Jacques Prévert pour le programme du récital de Brassens à Bobino en 1962.
5. Témoignage de René Iskin à l'auteur.
6. *Idem.*
7. *Idem.*
8. *Brassens, une vie*, André Larue, préface de Raymond Devos, IGE éditeur, 1982.
9. Témoignage de René Iskin à l'auteur.
10. Soixante ans après, René Iskin les a enregistrées dans un CD « Retour à Basdorf », accompagné à la guitare par Yves Uzureau et Didier Uzureau et à la contrebasse par Thierry Guérin.
11. Témoignage de Bernard Clavel à l'auteur.
12. *Brassens au bois de son cœur, trente ans de chansons*, Jean-Paul Sermonte, Éditions Didier Carpentier, 2001.
13. Sophie Duvernoy, la gouvernante de Georges Brassens, avait pris l'habitude de l'appeler « mon bon maître » avec affection et un brin d'ironie. Certains de ses amis se sont amusés à reprendre l'expression qui ne déplaisait pas au chanteur.

14. Le moulin de la Bonde faisait partie des treize moulins du ru de Gally qui alimentaient en grain et en farine le château de Versailles sous Louis XIV.
15. *Brassens, une vie, op. cit.*

Chapitre 7. La maison du bon Dieu

1. Lettre à Roger Toussenot datée du samedi 18 décembre 1948.
2. Texte de René Fallet, dans *Allons chez Georges Brassens,* 1961, 45-tours Philips 432.802 BE.
3. *Paris-Match,* n° 260, 20-27 mars 1954.
4. « Les amoureux qui écrivent sur l'eau », dans *La Mauvaise Réputation,* Georges Brassens, préface de René Fallet, Denoël, 1954. Le volume est dédié « À Jeanne et Marcel ».
5. *Jeanne,* 1962, Éditions musicales 57.
6. *Georges Brassens... chez Jeanne 1944-1952,* Josée Stroobants et Éric Zimmermann, préface de Pierre Onteniente, Éditions Didier Carpentier, 2001.
7. Témoignage de Pierre Onteniente à l'auteur.
8. *Brassens avant Brassens, op. cit.*
9. Témoignage de Pierre Onteniente à l'auteur.
10. *Georges Brassens,* Jean-Michel Brial, Éditions PAC, Paris, 1985.
11. « Georges Brassens et Jacques Brel », émission d'Europe 1 avec Jean Serge, 13 et 23 décembre 1965, 13, 18, 24 janvier 1966.
12. Selon l'Évangile de Matthieu.
13. *Jésus,* Jacques Duquesne, Desclée de Brouwer/Flammarion, 1995.
14. « Amour implicite de Dieu », texte inédit de Simone Weil publié dans *La Revue des deux mondes* avant de paraître dans un volume des *Œuvres complètes (Écrits de Marseille, I),* Gallimard.
15. Cette rengaine qui tourne en dérision le Service du travail obligatoire sera chantée dans tout le camp. « C'est nous les PAFS./ Les jeunes philanthropes/ C'est nous les PAFS./ Les jeunes philantrophes/ Qui sommes venus ici faire la nouvelle Europe (...) On nous a dit/ Que c'était pour la France/ On nous a dit/ Que c'était pour la France/ Et le plus rigolo/ C'est qu'y a des cons qui l' pensent (...) »
16. « L'amour de la musique et de la langue française », avec Philippe Nemo, France Culture, 17 et 19 février 1979.

Chapitre 8. L'ombre de Villon

1. *Georges Brassens*, René Fallet, Denoël, 1967 ; nouvelle édition revue, corrigée et augmentée en 2001, avec une présentation d'Agathe Fallet qui souligne que son mari, mort deux ans après Georges, avait tenu son engagement lors de la disparition de son ami : « Le *Brassens* de René Fallet ne reparut pas dans la cohorte des brûleurs d'encens... »
2. *Splendeur et misères de René Fallet*, Jean-Paul Liégeois (entretiens et témoignages), Denoël, 1978.
3. *Idem.*
4. *Idem.*
5. Georges Brassens a préfacé l'édition de *Banlieue sud-est* au Livre de Poche. Son texte est daté du 2 décembre 1965. Il écrit notamment : « Allez, Fallet ! Tu as bien mérité de nos vingt ans et de ta patrie. Un de ces quatre jours, les édiles de Villeneuve combleront une lacune. Ils te consacreront une place. Un Rodin local enlèvera tout ce qu'il y a de trop dans un bloc de marbre et fera un chef-d'œuvre avec ta tête. Et nous autres tes amis nous serons tous là, vieux zazous, et nous rirons bien dans nos moustaches blanches (car, tu le sais, la grâce que je te souhaite, c'est de passer la barque fatale avant moi car je t'aime en dépit de tes lunettes et de tes cannes à pêche). »
6. *Splendeur et misères de René Fallet, op. cit.*
7. *Georges Brassens*, Jean-Michel Brial, *op. cit.*
8. *Brassens avant Brassens, op. cit.*
9. Lettre à Roger Toussenot, 30 mai 1950.
10. *Brassens, une vie, op. cit.*
11. *Marinette*, 1955, Éditions Ray Ventura.
12. *La Mauvaise Réputation*, 1952, Éditions Ray Ventura.
13. *Brassens poète érudit*, Bertrand Redonnet, préface de Denis Montebello, Arthemus, 2001.
14. *Idem.*
15. Préface de René Fallet dans *La Mauvaise Réputation, op. cit.*
16. « Radioscopie », entretien avec Jacques Chancel, France Inter, 30 novembre 1971.

Chapitre 9. Tendresse et provocation

1. *Brassens, héritier des Grands Rhétoriqueurs*, Jacques Cellard, Milan, 3-4 décembre 1991, publication de la Fondation Ricciotto Canudo.
2. *Le Moyenâgeux*, 1966, Éditions musicales 57.

3. *Brassens ou la chanson d'abord,* Jacques Vassal, Albin Michel, 1990.
4. *Splendeur et misères de René Fallet, op. cit.*
5. *Idem.*
6. *Brassens,* Philippe Chatel, préface de Louis Nucéra ; 2e édition revue et augmentée, Le Cherche-Midi éditeur, 1980.
7. *Georges Brassens,* Louis-Jean Calvet, Payot & Rivages, 2001. L'auteur y explique que l'on parle de rythme binaire chaque fois que l'unité de temps d'une mesure est divisible par deux (une ronde, une blanche, une noire ou une croche) et de rythme ternaire quand l'unité de temps est divisible par trois, c'est-à-dire qu'elle correspond à une note pointée.
8. « La chanson, art de l'adolescence », Pierre Mac Orlan, dans *Arts,* 28 mars 1956.
9. Dans l'esprit surréaliste, Georges Brassens stigmatise l'académicien français, chantre des vertus bourgeoises et de l'ordre moral. En qualifiant Gaston Gallimard de « voleur monstrueux », il trouve une expression à la manière de Louis-Ferdinand Céline.
10. *Brassens. Lettres à Toussenot 1946-1950,* recueil composé par Janine Marc-Pezet, Éditions Textuel, 2001.
11. Témoignage de Jacqueline Brault, collaboratrice du Mercure de France, à l'auteur.
12. « Georges Brassens et Jacques Brel », Europe 1, avec Jean Serge, *op. cit.*

Chapitre 10. La dame de cœur

1. *Brassens, une vie, op. cit.*
2. Témoignage de René Iskin à l'auteur.
3. Lettre reproduite dans *Brassens, une vie, op. cit.*
4. Jacques Kryn qui deviendra maire de Cadenet, dans le Vaucluse, a fait le récit de sa rencontre avec Georges Brassens à Georges Boulard, collectionneur et organisateur des Journées Brassens de Vaison-la-Romaine. Le poète n'avait jamais parlé des événements en question.
5. Dans son livre *Brassens ou la mauvaise herbe,* Fayard, 1970.
6. *Le Parapluie,* 1952, Éditions Ray Ventura.
7. *La Tondue,* 1965, Éditions musicales 57.
8. Témoignage de François Cavanna à l'auteur. Par l'intermédiaire de Marcel Amont, il rencontra Brassens et lui offrit une collection reliée de *Charlie Hebdo.*
9. *Le Nouvel Observateur,* n° 887.

10. *Georges Brassens, la marguerite et le chrysanthème,* Pierre Berruer, Presses de la Cité, 1981.
11. *Chanson pour l'Auvergnat, op. cit.*
12. *Brassens, une vie, op. cit.*
13. Témoignage de René Iskin à l'auteur.
14. *Idem.*
15. *Idem.*
16. Entretien avec Püppchen, 21 novembre 1993, dans *Georges Brassens... chez Jeanne 1944-1952, op. cit.*
17. *Idem.*
18. *Brassens avant Brassens, op. cit.*
19. Entretien avec Püppchen, *op. cit.*
20. Par chance, Georges Brassens aura affaire à des policiers allemands sensibles à la musique de jazz. Ils l'écoutèrent interpréter du Django Reinhardt et le laissèrent tranquille. Sa chanson *Entre la rue Didot et la rue de Vanves* témoigne de cet incident qui aurait pu très mal tourner.
21. Entretien avec Püppchen, *op. cit.*

Chapitre 11. Propos d'anar

1. *La Voie libertaire,* Michel Ragon, Plon, 1991.
2. *Georges Brassens libertaire,* Marc Wilmet, Éditions Les Éperonniers, 1991.
3. *Georges Brassens,* Jean-Michel Brial, *op. cit.*
4. *Georges Brassens libertaire, op. cit.*
5. Interview de Georges Brassens dans l'émission de RTL « Comme vous le savez », avec Max-Pol Fouchet et André Sallée, 13, 14 et 15 octobre 1969.
6. Selon André Tillieu, la scène s'est déroulée à Biarritz. Mais Brassens prétendait parfois que c'était « à Pau ou par là... »
7. *Brassens,* Philippe Chatel, *op. cit.*
8. *L'Épave,* 1966, Éditions musicales 57.
9. *Georges Brassens libertaire, op. cit.*
10. *Avec Aragon 1970-1982. Entretiens avec Francis Crémieux,* Jean Ristat, Gallimard, 2003.
11. « La Rose et le Réséda », dans *La Diane française,* Aragon, Pierre Seghers, coll. Poésie 45, 1945.
12. *Georges Brassens et la poésie quotidienne de la chanson,* Jacques Charpentreau, Éditions du Cerf, 1960. Ce livre d'une centaine de pages s'inscrit dans la collection « Tout le monde en parle » Celle-ci « voudrait, à propos d'un fait d'actualité, et en le situant dans son contexte

humain, réfléchir aux questions plus vastes qu'il pose à une conscience chrétienne ».

Chapitre 12. La place de Toussenot

1. Allusion directe à Huon de Bordeaux, personnage de la chanson de geste française.
2. Témoignage de Pierre Onteniente à l'auteur.
3. *Lettres à Toussenot 1946-1950, op. cit.* Chronique d'André Tillieu dans *Les Amis de Georges*, n° 70, novembre-décembre 2002.
4. Roger Toussenot est mort à Lyon le 31 mai 1964. Il avait trente-huit ans.
5. Témoignage de René Novella à l'auteur.
6. La une de l'organe de la Fédération anarchiste *Le Monde libertaire* daté du 5 novembre 1981 est reproduite dans l'album de Jean-Paul Sermonte, *Brassens au bois de son cœur, op. cit.*
7. Georges Brassens dans *Le Monde* du 7 août 1981, propos recueillis par Louis Nucéra. Citation reproduite par Thierry Maricourt dans *Histoire de la littérature libertaire en France*, Albin Michel, 1990.
8. Lire les pages que lui consacre Robert Sabatier dans *Histoire de la poésie française (La Poésie du XXe siècle, métamorphoses et modernité)*, Albin Michel, 1988.
9. Georges Brassens dans *Le Monde*, 7 août 1981, *op. cit.*
10. *La Voie libertaire, op. cit.*
11. *J'ai réussi ma vie*, Léo Campion, Éditions du Borrégo, 1985.
12. *Georges Brassens libertaire, op. cit.*
13. *Le Pluriel*, 1966, Éditions musicales 57.

Chapitre 13. La marguerite et le coquelicot

1. Roger Toussenot était en relation amicale avec le cinéaste Abel Gance. Il fréquenta également Jean Epstein, un théoricien du cinéma dont l'œuvre de réalisateur témoigne de ses exigences artistiques.
2. À l'époque, pour passer l'examen d'entrée de la Société des auteurs, compositeurs et éditeurs de musique, il était indispensable de savoir écrire et déchiffrer une partition. Les compositeurs sans formation musicale, tels que Brassens, devaient faire appel à des musiciens professionnels qui « prêtaient » leur nom pour que les chansons soient enregistrées à la SACEM. Georges Brassens sera admis à la

SACEM en tant qu'auteur le 27 janvier 1942 et comme compositeur en mai 1952.

3. *Brassens avant Brassens, op. cit.*

4. *Discours de fleurs*, paroles de Georges Brassens, musique d'Éric Zimmermann, Éditions musicales 57.

5. *Le Coquelicot*, Mouloudji, L'Archipel, 1997.

Chapitre 14. Le monde des macchabées

1. *Brassens au bois de son cœur, op. cit.*
2. Document reproduit dans *Lettres à Toussenot 1946-1950, op. cit.*
3. « Fragments de journal », dans *Lettres à Toussenot 1946-1950, op. cit.*
4. *Idem.*
5. Document reproduit dans *Lettres à Toussenot 1946-1950, op. cit.*
6. *Le Fossoyeur*, 1953, Éditions Ray Ventura.
7. Témoignage de Victor Laville à l'auteur.
8. *Idem.*
9. Témoignage de Raymond Castans dans *Le Midi libre*, spécial Brassens « Vingt ans déjà », *op. cit.* Si le philosophe Maurice Clavel, le chansonnier Pierre-Jean Vaillard, le directeur central adjoint de la police judiciaire Honoré Gévaudan ont fait honneur aux plats régionaux, Brassens, lui, a eu droit à un menu spécial. Il détestait le poisson et les coquillages.
10. *Magic ciné*, Pierre Tchernia, présenté par Olivier Barrot, Fayard, 2003.
11. *Lino, tout simplement, Souvenirs d'enfance et recettes de famille*, Clelia Ventura, Robert Laffont, 2003.
12. *Idem.*
13. Georges Brassens, qui appréhendait les voyages en avion, accepta ce soir-là de monter dans un jet privé stationné au Bourget pour se rendre en Béarn d'où était diffusée en direct la fin de l'émission.
14. *Le Grand Échiquier*, Jacques Chancel, Chêne/Gamma Presse, 1983.
15. Témoignage de Jacques Chancel à l'auteur.

Chapitre 15. Ça swingue bien

1. *Chronique de la chanson française*, Jacques Pessis, Éditions Chronique, 2003. À l'année 1943, l'auteur indique que Charles Trenet qui avait découvert Roland Gerbeau au Chapiteau, un cabaret de Pigalle, lui confia, en exclusivité, la chanson *Douce France* encore inédite.
2. Témoignage de Roland Gerbeau dans *Monsieur Trenet*, Richard Cannavo, Lieu Commun, 1993.
3. *Stances à un cambrioleur*, 1972, Éditions musicales 57.
4. *Trenet, l'âme d'un poète*, Jacques Pessis, Plon, 1993.
5. Lettre de Charles Trenet reproduite dans le programme de l'Olympia pour le nouveau tour de chant de Georges Brassens (du 3 novembre au 3 décembre 1961). La même année, Trenet effectua sa rentrée au théâtre de l'Étoile.
6. *Monsieur Trenet, op. cit.*
7. *La Tour des miracles*, Éditions JAR, 1953 ; réédité par Stock en 1968.
8. En septembre 1952, Georges Brassens était à l'affiche du spectacle « Ne tirez pas... sur le pianiste ! ». Outre Darry Cowl et Christian Duvaleix, y figuraient également Pierre-Jean Vaillard, Catherine Sauvage, la fantaisiste canadienne Aglaé et les Quatre Barbus.
9. *La Tour des miracles, op. cit.*, p. 20-21.
10. *Ibid.*, p. 13.
11. Témoignage de Georges Moustaki à l'auteur.
12. *Idem.*
13. Entretien avec Philippe Némo à France-Culture, *op. cit.*
14. *Idem.*
15. *Elégie à un rat de cave*, Éditions musicales 57.
16. *C'était quand hier ?*, André Vers, Éditions Régine Deforges, 1990.
17. *P... de toi*, 1953, Éditions Ray Ventura.
18. Témoignage de Henri Salvador recueilli par Jérémy Bernède, dans *Le Midi libre*, 13 mars 2004.

Chapitre 16. Lady Patachou

1. Témoignage de Georges Moustaki à l'auteur.
2. *Piaf*, Pierre Duclos et Georges Martin, Le Seuil, 1993.
3. *Olympia Bruno Coquatrix*, Jean-Michel Boris, Jean-François Brieu, Éric Didi, Éditions Hors Collection, 2003.
4. *Arts*, 29 octobre-4 novembre 1958, n° 694.
5. *Paris-Match*, 28 septembre 1963, n° 755.

6. *Idem.*
7. *Brassens, toute une vie pour la chanson, op. cit.*
8. *C'était quand hier ?, op. cit.*
9. *Idem.*
10. *Le « Cabaret Théâtre » (1945-1965)*, Geneviève Latour, Bibliothèque historique de la Ville de Paris, 1996.
11. Lettre de Georges Brassens à Henri Delpont datée du 4 juillet 1951, reproduite par Louis-Jean Calvet dans son *Georges Brassens, op. cit.*
12. *Barbara, j'ai traversé la scène*, Didier Millot, Éditions Mille et Une Nuits, 2004.

Chapitre 17. Gare au gorille !

1. Dédicace reproduite dans *Georges Brassens... chez Jeanne. 1944-1952, op. cit.* Les vingt ans ont valeur de symbole car Püppchen avait dix ans de plus que Georges.
2. *Je m' suis fait tout p'tit*, 1955, Éditions Ray Ventura.
3. Témoignage de Gerhard Kisman dans *Les Amis de Georges*, juillet-août 2003, nº 74.
4. C'est l'unique interview filmée de Püppchen. Elle a été réalisée en 1992.
5. *Saturne*, 1964, Éditions musicales 57.
6. Pierre Nicolas, le bassiste de Georges Brassens.
7. Témoignage de Victor Laville à l'auteur.
8. *Les Contes du Lapin agile*, Louis Nucéra, préface de Raymond Devos, Le Cherche-Midi éditeur, 2001. L'auteur a achevé son livre quelques semaines avant d'être victime à vélo, le 9 août 2000, d'un tragique accident.
9. Témoignage de Victor Laville à l'auteur.
10. Avec mes parents, à la fin des années cinquante, nous nous sommes retrouvés les voisins de table de Georges Brassens et René-Louis Lafforgue en train de déjeuner bruyamment dans un restaurant des environs de Bordeaux. Je me souviens de la réflexion de ma mère : « Qui sont ces romanichels ? »
11. *Toute une vie pour la chanson, op. cit.*
12. *Les Stars de mes nuits*, Jacques Robert, Éditions du Rocher, 1991.
13. *Je me souviens de Georges..., op. cit.*
14. « Dès 1952, note André Tillieu, André Cordier frétait des autocars pour emmener le personnel de la parfumerie assister au tour de chant de Brassens chez Patachou » (*D'affectueuses révérences*, Arthémus, 2000).

15. Préface de Brassens dans *Je me souviens de Georges…*, *op. cit.*
16. *Les Stars de mes nuits*, *op. cit.*

Chapitre 18. Le sorcier des Trois Baudets

1. RTF, 29 septembre 1963. Romancier, poète, producteur de radio et de télévision, Luc Bérimont interviewa Georges Brassens dès 1954 en l'invitant au micro de son émission « Les chemins du jour ».
2. *Brassens et la poésie quotidienne de la chanson*, chapitre VI « Brassens parle », *op. cit.*
3. « Guy Béart la complainte », dans *Portraits*, Emmanuel d'Astier, Gallimard, 1969.
4. Le chansonnier Jacques Grello assista également à l'audition improvisée. « Il a été mon abri spirituel avec sa famille, raconte Guy Béart dans son livre de souvenirs, *L'Espérance folle*. Je peux dire, souligne-t-il, que la plupart des chansons connues de mes débuts se sont rodées chez lui, tout comme celles de Brassens quand il débuta. »
5. *L'Espérance folle*, Guy Béart, Robert Laffont, 1987.
6. Témoignage de Guy Béart à l'auteur.
7. *Images de Boris Vian*, Noël Arnaud, D'Dée, Ursula Kübler, Pierre Horay éditeur, 1978.
8. Il est mort terrassé par une crise cardiaque au début de la projection du film tiré de son roman *J'irai cracher sur vos tombes*.
9. *On connaît la chanson !*, André Halimi, préfaces de Georges Brassens et Guy Béart, La Table Ronde, coll. L'Ordre du jour, 1959. À noter que André Halimi, journaliste et pamphlétaire, producteur de radio et de télévision, avait eu des velléités d'auteur-interprète après avoir été auditionné par Jacques Canetti aux Trois Baudets.
10. *J'ai la mémoire qui chante*, Francis Lemarque, Presses de la Cité, 1992.
11. Préface de Georges Brassens à *Ma vie sur un air d'accordéon*, Édouard Deleu, Michel Lafon, IGE Paris, 1981.
12. *Idem.*
13. *Idem.*
14. Bourvil est mort le 23 septembre 1970, à l'âge de cinquante-trois ans.
15. *Le Vieux Léon*, 1958, Éditions musicales 57.

Chapitre 19. Tête d'affiche

1. *On cherche jeune homme aimant la musique*, Jacques Canetti, Calmann-Lévy, 1978.
2. Témoignage de Pierre Onteniente à l'auteur.
3. *Gainsbourg*, *op. cit.*
4. *Idem.*
5. Lettre de Georges Brassens à Henri Delpont, reproduite dans *Georges Brassens*, Louis-Jean Calvet, *op. cit.*
6. *Jacques Brel, une vie*, Olivier Todd, Robert Laffont, 1984.
7. *Chronique de la chanson française*, Jacques Pessis, Éditions Chronique, 2003.
8. *Les Trompettes de la renommée*, 1962, Éditions musicales 57.
9. *Idem.*
10. *La Chanson d'aujourd'hui*, Louis Barjon, Éditions du Centurion, 1957.
11. Témoignage de René Bureau à l'auteur.

Chapitre 20. L'âme généreuse

1. Témoignage de Jacques Duquesne à l'auteur.
2. *Idem.*
3. Témoignage de Pierre Onteniente à l'auteur.
4. *Paris m'a dit. Années 50, fin d'une époque*, Christian Millau, Éditions de Fallois, 2000.
5. *Brassens et la poésie de la chanson*, *op. cit.*
6. Témoignage du photographe René Maltête dans *Paroles et Musique*, n° 41/juin-juillet-août 1984. René Maltête est l'auteur de l'album « Paris des rues et des chansons », avec la participation entre autres de Maurice Chevalier, Gainsbourg, Mac Orlan, René Fallet, Francis Lemarque et Georges Brassens qui commente une photo de la place Beauvau et une autre du quai de l'Horloge, à la hauteur du Pont-Neuf, Éditions du Pont-Royal, 1960 ; nouvelle édition chez Pierre Bordas et fils, 1995.
7. *Brassens, l'ami*, Mario Poletti, préface de Maxime Le Forestier, Éditions du Rocher, 2001.
8. Témoignage de Christian Marin dans *Vagabondages*, *op. cit.*
9. Pierre Perret a publié chez Julliard *Adieu Monsieur Léautaud*.
10. *Laissez chanter le petit ! ou la balade de Pierrot*, Pierre Perret, Plon, 1999 pour la nouvelle édition.
11. Sous le nom de Claude Mourthé, il a mené parallèlement une

carrière de producteur et de réalisateur à TFI et à Radio France. Romancier et poète, il fut notamment lauréat du prix Apollinaire et du Goncourt de la poésie.

12. Témoignage de Pierre Perret dans *Croire ou ne pas croire*, Bertrand Révillon, tome 2, *Vingt-deux personnalités face à Dieu*, préface de Sylvie Germain, Bayard Éditions, 2000.

13. *Laissez chanter le petit ! ou la balade de Pierrot*, *op. cit.*

14. Jean Hamon dans *Festival du roman*, mensuel, avril 1961, n° 43.

15. *Georges Brassens*, Jean-Michel Brial, *op. cit.*

16. « Georges Brassens », Jeannette Hubert, avec Claude Santelli, TV 1re chaîne, émission du 1er janvier 1969.

Chapitre 21. Crier au scandale

1. *La Mauvaise Réputation*, Georges Brassens, introduction de René Fallet, Denoël, 1954.

2. « Les amoureux qui écrivent sur l'eau ».

3. Témoignage de Mgr Jean Orchampt à l'auteur.

4. *Idem.*

5. *Le Midi libre*, dimanche 15 avril 1973.

6. *Les Deux Oncles*, 1965, Éditions musicales 57.

7. *Libération*, 19 novembre 1964.

8. Il quitta le parti après l'invasion de la Hongrie, en 1956, par les troupes soviétiques et cessa de travailler à *L'Humanité* où il était entré au lendemain de la guerre.

9. *Le Figaro littéraire*, n° 973, semaine du 10 décembre au 16 décembre 1964.

10. « Campus » spéciaux intitulés « Les Copains d'abord », diffusés du 13 au 17 octobre 1970. À lire : *Campus*, Michel Lancelot, Albin Michel, 1971.

11. *Georges Brassens, entretiens et souvenirs intimes*, *op. cit.*

12. Dans son livre *A Piena Voce* écrit avec Marc Legras et préfacé par Jean Ferrat (Christian Pirot éditeur, 2004), la chanteuse Francesca Solleville se souvient de Roger Riffard qui habitait Saint-Michel-sur-Orge : « Ancien cheminot, il écrivait quelques livres. Séduit par son premier roman, *La Grande Descente*, René Fallet l'avait présenté à Brassens qui appréciait son humour, son goût de l'insolite et ses chansons comme *Timoléon le jardinier* ou *Les Petits Trains*. Sa femme, d'une extrême gentillesse, faisait des ménages. Ils menaient une vie très modeste. Brassens, très lié à Riffard, lui a acheté sa maison. »

13. *Avec Brassens*, Pierre Louki, Christian Pirot éditeur, 1999.

14. Témoignage de Pierre Louki à l'auteur.

15. *Idem.*
16. *Idem.*
17. Témoignage de Christian de la Mazière à l'auteur.
18. *Mourir pour des idées*, 1972, Éditions musicales 57.

Chapitre 22. Entre copains

1. Le scénario s'inspire du roman de René Fallet *La Grande Ceinture*, Denoël.
2. Témoignage de Pierre Louki à l'auteur.
3. *Idem*
4. *Deux ou trois vies qui sont les miennes*, Daniel Gélin, Julliard, 1977.
5. *Porte des Lilas*, René Clair, *L'Avant-Scène*, numéro spécial 159.
6. *Idem.*
7. *Le Testament*, 1955, Éditions Ray Ventura.
8. Interview de Georges Brassens par Claude-Marie Trémois, dans *Le Cinéma chez soi*, revue bimestrielle du cinéaste amateur, n° 15, décembre 1957.
9. *Au bois de mon cœur*, 1957, Éditions musicales 57.
10. *Les Copains d'abord*, 1965, Éditions musicales 57.
11. Témoignage de Danièle Delorme à l'auteur. Pour la petite histoire des *Copains d'abord*, Georges Brassens avait donné à Mario Poletti une cassette audio sur ses recherches mélodiques. On l'entend siffloter, chantonner, pianoter, chercher des accords sur sa guitare, jusqu'à ce que musique et paroles coulent de source. C'est un document qui figure sous forme de CD dans l'album « Brassens l'ami » (*op. cit*). Ajoutons que Jacques Charpentreau reçut de Brassens un disque d'essai des *Copains d'abord*. « Il sera aussi bien chez vous que chez moi », dit-il à l'auteur de *Georges Brassens et la poésie quotidienne de la chanson* (*op. cit.*) devenu président de la Maison de la Poésie.
12. Dix ans plus tôt, Georges Brassens avait reçu le Grand Prix du disque de l'Académie Charles Cros pour son quatrième 78-tours (*Le Parapluie, Le Fossoyeur*). Son premier 78-tours date de juin 1952 (*Le Gorille, Le Mauvais Sujet repenti*). Au total, il en enregistrera une douzaine sous le label Polydor.
13. *Souvenirs inexacts*, André Asséo, Nil éditions, 1999.
14. Michel Serrault interprétera à la télévision le héros de Marcel Aymé dans plusieurs adaptations dont *La Grâce, Le Passe-Muraille, L'Huissier* et *Héloïse*, mises en scène par Pierre Tchernia.
15. ...*Vous avez dit Serrault ?*, Michel Serrault, Éditions Florent Massot, 2001.

16. *Paroles et musiques*, n° 41, juin-juillet 1984. Propos de Pierre Onteniente recueillis par Jacques Vassal et Marc Robine.

17. En raison de sa ressemblance avec le boxeur Bobo Olson et en hommage au batteur américain Willy Bobo.

18. *Signes*, n° 15, *op. cit.*

Chapitre 23. L'idée de Dieu

1. Témoignage de Georges Brassens dans *Boby Lapointe*, Huguette Long-Lapointe, Domens édition, Pézenas, 1990.

2. Paul Guimard, qui appréciait Brassens, fut un ami proche de Léo Ferré et de sa première femme Madeleine.

3. Témoignage de Pierre Maguelon, alias Petit Bobo, dans *Boby Lapointe*, *op. cit.*

4. *Les Frères Jacques*, Cécile Philippe et Patrice Tourenne, Balland, 1981.

5. Témoignage de Danièle Heymann dans *Georges Brassens*, Louis-Jean Calvet, *op. cit.*

6. Témoignage de Pierre Onteniente à l'auteur.

7. *Brel à Bruxelles*, Eddy Przybylski, Le Roseau Vert, 2001.

8. *Idem.*

9. *Dans les pas de... Léo Ferré*, Henri Lambert, Luc Vidal et Philippe Olivier, Éditions Les 3 Orangers, 2003. Professeur de rhétorique au collège jésuite Saint-Servais à Liège, le père Henri Lambert entra en relation avec Léo Ferré en 1969. N'ayant pas pu organiser un récital dans la salle de spectacle du collège car des parents d'élèves s'y opposèrent, il reçut le chanteur au palais des Congrès de la ville. De cette soirée naquit une forte amitié entre l'anar et le curé devenu aumônier des artistes.

10. *Jacques Brel, une vie*, *op. cit.*

11. Témoignage de Jean-Claude Barreau à l'auteur.

12. En 1962, Léo Ferré est entré dans la collection « Poètes d'aujourd'hui » chez l'éditeur Pierre Seghers, entre Dylan Thomas et Stéphane Mallarmé. Ce petit volume, avec une présentation de Charles Estienne, porte le n° 93. C'est la première fois qu'un auteur-compositeur et interprète vivant figure dans cette prestigieuse collection. Georges Brassens y apparaîtra en 1963 (n° 99), Jacques Brel en 1964 (n° 119), chacun avec des photos de couverture signées Jean-Pierre Leloir qui les avait respectivement rencontrés en 1953 et 1960.

13. *Trois hommes dans un salon : Brel, Brassens, Ferré*, François-René Cristiani et Jean-Pierre Leloir, Fayard/Chorus, 2003.

14. *Le Bulletin de santé*, 1966, Éditions musicales 57.

15. Témoignage écrit de René Bourdier à l'auteur.
16. *Idem.*
17. *Idem.*

Chapitre 24. Vedette à Bobino

1. « Sa mort, c'est le premier sale tour qu'il me joue », article de Jean-Pierre Chabrol dans *Paris-Match*, n° 1694, 13 novembre 1981. Ce numéro avec Brassens en couverture a été tiré à 1 150 000 exemplaires.
2. *Idem.*
3. *Le Testament*, 1955, Éditions Ray Ventura.
4. *Supplique pour être enterré à la plage de Sète*, 1966, Éditions musicales 57.
5. *Brel à Bruxelles, op. cit.*
6. De passage à Valence, pendant la guerre, il créa son petit musicien et sa compagne aux seins pigeonnants en rêvassant devant le kiosque à musique de la ville. Baptisé « Le kiosque à musique des Amoureux de Peynet », il a été classé monument historique en 1982.
7. Dans son livre *Une chanson, qu'y a-t-il à l'intérieur d'une chanson ?* (Le Seuil), Marcel Amont commente les brouillons du *Vingt-Deux Septembre* dont il reproduit des extraits. « On voit qu'après avoir noté plusieurs départs, Brassens tournait et retournait les phrases, essayant un maximum de possibilités. Quand il avait vu l'effet produit, il se "disait" ces phrases. Quand une piste lui semblait satisfaisante, il poursuivait, jusqu'à ce qu'il bute à nouveau. Mais alors, au lieu de poursuivre, il biffait la page, la gardait à portée de main et réécrivait depuis le début pour se rendre compte comment les nouveaux vers, les nouveaux mots s'intégraient à ceux déjà écrits... Je possède une soixantaine de feuillets de ce brouillon. Or, il doit y en avoir au moins le double. »
8. *Le Vingt-Deux Septembre*, 1965, Éditions musicales 57.
9. Témoignage écrit de René Bourdier à l'auteur.
10. *Idem.*
11. André Tillieu est né en 1924 à Tournai. Il découvrit Brassens sur scène à l'Ancienne Belgique, en 1954. Leur première rencontre eut lieu en 1960. Après la mort du poète, il lui consacra un livre, *Auprès de son arbre*, Julliard et Presses-Pocket.
12. Préface de Pierre Onteniente, *Georges Brassens... chez Jeanne 1944-1952, op. cit.*
13. Veuf quand il rencontre Josée Stroobants, Jean Rault, le facteur de Brassens, est décédé en 1979.

14. Article de Claude Fléouter dans *Le Monde,* 24 octobre 1976.
15. Voir la courte biographie de Bernard Dimey dans *Le Marchand de soupe,* son premier roman écrit en 1946 quand il était collégien, Le Pythagore éditions, 2002.

Chapitre 25. Dans sa tour d'ivoire

1. Anne-Marie Carrière, célèbre chansonnière du Théâtre des Deux Ânes et du Caveau de la République. Sa verve caustique est dans le ton des monologues de Pierre-Jean Vaillard.
2. *Dimey, la blessure de l'ogre,* Yvette Cathiard, Christian Pirot éditeur, 1993.
3. *Les Coulisses de ma mémoire,* Paulette Coquatrix, Grasset, 1984.
4. Lettre de Simone Cazzani reproduite dans *Georges Brassens,* Louis-Jean Calvet, *op. cit.*
5. Maurice Siegel, directeur général de la station, écrit à propos de Brassens : « Un ami d'Europe 1, lui aussi. Un jour, il a décidé qu'Europe 1 recevrait en priorité ses nouveautés. Pourquoi ? Simplement parce que, avec Lucien Morisse, nous avons été les seuls au début à diffuser ses chansons interdites telles *Le Gorille, J'avais l'air d'un con* ou *Le Pornographe du phonographe.* En matière de chansons comme en matière d'information nous refusions la censure » (*Vingt ans ça suffit !,* Plon, 1975).
6. Témoignage écrit de René Bourdier à l'auteur.
7. *Campus, op. cit.*
8. *Jean Ferrat,* Jean-Dominique Brierre, L'Archipel, 2003.
9. *Félix Leclerc d'une étoile à l'autre,* Jean Dufour, préface de Jean Pierre Chabrol, Christian Pirot éditeur, 1998.
10. *Renaud, bouquin d'enfer,* Thierry Séchan, Éditions du Rocher, 2002.
11. *La Manufacture des rêves,* Yves Simon, Grasset, 2003.
12. Extrait de la préface de Renaud dans *Georges Brassens, histoire d'une vie,* Thierry Séchan, Fixot, 2001.
13. *Idem.*
14. Témoignage d'Yves Simon à l'auteur.
15. *Idem.*
16. Témoignage d'André Tillieu dans *Les Amis de Georges,* n° 79, mai-juin 2004.
17. « Rencontres avec Georges Brassens », Jacques Charpentreau, *Signes,* n° 15, *op. cit.*
18. Né à Reims le 1er février 1872, Paul Fort est mort à Argenlieu,

près de Montlhéry, le 20 avril 1960. Un an après sa disparition Georges Brassens enregistrera un 45-tours pour lui rendre hommage.

19. « Georges Brassens le poète de la chanson », dans *La Tribune de Montélimar*, 18 et 25 août 1977. Né en 1888, Antoine Pol est mort en 1971 avant d'avoir pu écouter *Les Passantes*.

Chapitre 26. Un poète d'aujourd'hui

1. *Couleurs d'usine* parut chez Seghers en 1951. Le fameux « Métro boulot dodo » est tiré de ces quatre vers : « Au déboulé garçon pointe ton numéro/pour gagner ainsi le salaire/d'une morne journée utilitaire/métro, boulot, bistro, mégots, dodo, zéro ». Lire les entretiens de Pierre Béarn avec Christian Denis, Le Dé bleu, 1996.
2. C'est de La Closerie des Lilas que Paul Fort et ses « secrétaires » Guillaume Apollinaire et André Salmon avaient autrefois envoyé des invitations aux artistes du monde entier, pour « lancer » Montparnasse.
3. Extrait de la présentation de Jacques Charpentreau, *Hommage à Paul Fort*, Georges Brassens, Philips, 432556 BE.
4. Témoignage de Pierre Béarn à l'auteur.
5. *Le Monde*, 20 mai 1961.
6. *Léo Ferré, une vie d'artiste*, Robert Belleret, Actes Sud, 1996.
7. Témoignage de Joël Schmidt à l'auteur.
8. *Hervé Bazin, entretiens avec Jean-Claude Lamy*, Stock, 1992.
9. *Le Canard enchaîné*, 14 juin 1967.
10. *La Messe au pendu*, 1976, Éditions musicales 57.
11. *Le Grand Chêne*, 1966, Éditions musicales 57.
12. Vatican II, XXIe concile œcuménique, réuni par Jean XXIII et poursuivi sous Paul VI. Selon le vœu du pape Jean, ce concile entreprit la mise à jour (*aggiornamento*) de l'Église face au monde moderne et s'efforça de préparer l'unité des chrétiens.
13. Jean XXIII, 259e pape (1958-1963). Son pontificat fut principalement consacré à la préparation du IIe concile du Vatican.
14. *Lectures pour tous*, n° 155, novembre 1966.
15. Témoignage de Jacques Duquesne à l'auteur.
16. *Idem.*
17. Témoignage écrit de René Bourdier à l'auteur.

Chapitre 27. Bretagne et Languedoc

1. *On connaît la chanson !, op. cit.*
2. Témoignage du père Cocagnac à l'auteur.
3. *Auprès de mon arbre*, 1955, Éditions Ray Ventura.
4. Témoignage du père Cocagnac à l'auteur.
5. *Idem.*
6. *Les Deux Oncles*, 1965, Éditions musicales 57.
7. *La Parole et son miroir*, Maurice Cocagnac, Éditions du Cerf, 1994.
8. *La Complainte des filles de joie*, 1962, Éditions musicales 57.
9. Témoignage écrit de René Bourdier à l'auteur.
10. Témoignage de Brigitte Bardot, dans *Les Amis de Georges*, n° 52, novembre-décembre 1999.
11. Témoignage écrit de René Bourdier à l'auteur.
12. *Idem.*
13. La ville de Taverny lui a rendu hommage en donnant son nom à une de ses rues, comme le signale *Les Amis de Georges* (mai-juin 2004, n° 79).
14. *Chanson pour l'Auvergnat*, 1954, Éditions Ray Ventura.
15. *Brassens et la Bretagne*, Pierre Berruer, Éditions Ouest-France, 1991.
16. Georges Granier, venu voir Brassens à Crespières, accompagna celui-ci à Montfort-l'Amaury chez Charles Aznavour qui avait invité des gens du spectacle. Le cousin sétois était assis à côté du réalisateur Pierre Granier-Deferre qu'il ne connaissait pas. « Je suis Granier-Deferre », dit le cinéaste. L'autre répliqua sans sourciller : « Moi c'est Granier de Sète » et continua à bavarder.
17. *Le Midi libre*, 30 octobre 2001.
18. *Idem.*
19. *La Religieuse*, 1969, Éditions musicales 57.
20. En fin de soirée, le 20 mars 1977, Jacques Canetti s'est improvisé chef d'orchestre pour diriger la bande d'amis venus chanter sur scène *Les Copains d'abord*. Un disque 45-tours hors commerce, réservé aux copains, a été enregistré à cette occasion.
21. Je l'ai personnellement constaté lors d'une rencontre avec Brassens, au cours de l'été 1964, sur le yacht rebaptisé *La Jeanne* qu'avait affrété la firme Philips. Le bateau partait du port de Cannes pour une balade durant laquelle les vedettes accueillies à son bord étaient interviewées par Radio Monte-Carlo.
22. *Supplique pour être enterré à la plage de Sète*, 1966, Éditions musicales 57.

23. Sa notoriété l'empêchant de faire du vélo en public, il pédalait chez lui sur sa bicyclette de course montée sur des rouleaux.
24. *Face au sport, un regard d'ailleurs*, Christian Montaignac, Albatros, 1981.
25. *Idem.*

Chapitre 28. « J'ai perdu la foi »

1. *Georges Brassens*, Alphonse Bonnafé, *op. cit.*
2. « Brassens », poèmes-portraits, Claude Nougaro (paroles), Jean-Claude Vannier (musique), dans *La Voix royale Nougaro*, Christian Laborde, Fayard/Chorus, 2004.
3. Georges Sampa abandonna la chanson pour devenir écrivain sous son véritable patronyme Georges Fleury, auteur d'une cinquantaine d'ouvrages.
4. Témoignage écrit de René Bourdier à l'auteur.
5. *Brassens l'ami, op. cit.*
6. Témoignage d'Éric Battista à l'auteur.
7. *Georges Brassens, entretiens et souvenirs intimes, op. cit.*
8. *Idem.*
9. *Idem.*
10. Témoignage écrit de Jean-Noël Nouteau à l'auteur.
11. *Idem.*
12. *Idem.*
13. *Idem.*
14. Entretien avec José Artur, dans *Historia*, n° 681 septembre 2003, propos recueillis par Pascal Marchetti-Leca.
15. Témoignage écrit de René Bourdier à l'auteur.
16. Témoignage de Juliette Gréco, dans *Gréco. Les vies d'une chanteuse*, Bertrand Dicale, J.-C. Lattès, 2001.
17. Témoignage de Bernard Langlois à l'auteur.
18. *La Vie catholique illustrée*, n° 1126, semaine du 8 au 14 mars 1967.
19. *Le Pluriel*, 1966, Éditions musicales 57.
20. *Jean Ferrat, op. cit.*
21. *J'ai la mémoire qui chante, op. cit.*

Chapitre 29. « Je ne crains pas la mort »

1. *J'ai la mémoire qui chante, op. cit.*
2. Témoignage de Jean Dufour à l'auteur.

3. Témoignage de Colin Evans, dans *Les Amis de Georges*, novembre-décembre 2002, n° 70.
4. *Idem.*
5. Texte de Georges Brassens, dans « Jean-Pierre Chabrol raconte... », disque Barclay 80257 Standard, prix Colette de l'Académie du disque français.
6. Conversations recueillies par René Bourdier, dans *Les Lettres françaises*, 23 février-1er mars 1967.
7. « Encore un verre... », préface de Claude Villers, dans *Georges Brassens, boulevard du temps qui passe*, Jean Bonnefon et José Correa, Éditions de La Lauze/France Bleu, 2001.
8. *Idem.*
9. Témoignage de Serge Cazzani à l'auteur.
10. *Idem.*
11. *Le Midi libre*, 25 octobre 2001.
12. Témoignage de Pierre Onteniente à l'auteur.
13. Témoignage de René Iskin à l'auteur.
14. *Georges Brassens*, Louis-Jean Calvet, *op. cit.*
15. Témoignage écrit de René Bourdier à l'auteur.
16. Témoignage du père Christian Doumairon à l'auteur.

Épilogue. Il était 23 h 14...

1. *Monsieur Brassens, op. cit.* Le docteur Maurice Bousquet, qui sera élu maire de Saint-Gély-du-Fesc, fit campagne en utilisant une affiche où Brassens était à ses côtés. Il est mort brusquement le 4 mai 1995.
2. *Idem.*
3. *Idem.*
4. Témoignage de Richard Parreau à l'auteur.
5. Témoignage écrit de Jean Bernard à l'auteur.
6. *Les Patriotes*, 1976, Éditions musicales 57.
7. *Les Trompettes de la renommée*, 1962, Éditions musicales 57.

Index

Remerciements

Je tiens d'abord à saluer la mémoire de Louis Nucéra qui est à l'origine de ma première rencontre avec Georges Brassens. Louis, alors attaché de presse de la firme Philips, organisa le rendez-vous au cours de l'été 1964. Quarante ans plus tard, la rédaction de ce livre m'a permis de mesurer la chance que j'avais eue de bavarder longuement avec le poète qui marqua ma jeunesse comme Rimbaud, Verlaine et Baudelaire ont éclairé mon adolescence.

Je salue aussi la mémoire de Roger Thérond qui souffla à Jérusalem sur la braise des souvenirs concernant son cher Jo et fit germer cette idée de « mécréant de Dieu ».

Mes remerciements vont à Pierre Onteniente, Serge Cazzani, Régine Monpays et son équipe de l'Espace Brassens à Sète, Catherine Lopez, Georges Granier, Robert Barrès, Éric Battista, Victor Laville, Jean-Paul Sermonte, Pierre Schuller, Georges Boulard, René Bourdier, René Bureau, René Iskin, Michel Ragon, Mario Poletti, Bernard Clavel, Pierre Louki, Georges Moustaki, Guy Béart, Yves Simon, Anne Muratori-Philip, Gilles Henry, Annick Geille, Paul Poupard, Jean Orchampt, Christian Doumairon, Jacques Duquesne, Jacques Pessis, Jean-François Kahn, Georges Fleury, Jean-Noël Nouteau, Pierre Béarn, Pierre et Mauricette Guibert, Évelyne Baron, Anne Dupoy, Geneviève Laplagne, Gérard Lamy, Anne-Marie Bourgnon, Christine de Grandmaison.

Merci également à Alain Plombat, Jean-Charles Reix, Lise

Valette, François Charcellay du journal *Midi libre* intimement lié à l'histoire de Georges Brassens.

Richard Ducousset, Sylvie Genevoix et Maëlle Guillaud assistante éditoriale, ont suivi ce travail avec patience, tout comme mes fils Erwan et Florent.

Table

DU MÊME AUTEUR

Au petit bonheur la chambre (en collaboration), Julliard, 1972.

Notre-Dame-des-Esclandres (en collaboration), Presses de la Cité, 1973.

Pierre Lazareff à la une, Stock, 1975.

Arsène Lupin gentleman de la nuit, Grasset, 1983, ouvrage couronné par l'Académie française.

Mauriac intime (réalisation d'un album de photographies de Jeanne François-Mauriac présentées par Claude Mauriac), Stock, 1985.

Sagan, Mercure de France, 1988.

René Julliard, Julliard, 1992.

Hervé Bazin, Entretiens avec Jean-Claude Lamy, Stock, 1992.

Prévert, les Frères amis, Robert Laffont, 1997 (bourse Goncourt de la biographie).

La Belle Inconnue, roman, Éditions du Rocher, 2000 (Prix François-Billetdoux).

La Guerre, mademoiselle, roman, Éditions du Rocher, 2001 (prix littéraire de la Ville d'Étretat).

Mac Orlan, l'aventurier immobile, Albin Michel, 2002 (prix Cazes-Brasserie Lipp, prix Mac Orlan).

Gaston Leroux, ou le Vrai Rouletabille (en collaboration), Éditions du Rocher, 2003.

Bernard Buffet, secrets d'atelier, texte d'Annabel Buffet et Jean-Claude Lamy, photographies de Luc Fournol et Benjamin Auger, Flammarion, 2004.

Composition Nord Compo
Impression Bussière, octobre 2004
Éditions Albin Michel
22, rue Huyghens, 75014 Paris
www.albin-michel.fr

ISBN 2-226-15160-5
N° d'édition : 22039. – N° d'impression : 044339/4.
Dépôt légal : octobre 2004.
Imprimé en France.